KB260718

옵

어느 평범한 남자의 이야기

욥

요제프 로트 지음

김삼화 옮김

어느 평범한 남자의 이야기

솔

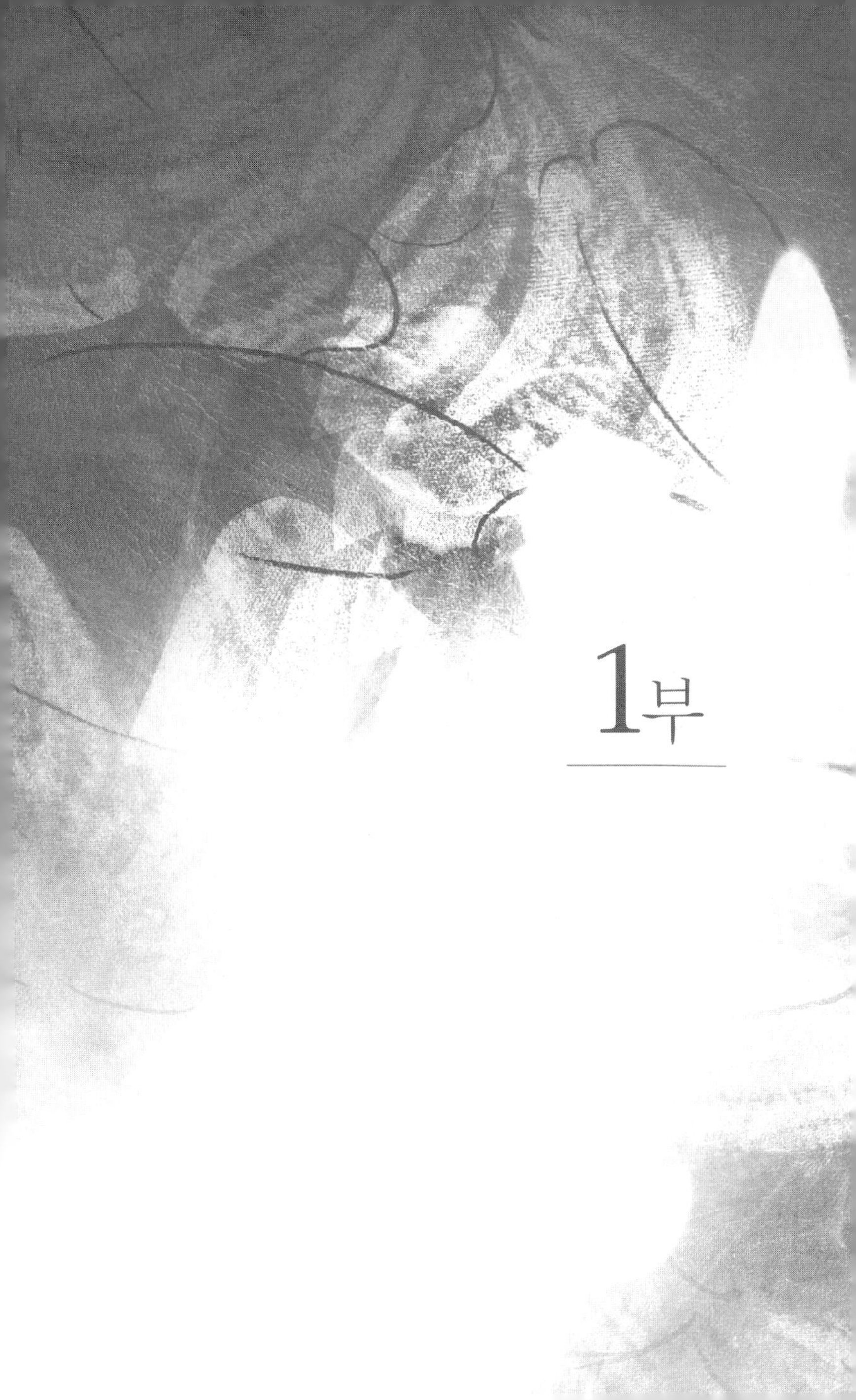

1부

1

　오래전에 추흐노프에 멘델 징어라는 남자가 살았다. 그는 경건하며, 하느님을 두려워하고 일상에 충실한, 아주 평범한 유대인이었다. 멘델 징어는 교사라는 소박한 직업에 종사했다. 그는 넓은 부엌 한 칸으로 된 자기 집에서 아이들에게 성경지식을 전했다. 성실하고 열심히 가르쳤지만 눈에 띌 만한 성공은 거두지 못했다. 예전에도 수많은 사람들이 그처럼 가르치며 살아왔다.

　그의 존재만큼이나 팻기 없는 얼굴도 보잘 것 없었다. 평범한 검은 수염이 얼굴을 온통 뒤덮고, 입은 수염에 파묻혀 있었다. 크고, 검으며, 생기 없는 두 눈은 두꺼운 눈꺼풀에 반은 가려져 있었다. 머리에는 비단으로 된 모자를 썼는데, 이 천은 유행에 뒤진 값싼 넥타이들을 만드는 데 가끔 쓰였다. 몸에는 중간 길이의 전통적인 유대인 옷인 카프탄을 걸치고 있었다. 멘델 징어가 골목길을 서둘러 지나갈 때면 이 옷자락이 펄럭여, 강하고 규칙적인 날 갯짓으로 긴 가죽장화의 다리 부분을 두드렸다.

징어는 시간이 별로 없고 어딘가를 꼭 급히 가야 하는 사람처럼 보였다. 분명한 건 그의 삶은 늘 힘겹고 게다가 때로는 고통스럽기까지 하다는 것이었다. 그는 아내와 세 아이들을 먹이고 입혀야만 했다(아내는 넷째 아이를 임신하고 있었다). 하느님은 그의 허리에 다산의 능력을 주셨다. 그리고 그의 가슴에는 침착함과, 그의 손에는 가난을 주셨다. 징어 부부는 무게를 달 금붙이도, 헤아려볼 은행계좌도 없었다. 그럼에도 그의 삶은 끊임없이 흘러갔다, 말라가는 강가 사이에 흐르는 작고 빈약한 물줄기처럼. 매일 아침 멘델은 잠과 깨어남, 밝아오는 날에 대해 하느님께 감사했다. 해가 질 때 그는 또 기도를 했다. 첫 번째 별들이 반짝일 때면 세 번째 기도를 했다. 그리고 잠자리에 눕기 전에, 피곤하지만 열렬한 입술로 급하게 속삭이듯 기도했다. 그의 잠에는 꿈이 없었다. 그의 양심은 맑았다. 그의 영혼은 순결했다. 그는 아무것도 후회할 필요가 없었으며, 탐낼 것도 없었다. 그는 아내를 사랑했고 그녀의 육신을 즐겼다. 왕성한 배고픔으로 그는 식사를 빨리 했다. 어린 두 아들, 요나스와 쉐마르야가 말을 듣지 않아 가끔은 매를 들었다. 그러나 막내딸 미르얌은 자주 쓰다듬어 주었다. 딸은 그의 검은 머리카락과 검고 생기 없는 온순한 눈을 고스란히 닮았다. 팔다리는 여리고, 뼈마디는 연약했다, 어린 가젤영양처럼.

그는 여섯 살짜리 학생 열두 명에게 성경 읽기와 외우기를 가르쳤다. 열두 명 모두는 매주 금요일마다 그에게 20코페이카를 가져왔다. 이것이 멘델 징어의 유일한 수입이었다. 그는 이제 나이가 서른 살이나 됐다. 그러나 그가 앞으로 돈을 더 많이 벌 전망은 별로 보이지 않았고, 아마도 그럴 일은 전혀 없을 것이다. 학생들은 나이를 더 먹으면, 더 현명한 다른 선생님을 찾아갔다. 생활비는 해마다 비싸졌다. 수확물은 점점 더 줄어들었다. 당근은 줄고, 달걀은 속이 비고, 감자는 얼고, 스프는 묽어지고, 잉어는 홀쭉해지고, 가물치는 짧아지고, 오리는 마르고, 거위는 앙상해지고, 닭은 구경조차 할 수 없었다.

그리하여 멘델 징어의 아내, 데보라의 불평소리가 울려 퍼졌다. 그녀는 여자였고, 가끔 마귀에 들렸다. 그녀는 부유한 사람들이 가진 것에 은근히 욕심을 냈고 상인들의 소득을 시기했다. 그녀의 눈에 멘델 징어는 너무나도 보잘 것 없었다. 그녀는 그에게 아이들에 대한 불평을 늘어놓았다. 뿐만 아니라 임신, 물가고, 얼마 안 되는 사례금, 심지어 날씨가 나쁜 것까지 타박을 했다. 금요일이면 그녀는 바닥을 문질러 닦았다, 바닥이 사프란처럼 노랗게 될 때까지. 그녀의 널찍한 어깨는 규칙적인 리듬을 그리며 위아래로 움직였다. 억센 손은 널빤지 조각 하나하나를 이리저리 문질렀으며, 널빤지 사이에 있는 빈 구멍에 손가락을 집어넣어 시커먼 오물을 긁어냈다. 그러고 나서는 양동이의 물을 쏴아 하고 쏟아부어 몽땅 씻어냈다. 그녀는 넓고 거대한 움직이는 산맥처럼, 파란색으로 회칠된 삭막한 방을 가로질러 기었다. 문밖에는 가구들을 내놓고 바람을 쏘였다, 갈색 나무침대, 짚을 채운 매트리스, 매끄럽게 대패질한 식탁, 두 개의 수직 널빤지들 위에 수평 널빤지들을 단단히 박아서 만든 길고 좁은 의자 두 개를. 황혼의 첫 입김이 창에 닿자마자, 데보라는 알파카 촛대의 초에 불을 붙이고, 손으로 얼굴을 감싼 채 기도를 했다. 그때 그녀의 남편이 집에 왔다, 비단같이 빛나는 검은 옷을 입고서. 마룻바닥이 그를 향해 노랗게 빛났다. 마치 녹아버린 태양 같았다. 그의 얼굴은 평소보다 더 하얗고 희미하게 빛났으며, 수염도 더 검고 어둡게 빛났다. 그는 앉아서 짧은 노래를 불렀다. 그런 다음 부모와 아이들은 뜨거운 수프를 후루룩 소리를 내며 먹고, 접시 위에 말없이 미소를 흘렸다. 방안에 온기가 돌았다. 그것은 냄비, 사발, 사람들의 몸에서 뿜어 나온 것이었다. 알파카 촛대에 꽂힌 값싼 초들이 오래가지 못하고 휘어지기 시작했다. 적벽돌 빛깔에 파란색 격자무늬가 찍힌 식탁보 위에 촛농이 떨어져서 순식간에 딱지가 졌다. 창문을 밀쳐 여니, 초들은 용기를 내어 평화롭게 끝까지 탔다. 아이들은 난로 가까이 놓인 짚을 채운 매트리스 위에 누웠고, 어른들은 더 앉아서 우울한 축제 기분으로, 촛대의 움푹한 곳에서 톱니 모양으로 솟아올랐다가 다시 차분하게 물결 모양으로 내려앉는 마지막 파란 불꽃들을 바라봤다, 불꽃의 음악분수를. 양초는 그을음을 내면서 탔고, 연기는 푸르고 얇은 실이 되어, 숯처럼 타 버린 심지에서 위쪽 천장을 향해 올라갔다. "아아!" 데보라가 한숨을 쉬었다. "한숨 쉬지 마!" 멘델 징어가 주의를 줬다. 그러고 나서 그들은 침묵했다. "우리 자자, 데보라!" 그가 말했다. 그들은 밤기도를 중얼거리기 시작했다.

주말마다 이렇게 안식일은 밝아왔다, 침묵, 촛불, 그리고 노래와 함께. 스물네 시간 후에 안식일은 평일의 잿빛 행렬을 이끄는 밤 속으로 사라졌다, 고난의 윤무를 이끄는 밤으로. 어느 뜨거운 한여름 날, 오후 네 번째 시간(오전 10시에 해당―옮긴이)에 데보라는 출산을 했다. 그녀의 첫 외침이 공부하는 열두 명 학생들의 단조로운 노랫소리에 부딪혔다. 학생들은 모두 집에 갔다. 이레 동안의 방학이 시작되었다. 멘델은 네 번째 아이이자 아들을 얻었다. 여드레 후에 할례식이 베풀어졌고, 아이한테는 메누힘이라는 이름이 붙었다.

메누힘한테는 요람이 없었다. 그는 방 한가운데 샹들리에처럼 천장에 네 줄로 매달린, 버드나무가지로 엮어 만든 바구니 안에서 흔들거렸다. 가끔 멘델 징어는 애정이 담긴 손가락으로 가볍게 바구니를 건드렸는데, 그러면 그 바구니는 바로 흔들렸다. 이런 동작은 종종 그 젖먹이를 달랬다. 그러나 아기가 슬피 울고 소리 지르는 데는 전혀 도움이 되지 못했다. 아기의 목소리는 성경의 성스러운 말씀 위에서 쉰 목소리를 냈다. 데보라는 간이의자 위에 올라가 젖먹이를 꺼내왔다. 하얗고 크게 부푼 그녀의 젖가슴이 블라우스를 헤집고 나오자, 사내아이들의 눈길이 쏠렸다. 데보라는 마치 그 자리에 있는 모든 애들에게 젖을 먹이는 것 같았다. 그녀의 큰아이들 셋이 질투에 차 탐욕스럽게 그녀를 빙 둘러쌌다. 돌연 정적이 스며들고, 젖먹이의 쩝쩝거리는 소리가 들려왔다.

하루하루가 모여 일주일로 길어졌고, 한 주 한 주는 모여 달로 커졌으며, 열두 달은 1년이 됐다. 메누힘은 여전히 어머니의 젖, 잘 나오지 않는 묽은 젖을 먹었다. 그녀는 아기를 내려놓을 수 없었다. 메누힘은 그의 생애 열세 달째 얼굴을 찡그리고 짐승처럼 끙끙거리며, 쫓기듯 서둘러 숨을 쉬고 지금까지 본 적 없는 모양으로 숨을 헐떡거렸다. 그의 커다란 두개골은 마치 호박처럼, 가냘픈 목에 무겁게 매달려 있었다. 그의 넓은 이마는 살랑댔으며 구겨진 양피지처럼 이리저리 주름이 졌다. 다리는 굽었고 나무로 된 두 개의 활처럼 살아 움직이지 않았다. 마른 조그만 팔은 허우적거리며 실룩거렸다. 그리고 입으로는 우스꽝스러운 소리들을 더듬거렸다. 아기가 경련을 일으키면, 사람들은 그를 요람에서 꺼내 심하게 흔들어댔다. 아기 얼굴이 푸르스름하게 질리고 숨이 거의 그칠 때까지. 그러면 그때서야 아기는 서서히 회복되었다. 그다음 메누힘의 마른 가슴 위에 뜨거운 물을 부은 찻잎을 (여러 개의 작은 주머니에 넣어) 올려놓고 머위로 가냘픈 목을 감았다.
"괜찮아!" 하고 아기의 아버지가 말했다. "크느라고 그런 거야!"
"아들은 외삼촌들을 닮게 돼 있어. 내 남자형제는 5년 동안 그랬
어!" 어머니가 말했다. "자라면서 정상으로 될 거야!" 다른 사람
들이 말했다. 천연두가 시내에 발생하고, 관청에서 예방접종을
지시하고, 의사들이 유대인의 집에 들이닥친 어느 날까지. 많은
사람들이 숨었다. 그러나 멘델 징어, 의로운 사람은 하느님의 어
떤 벌 앞에서도 도망치지 않았다. 예방접종 역시 그는 의연하게
기다렸다.

위원회가 멘델이 사는 골목길을 짚어 찾아온 것은 뜨거운 햇볕
이 내리쬐는 어느 날 오전이었다. 줄지어 서 있는 유대인 집들 중
에서 맨 끝에 있는 것이 멘델의 집이었다. 커다란 책을 팔에 든 경
찰관과 함께 의사 졸티지욱이 왔는데, 그는 갈색 얼굴에 황금빛
콧수염을 휘날리고, 붉은 코에는 금테 두른 코안경을 쓰고 있었
다. 보폭이 넓은 걸음걸이에, 삐걱거리는 노란 가죽각반을 찬 그
는, 더위 때문에 푸른 셔츠 위에 외투를 헐렁하게 걸치고 있었는
데, 그래서 또 다른 팔처럼 보이는 소매 역시 예방접종을 할 준비
가 된 듯했다. 그렇게 의사 졸티지욱은 유대인의 골목에 왔다. 숨
지 못한 여자들의 탄식소리와 아이들의 엉엉 우는 소리가 그를
향해 울려 퍼졌다. 경찰관은 낮은 지하실과 높은 다락에서, 작은
창고와 커다란 밀짚 바구니에서 여자들과 아이들을 끄집어냈다.

해는 무덥게 내리눌렀고, 의사는 땀을 흘렸다. 그는 적어도 백일 흔여섯 명의 유대인에게 예방접종을 해야만 했다. 도망간 사람들과 연락이 안 되는 사람들 모두에게 그는 속으로 감사를 했다. 벽을 파랗게 회칠한 작은 집들 중 네 번째 집에 이르렀을 때, 그는 경찰관에게 더는 열심히 찾지 말라는 눈짓을 했다. 의사가 더 멀리 나아가면 나아갈수록 울부짖는 소리가 점점 더 커졌다. 그 소리는 의사의 발걸음을 앞서 유유히 지나쳤다. 아직도 두려움에 떠는 이들의 울부짖음은 이미 주사를 맞은 이들의 저주와 합쳐졌다. 의사는 피곤한데다 혼란스러워져서 깊은 신음소리를 내면서 멘델의 방에 있는 긴 의자에 앉아 물 한 잔을 달라고 청했다. 그의 시선이 어린 메누힘에게 쏠렸다. 그는 그 불구자를 높이 들고 말했다. "이 아이는 간질병자가 될 거요." 그는 아이 아버지 가슴에 공포를 끼얹었다. "모든 아이들은 경련을 일으켜요" 하고 어머니가 이의를 제기했다. "이건 그런 것이 아닙니다." 의사가 확신했다. "그렇지만 내가 아마 이 애를 건강하게 만들 수 있을 거예요. 이 아이 눈에는 생명이 있습니다."

　그는 어린아이를 병원에 데려가고자 했다. 이미 데보라는 마음의 준비가 되어 있었다. "그 아이를 무료로 치료해줄 거예요." 그러나 멘델은 말했다. "조용히 해, 데보라! 우리 아기를 건강하게 해줄 수 있는 의사는 아무도 없어, 하느님께서 원하시지 않으면. 우리 애가 러시아 애들과 함께 자라야 해? 성경말씀을 전혀 못 듣고? 병원에서 먹는 대로 우유와 고기를 먹어야 해? 버터에 구운 닭고기를? 우리는 가난하지만 난 메누힘의 영혼을 팔지 않겠어. 단지 무료로 치료받을 수 있다고 해서 말이야. 우리는 이방인의 병원에서 치료받지 않아." 영웅처럼 멘델은, 마르고 하얀 팔을 주삿바늘 앞에 내밀었다. 그러나 메누힘은 내주지 않았다. 그는 막내아들을 위해 하느님께 도움을 청하고, 일주일에 두 번 월요일과 목요일에 금식하기로 결심했다. 데보라는 묘지를 순례하고 전능하신 분께 전구傳求해 달라고 조상들의 유골에 간청하기로 작정했다. 그렇게 하면 메누힘은 건강해지고 간질병자가 되지 않을 것이었다.

그렇지만 예방접종 후에 멘델 징어의 집 위에는 괴물처럼 공포가 드리웠고, 끝없이 뜨겁고 쑤시는 바람처럼 가슴에 근심이 파고들었다. 이제 데보라는 한숨을 쉬어도 되었으며, 남편은 그녀를 야단치지 않았다. 그녀는 평소보다 더 오래도록 손에 얼굴을 파묻었다. 기도할 때, 마치 그 안에 공포를 파묻을 밤을 만들어 내기라도 하는 듯이, 그리고 동시에 그 안에서 은총을 발견하고자 암흑을 만들어 내기라도 하는 듯이. 왜냐하면 그녀는 성경에 씌어진 대로 하느님의 빛은 어둠 속에서 환하게 빛나고 그의 선함은 어둠을 밝혀준다고 믿었기 때문이다. 그러나 메누힘의 경련은 그치지 않았다. 큰애들은 자라고 또 자랐으며, 어머니의 귀에는 그들의 건강함이 병자인 메누힘의 원수인 것처럼 지독하게 시끄러웠다. 마치 건강한 아이들이 병자에게서 힘을 받는 듯해서, 데보라는 아이들의 비명 소리, 붉은 뺨, 곧은 사지를 미워했다. 그녀는 비가 오나 해가 뜨나 묘지를 순례했다. 그녀는 조상들의 유골에서 자라난 이끼 낀 무른 돌을 머리로 두드렸다. 그녀는 죽은 이들에게 간구했고, 그들의 말없는 위로의 대답을 들었다고 믿었다. 집에 돌아오는 길에는 아들을 건강한 모습으로 다시 볼 수 있으리라는 희망에 몸을 떨었다. 그녀는 화덕에서 맡은 일을 소홀히 해, 스프는 넘쳐흐르고, 도자기로 된 냄비들은 깨지고, 무쇠냄비는 녹이 슬었다. 또한 초록빛으로 희미하게 빛나는 유리잔들은 쨍그랑 소리를 내며 깨지고, 석유램프의 실린더는 그을려 어두워지고, 심지는 빈약하게 원추형으로 타버렸다. 여러 주 동안 여러 켤레의 구두가 돌아다녀 생긴 더러움이 현관 바닥에 겹겹이 쌓이고, 냄비의 식용유지는 녹아 없어지고, 아이들 셔츠에 달려 있던 단추들은 겨울이 오기 전 나뭇잎처럼 다 떨어져 나갔다.

큰 명절 일주일 전 어느 날(여름은 가을로 바뀌었고, 가을은 겨울이 되려 했다), 데보라는 바구니에 아들을 챙겨 넣고 그 위에 모직담요를 덮은 다음, 마부 자메쉬킨의 마차를 타고 랍비가 사는 클루치스크로 갔다. 널빤지 좌석은 밀짚 위에 느슨하게 놓여 있어서 마차가 움직일 때마다 미끄러졌다. 데보라는 오로지 몸무게만으로 널빤지를 내리눌렀다. 널빤지 좌석은 살아서 껑충 뛰어오르려 했다. 좁고 꼬불꼬불한 길은 은회색 진흙투성이여서, 지나가는 사람들이 신은 장화도, 마차바퀴도 진흙탕 속에 빠졌다. 비는 들판을 가리고, 드문드문 서 있는 오두막집 위로 솟아오르는 연기를 흩날려 버리고, 끝없이 부드러운 인내심으로 비를 맞는 모든 단단한 것들을 망가뜨렸다. 하얀 이처럼 여기저기 흑토에서 자란 석회석, 거리 가장자리에 있는 조각조각 톱질한 나무줄기들, 제재소로 가는 입구에 층층이 쌓여 있는 향기 나는 널빤지들, 또한 데보라의 머릿수건과 그 아래 메누힘이 파묻혀 있는 모직 담요도. 작은 비 한 방울도 그 애를 적셔서는 안 되었다. 데보라는 아직도 네 시간은 더 가야 한다고 어림짐작을 했다. 비가 그치지 않으면, 그녀는 여인숙 앞에 멈춰 담요를 말리고, 차를 마시고, 집에서 가져온 다른 것과 마찬가지로 흠뻑 젖은 양귀비 비스킷을 먹어야만 할 형편이었다. 그렇게 하자면 5코페이카가 들 것이고, 5코페이카는 분별없이 써서는 안 되는 돈이었다. 하느님께서 선견지명이 있으셔서, 비가 그쳤다. 서둘러 움직이는 구름 조각 위에서 녹아버린 태양이 밝게 빛났으나, 겨우 한 시간 정도였다. 해는 결국, 새로 밀어닥친 더 깊은 어둠 속으로 가라앉아 버렸다.

데보라가 도착했을 때는 어두운 밤이 클루치스크에 진을 치고 있었다. 그리고 어찌할 바를 모르는 많은 사람들이 랍비를 보러 이미 와 있었다. 클루치스크는 짚과 널빤지로 만든 낮은 집 몇 천 채와, 건물들로 둘러싸인 마른 호수와도 같은 시장 몇 킬로미터로 이루어진 곳이었다. 그 안에 빈둥빈둥 서 있는 마차들은 멈춰 선 난파선을 상기시키며, 원형의 넓은 공간에서 작고 무의미해져 눈에 띄지 않게 됐다. 마차에서 풀려난 말들이 마차 옆에서 히힝 소리를 지르며 울고, 피곤한 말굽으로 딱딱 소리를 내며 끈적이는 진흙을 밟았다. 몇몇 남자들은 흔들거리는 노란 등을 가지고, 잊고 온 이불, 식량과 쨍그랑거리는 그릇들을 가지러 밤새 헤맸다. 막 도착한 사람들의 숙소가, 빙 둘러선 수많은 작은 집들에 마련됐다. 그들은 마을 주민의 침대 옆 간이침대에서 잠을 잤다, 병자, 곱사등이, 신체가 마비된 사람, 미친 사람, 바보, 심부전증 환자, 당뇨병 환자, 악성종양을 지닌 사람, 전염성 만성 결막염에 감염된 사람, 아이를 못 가지는 여자, 기형아를 데리고 온 어머니, 감옥이나 군대에 갈 위협을 받는 남자, 성공적인 도주를 부탁하는 탈영병, 의사들이 포기한 사람들, 인류에 의해 버림받은 사람들, 세속적인 정의에 의해 박해받는 사람들, 우울한 사람들, 동경하는 사람들, 굶주린 사람들과 배부른 사람들, 사기꾼과 정직한 사람들, 모두 모두 모두……. 데보라는 클루치스크에 있는 남편 친척집에 머물렀다. 그녀는 잠을 자지 않았다. 구석의 화덕 옆에 있는 메누힘의 바구니 곁에 밤새도록 쪼그리고 앉아 있었다. 방은 깜깜하고 깜깜했으며, 그녀의 가슴은 암담하고 암담했다. 그녀는 감히 하느님께 더는 간구하지 못했다. 하느님은 그녀에게 너무 높고, 너무 크고, 너무 넓고, 끝이 없는 하늘 뒤에 무한해 보였으며, 그녀가 하느님의 끝자락에 도달하려면 수백만 번의 기도로 된 사다리가 있어야만 했다. 그녀는 죽은 후견인들을 찾고, 부모님에게 간구했다. 메누힘이 이름을 따온 할아버지에게. 그런 다음에는 유대인의 성조들인 아브라함, 이사악, 야곱에게, 모세의 유골에, 그리고 마지막으로 유대인의 여자시조들에게. 전구가 가능한 곳이면, 어디든지 그녀는 한숨을 보냈다. 그리고 수많은 무덤들, 수많은 낙원의 문들을 두드렸다. 청원자들이 너무 많아 내일 랍비를 만나지 못할지도 모른다는 걱정 때문에, 먼저 제때 밀치고 나아갈 행운을 빌었다. 그러면 아들의 회복은 누워서 떡 먹기일 듯했다. 마침내 그녀는 어두운 창의 덧문 틈으로 창백한 아침 빛줄기를 봤다. 재빨리 그녀는 일어섰다. 화덕 위에 놓인 마른 소나무 장작에 불을 붙이고, 냄비를 찾아냈다. 식탁에서 사모바르(러시아에서 물을 끓이는 데 사용하는 주전자. 중심에 불을 넣는 통이 있고 연료는 숯, 솔방울, 장작, 석탄 등을 사용했다 ― 옮긴이)를 가져다, 그 안에 타는 장작을 집어넣고 숯을 더 넣은 다음, 그 그릇의 양쪽 손잡이를 붙잡고 등을 굽혀 안으로 입김을 불어 넣었다. 그러자 불꽃이 흩날려 그녀의 얼굴 주위에서 바스락거리는 소리를 냈다. 그녀는 마치 신비로운 의식에 따라 행동하는 듯했다. 물도 끓었고, 차도 끓었다. 그 집 식구들이 일어나서, 갈색의 질그릇 앞에 앉아 마셨다. 그때 데보라는 아들을 바구니에서 집어 올렸다. 아이는 칭얼거렸다. 그녀는 재빨리 격렬한 애정으로 아이에게 여러 차례 입을 맞추었다. 그녀는 아이의 회색 얼굴에, 마른 작은 손에, 굽은 허벅지에, 부풀어 오른 배에 젖은 입술을 대고 쪽쪽 소리를 냈다. 마치 사랑하는 어머니의 입으로 아이를 때리는 것 같았다. 그런 다음 아이를 싼 꾸러미를 끈으로 묶어서 손을 자유롭게 쓸 수 있도록 목에다 걸었다. 그녀는 랍비의 문 앞에 있는 군중들 속에 자리를 마련하고자 했다.

그녀는 날카롭게 포효하면서 기다리는 사람들 무리로 달려들어, 무자비한 작은 주먹으로 약한 사람들을 밀쳐냈다. 아무도 그녀를 막을 수 없었다. 그녀 손에 잡혀 밀려나서 그녀를 비난하려고 돌아본 사람이면 누구든지, 그녀 얼굴에서 불타는 고통, 아주 뜨거운 입김이 흘러나올 것 같은 그녀의 열린 붉은 입, 굴러 떨어지는 커다란 눈물의 수정처럼 투명한 반짝임, 담홍색 불길에 타오르는 뺨, 터지기 전 울부짖는 소리가 축적된 뻗친 목의 두꺼운 푸른 혈관에 눈이 멀었다. 횃불처럼 나부끼면서 데보라는 유유히 지나갔다. 그녀의 단 한 번의 날카로운 울부짖음으로 세상은 죽어버리고 무서운 정적이 내려앉았다. 데보라는 마침내 랍비의 문 앞에 도달해 무릎을 꿇었다. 그러고는 오른손을 뻗어 손잡이를 잡고, 왼손으로는 갈색 나무문을 북 치듯 계속 두드렸다. 메누힘은 그녀 앞의 바닥에서 질질 끌렸다.

누군가 문을 열었다. 랍비는 창가에 서 있었다. 그는 그녀에게 등을 돌리고 있었다. 하나의 검고 홀쭉한 대꼬챙이. 갑자기 그가 몸을 돌렸다. 그녀는 문턱에 머물러, 마치 제물을 바치듯 두 팔 위에 아들을 바쳤다. 그의 하얀 수염과 일치하는 듯한 남자의 창백한 얼굴에서 어떤 미광이 스쳤다. 그녀는 그 성인의 눈을 보려고 작정했었다. 정말로 그 안에 굉장한 자비가 살아 있는지 확인하고 싶었던 것이다. 그러나 막상 그녀는 그 자리에 서 있었다. 그녀의 눈길 앞에는 눈물의 호수가 놓여 있었고, 그녀는 물과 소금으로 된 하얀 물결 뒤에 있는 그 남자를 봤다. 그는 손을 들었고, 그녀는 마른 두 손가락을 알아봤다고 믿었다, 축복의 도구를. 그가 단지 속삭였을 뿐인데도 그녀는 아주 가까이에서 랍비의 목소리를 들었다.

"메누힘, 멘델의 아들은 건강해질 것이다. 그와 같은 이는 이스라엘에서 많지 않을 것이다. 고통은 그를 현명하게 만들 것이다, 추함은 선하게, 고뇌는 온유하게, 그리고 병은 강하게. 그의 눈은 넓고 깊어지고, 그의 귀는 밝고 메아리로 충만할 것이다. 그의 입은 침묵할 것이다. 그러나 그가 입술을 열면, 그 입술은 선한 것을 선포할 것이다. 두려워하지 말고 집에 가거라!"

"언제, 언제, 언제 건강해지나요?" 데보라가 속삭였다.

"오랜 세월 후에." 랍비가 말했다. "그러나 더는 나에게 묻지 마라. 나는 시간도 없고 더 아는 바도 없다. 네 아들을 떠나지 마라. 그가 너에게 큰 짐이 될지라도, 그를 내맡기지 마라. 그는 너에게서 나온다, 건강한 아이처럼. 그러니 가거라!"

밖에서 사람들이 그녀에게 자리를 만들어 주었다. 그녀의 뺨은 창백하고, 눈은 메마르고, 입술은 살짝 열려 있었다. 그녀는 순전히 희망을 들이마신 듯했다. 가슴에 은총을 품은 채, 그녀는 집으로 돌아갔다.

2

데보라는 집에 와서, 화덕 옆에 있는 남편과 마주쳤다. 그는 마지못해 불, 냄비, 나무숟가락을 준비했다. 그의 곧은 감각은 단순한 세속적인 일들에 향해졌고 눈의 영역에 있는 기적은 전혀 받아들이지 않았다. 그는 랍비에 대한 아내의 믿음을 비웃었다. 그의 소박한 경건성은 하느님과 인간 사이를 매개하는 어떤 커다란 힘도 필요치 않았다. "메누힘은 건강해질 거예요, 그렇지만 오래 걸릴 거예요!" 이렇게 말하면서 데보라는 집에 들어섰다. "오래 걸릴 거라고!" 멘델이 불길한 메아리처럼 되받았다. 데보라는 한숨을 쉬면서 바구니를 다시 천장에 매달았다. 놀던 큰아이들 셋이 왔다. 그들은 며칠 동안 보고 싶었던 바구니로 달려들어, 바구니를 힘차게 이리저리 흔들었다. 멘델 징어는 양 손으로 두 아들 요나스와 쉐마르야를 붙잡았다. 딸 미르얌은 어머니한테 도망쳤다. 멘델은 아들들의 귀를 꼬집었다. 그들은 갑자기 소리 내어 울었다. 그는 바지 허리띠를 풀어서 허공으로 흔들었다. 마치 그 가죽이 아직도 그의 몸에 속한 듯, 마치 그것이 손의 자연스러운 연장인 듯, 멘델 징어는 아들들의 등을 찰싹찰싹 내리치는 소리를 모두 느꼈다. 엄청난 포효가 그의 머릿속에서 터져 나왔다. 아내가 외치는 경고는 그의 소음 속에 떨어져, 그 안으로 무의미하게 사라졌다. 그것은 마치 여러 잔의 물을 흥분한 바다에 부은 듯했다. 그는 자신이 어디에 서 있는지 느끼지 못했다. 그는 흔들리는, 찰싹찰싹 소리가 나는 허리띠와 함께 빙글빙글 돌고, 벽, 식탁, 긴 의자를 내리쳤으며 잘못 내리친 것이 그를 더 기쁘게 했는지 몰랐다. 아니면 제대로 내리친 것이 그랬는지. 드디어 벽시계가 세 시를 쳤다. 그 시간은 학생들이 오후에 모이는 시간이었다. 아무것도 먹지 않아 빈속으로, 목을 조이는 흥분으로, 멘델은 성경 낱말 하나하나, 문장 하나하나를 읽어주었다. 아이들의 밝은 합창소리는 낱말 하나하나, 문장 하나하나를 반복했는데, 마치 성경이 여러 종에서 울리는 듯했다. 종처럼 학생들의 상체가 앞뒤로 흔들거리는 동안, 아이들 머리 위에서는 메누힘의 바구니가 거의 같은 리듬으로 이리저리 흔들렸다. 오늘은 멘델의 아들들도 수업에 참여했다. 아버지의 분노는 흩어지고 식었으며 꺼져 버렸다. 노래로 따라 하기에서 아들들이 다른 아이들보다 앞섰기 때문이다. 그는 그들을 시험하고자 방을 떠났다. 아들들의 목소리가 앞장서서, 아이들의 합창이 울려 퍼졌다. 그는 그들을 신뢰할 수 있었다.

형 요나스는 곰처럼 힘이 세고, 동생 쉐마르야는 여우처럼 영리했다. 요나스는 발을 쿵쾅거리며 무거운 발걸음으로 느릿느릿 걸어 다녔다. 머리는 앞으로 숙이고, 손은 늘어뜨리고, 뺨에는 건강이 넘쳐흐르고, 늘 배가 고프고, 무성하게 자란 곱슬머리는 모자의 가장자리 밖으로 삐져나와 있었다. 조용히 거의 살금살금, 예리한 옆모습, 항상 깨어 있는 밝은 눈, 가느다란 팔에다 손은 주머니에 숨기고, 요나스의 동생 쉐마르야는 형을 따라다녔다. 둘 사이에서는 한 번도 싸움이 일어나지 않았다. 그들은 서로 멀리 떨어져 있었고, 그들의 영토와 재산은 분리되었으며, 그들은 동맹을 맺고 있었다. 양철통, 성냥갑, 깨진 유리조각, 뿔, 버드나무 가지를 가지고 쉐마르야는 놀라운 것들을 만들었다. 요나스는 그것들을 강한 입김으로 넘어뜨려 없애버릴 수도 있었다. 그러나 그는 자기 동생의 섬세한 솜씨에 감탄했다. 그의 작고 검은 눈은 두 뺨 사이에서 작은 불꽃처럼 빛났다. 호기심으로 가득 찬 밝은 눈이었다.

집에 돌아온 지 며칠 후에 데보라는 메누힘의 바구니를 천장에서 뗄 때가 됐다고 생각했다. 그녀는 엄숙함 없이는 큰아이들에게 그 어린애를 넘겨주지 않았다. "너희들은 아기를 데리고 산책해라!" 데보라는 말했다. "아기가 피곤해지면 업어줘. 어떤 일이 있어도, 넘어지게 하면 안 돼! 우리 아기가 건강해질 거라고 그 성인이 말했어. 어떤 아픔도 아기한테 주면 안 된다." 이제부터 아이들의 괴롭힘이 시작되었다.

그들은 시내를 가로질러 메누힘을 재앙처럼 끌고 다니며, 그를 눕히고, 그를 넘어뜨렸다. 큰애들은 메누힘을 데리고 산책할 때, 뒤 따라다니는 동갑내기들의 조롱을 참기가 어려웠다. 어린 애는 둘 사이에 붙들려 있어야만 했다. 그는 사람처럼 한 발을 다른 발 앞에 놓을 수가 없었다. 그는 망가진 바퀴와 같은 두 다리로 비틀거리고 멈춰 서고 무릎이 꺾였다. 결국 요나스와 쉐마르야는 아이를 눕혔다. 그들은 그를 한쪽 구석, 자루 안에 집어넣었다. 거기서 아이는 개똥, 말똥, 자갈들을 가지고 놀았다. 그는 모든 것을 먹어치웠다. 벽에서 석회를 긁어서는 입에 가득 채우더니, 기침을 하고 얼굴이 파래졌다. 한 조각 쓰레기, 그는 구석진 곳에 방치돼 있었다. 이따금 그는 울었다. 사내아이들은 미르얌을 보내 그를 달래도록 했다. 다정하게, 교태를 떨며, 깡충깡충 뛰는 가느다란 다리로, 가슴에는 불쾌하고 증오스러운 혐오감을 품고, 그 여자애는 바보 같은 동생에게 다가갔다. 미르얌이 아이의 풀이 죽은 잿빛 얼굴을 쓰다듬는 애정에는 뭔가 살의가 느껴졌다. 그녀는 주위를 조심스럽게 살폈다, 오른쪽 왼쪽으로, 그런 다음 동생의 허벅지를 꼬집었다. 갑자기 아이는 울음을 터뜨렸고, 이웃사람들은 창밖으로 내다보았다. 미르얌은 울듯이 얼굴을 찡그렸다. 모든 사람들이 그녀를 동정하면서 여러 가지를 캐물었다.

어느 여름날, 비가 왔다. 아이들은 메누힘을 집밖으로 끌고 나가 반년 전부터 빗물을 받아놓은, 벌레들이 여기저기 헤엄치는 통 속에 집어넣었다. 과일찌꺼기와 곰팡이 슨 빵 껍질이 떠다니는 통이었다. 그들은 아이의 굽은 다리를 붙잡고 회색의 넓은 머리를 여러 차례나 물속에 쑤셔 박았다. 죽은 자를 붙잡고 있다는 기쁘고 소름끼치는 기대를 하면서. 그러나 메누힘은 살았다. 그는 숨을 색색거렸고, 물을 뱉어내며, 벌레, 곰팡이 슨 빵, 과일찌꺼기도 뱉어냈다. 그리고 살았다. 아무 일도 그에게는 일어나지 않았다. 그러자 아이들은 침묵하면서 겁에 잔뜩 질려 집으로 그를 다시 데려갔다. 막 아주 조용하게 손짓한 하느님의 새끼손가락에 대한 커다란 공포가 두 사내아이와 여자아이를 사로잡았다. 하루 종일 그들은 말을 하지 않았다. 그들의 혀는 입천장에 달라붙고, 그들의 입술은 말을 꺼내려고 열렸지만, 목구멍에서는 아무 소리도 나오지 않았다. 비가 그치고 해가 나오자, 거리 가장자리에서 작은 개울이 경쾌하게 흘렀다. 작은 종이배를 띄워 그것이 어떻게 운하를 향해 헤엄쳐가는지 바라보는 시간이 됐을 거다. 그러나 아무 일도 일어나지 않았다. 아이들은 다시 집으로 기어 들어갔다, 개들처럼. 오후 내내 그들은 메누힘의 죽음을 기다렸다. 메누힘은 죽지 않았다.

메누힘은 죽지 않았다, 그는 살아남았다, 굉장한 불구자. 이제 데보라의 모태는 말라서 임신을 할 수 없게 됐다. 메누힘은 그녀 몸의 마지막 잘못된 결실이었다. 그녀의 모태는 불행을 더 일으키는 것을 거절하는 듯했다. 아주 잠깐 그녀는 남편을 껴안았다. 그것은 여름날 먼 지평선에서 치는 마른번개처럼 짧았다. 길고 무섭고 잠 없는 밤들을 데보라는 지냈다. 차가운 유리벽이 그녀를 남편과 떼놓았다. 그녀의 가슴은 시들고, 그녀의 몸은 불임을 조롱하듯이 불어났으며, 그녀의 허벅지는 무거워지고, 발에는 납이 매달렸다.

어느 여름날 아침, 그녀는 멘델보다 일찍 잠이 깼다. 창턱에서 지저귀는 참새 한 마리가 그녀를 깨웠다. 그녀 귀에는 아직도 참새의 쩍쩍거리는 소리가, 꿈꾼 것, 행복한 것에 대한 기억이 햇살의 목소리처럼 남아 있었다. 이른 따뜻한 여명은 나무로 된 창에 내려진 덧문의 미세한 구멍과 틈으로 스며들었다. 가구모서리들은 밤의 그림자 속에 사라졌는데도, 데보라의 눈은 이미 초롱초롱했고, 생각은 확고했으며, 가슴은 썰렁했다. 그녀는 잠자는 남편을 흘끗 바라보고 그의 검은 수염에서 최초의 흰 털들을 발견했다. 그는 잠 속에서 헛기침을 했다. 그는 코를 골았다. 그녀는 흐릿한 거울 앞으로 훌쩍 내려섰다. 차가운 손가락 끝으로 머리카락이 듬성듬성한 머리를 가로질러 빗질하고, 한 가닥씩 한 가닥씩 이마 앞으로 당겨 흰 머리칼을 찾았다. 그녀는 단 한 가닥을 찾았다고 믿고, 두 손가락의 강한 족집게로 그것을 뽑았다. 그런 다음 거울 앞에서 속옷 단추를 끌렀다. 축 늘어진 가슴을 보고, 두 손으로 젖가슴을 올렸다가 내리고, 속이 비기는 했지만 볼록한 하복부를 쓰다듬고, 허벅지에 사방으로 가지를 친 푸른 혈관들을 보고 다시 침대로 가기로 했다. 몸을 돌리던 그녀는 남편의 뜬 눈에 시선이 부딪치자 깜짝 놀랐다. 그녀는 소리를 질렀다. "뭘 쳐다봐요?" 그는 대답하지 않았다. 뜬 눈은 그의 것이 아닌 듯했다. 그는 여전히 자고 있었기 때문이다. 그와는 상관없이 눈은 열려 있었다. 독자적으로 그 눈은 호기심이 많았다. 눈의 흰자위는 평소보다 더 하얗게 보였으며, 눈동자는 아주 작았다. 데보라에게 그 눈은 검은 점 하나가 있는 얼어붙은 호수를 상기시켰다. 그 눈은 겨우 1분 동안 뜨고 있었지만, 데보라에게는 1분이 10년처럼 여겨졌다. 멘델의 눈은 다시 감겼다. 그는 편안하게 계속 숨을 쉬었고, 잠을 잤다, 의심할 여지없이. 멀리서 수많은 종달새가 떨듯이 지저귀기 시작했다, 집 위에서, 하늘 아래에서. 아침의 어두운 공간으로 새날의 더위가 벌써 스며들었다. 금방 시계가 여섯 번 쳤음에 틀림없다. 그 시간에 멘델 징어는 늘 일어나곤 했다. 데보라는 움직이지 않았다. 침대 쪽을 향해 거울을 등지고 있던 자리에 그대로 서 있었다. 그녀가 그렇게 서서 유심히 귀를 기울였던 적은 한 번도 없었다, 목적 없이, 까닭 없이, 호기심 없이, 의욕 없이. 그녀는 아무것도 기다리지 않았다. 그러나 그녀는 뭔가 특별한 것을 기다림에 틀림없어 보였다. 그녀의 모든 감각은 전에 없이 깨어 있었고, 또 미지의 새로운 감각이 옛것을 보조하려고 깨어났다. 그녀는 천 배로 보고, 듣고, 느꼈다. 그런데 아무 일도 일어나지 않았다. 한여름의 아침이 밝아왔을 뿐이고, 종달새가 닿을 수 없는 먼 거리에서 떨듯 지저귈 뿐이었으며, 햇살이 창의 덧문 틈을 통해 뜨거운 힘으로 억지로 밀려들어왔을 뿐이었다. 그리고 가구들의 가장자리에 드리운 넓은 그림자는 점점 더 좁아지고, 시계는 여섯 번을 치려고 째깍째깍 소리를 내며 시계추를 뒤로 젖히고, 남편은 숨을 쉬었다. 아이들은 소리 없이 구석의 화덕 옆에 누워 있었다, 데보라 눈에 보이기는 했지만, 멀리, 마치 다른 공간에 있는 것처럼. 아무 일도 전혀 일어나지 않았다. 그렇지만 무한한 것이 생기려는 것 같았다. 시계가 쳤다, 구원처럼. 멘델 징어는 잠에서 깨어나 똑바로 일어나 앉아서 아내를 쳐다보았다. "왜 침대에 안 누워 있지?" 그는 묻고는 눈을 비볐다. 그리고 기침을 하고 침을 뱉었다. 그의 말과 행동에서 아무것도, 그의 왼쪽 눈이 떠져 있었고 스스로 쳐다보았다는 사실을 드러내지 않았다. 그는 아무것도 모르는 듯했다. 아마도 데보라가 착각을 한 듯했다.

그날 이후로 멘델 징어와 그의 아내 사이에는 욕정이 멈췄다. 그들은 동성인 두 사람처럼 잠자리에 들었고, 밤새 잤으며, 아침에 깼다. 그들은 처음 결혼했던 며칠처럼 서로 부끄러워하고 침묵했다. 그들 욕정의 시작에 부끄러움이 있었고, 그들 욕정의 끝에도 부끄러움이 있었다.

그런 다음 그것 역시 극복되었다. 그들은 다시 이야기를 했고, 그들의 눈은 더는 서로를 피하지 않았으며, 그들의 얼굴과 몸은 똑같은 리듬으로 늙어갔다, 쌍둥이의 얼굴과 몸처럼. 여름은 활기가 없고 숨쉬기가 어려우며 비는 적었다. 문과 창문은 열려 있었다. 아이들은 거의 집에 없었다. 바깥에서 그들은 빨리 자랐다, 햇빛을 받고 결실을 맺어서.

심지어 메누힘도 자랐다. 그의 다리는 굽은 그대로였지만 의심할 나위 없이 더 길어졌다. 상체 역시 자랐다. 어느 날 아침, 그는 전혀 들어 본 적 없는 소리로 날카롭게 외쳤다. 그런 다음 조용해졌다. 잠시 후 그는 분명하고 확실히 들을 수 있는 소리로 말했다. "엄마."

데보라가 그에게로 달려갔다. 이미 오래전에 말라버린 그녀의 눈에서 눈물이 쏟아졌다, 뜨겁게, 세게, 크게, 짜게, 고통스럽게, 그리고 달콤하게. "말해 봐, 엄마!" "엄마" 하고 그 어린애가 반복했다. 수십 번 그는 그 말을 반복했다. 수백 번 데보라는 그것을 따라 했다. 그녀의 청원은 헛된 게 아니었다. 메누힘이 말을 했다. 기형아의 이 한 마디 말은 계시처럼 고귀하고, 천둥처럼 막강하고, 사랑처럼 따뜻하고, 하늘처럼 은혜롭고, 대지처럼 넓고, 밭처럼 비옥하고, 과실처럼 달콤했다. 이것은 건강한 아이들의 건강 그 이상이었다. 이것은 메누힘이 강하고 위대하며, 현명하고 선하게 될 것임을 의미했다. 축복의 말이 들려줬던 대로.

물론 메누힘의 목구멍에서는 또 다른 이해할 만한 소리가 더는 나오지 않았다. 오랜 세월 아주 끔찍한 침묵 끝에 나온 이 한 마디 말은 먹고 마시는 것, 자고 사랑하는 것, 즐거움과 고통, 하늘과 땅을 의미했다. 아이가 단지 이 말만 했는데도, 어머니 데보라에게는 그가 설교자처럼 달변이고 시인처럼 표현이 풍부해 보였다. 그녀는 그 낱말 하나에 숨어 있는 모든 낱말을 이해했다. 그녀는 큰아이들을 돌보지 않았다. 그녀는 그들로부터 멀어졌다. 그녀는 단지 아들 하나만 있었다, 유일한 아들, 메누힘.

3

아마도 축복이 성취되는 데는 저주보다 더 많은 시간이 필요한가 보다. 메누힘이 첫 번째 유일한 말을 한 이래로 10년이란 세월이 흘렀다. 그는 아직도 다른 말은 전혀 하지 못했다.

데보라는 때때로 혼자 집에서 병든 아들과 있을 때, 빗장을 지르고 메누힘 옆 바닥에 앉아서, 어린애의 얼굴을 꼼짝도 않고 바라봤다. 백작부인이 교회 앞에 왔던 여름의 끔찍한 날을 그녀는 기억했다. 데보라는 교회의 열린 문을 본다. 수많은 촛불, 알록달록하고 빛나는 화환으로 둘러싸인 그림들, 나지막이 멀리 보이는 제단에 서 있는, 검은 수염에다 흰 손을 치켜든, 제의를 입은 세 명의 사제들에게서 나오는 황금 광채가 햇볕 속에 먼지가 나부끼는 광장으로 밀려나온다. 데보라는 임신 석 달째로, 그녀의 몸속에서는 메누힘이 조금씩 움직이고 있다. 그녀는 어리고 연약한 미르얌의 손을 꼭 잡고 있다. 갑자기 큰 소리가 난다. 그 소리는 교회에서 기도하는 사람들의 노랫소리를 압도한다. 말들이 딱딱 소리를 내며 총총걸음으로 달리는 소리를 사람들은 듣는다. 먼지 구름이 회오리쳐 일어나고, 백작부인의 호화로운 청색 마차가 교회 앞에 멈춘다. 시골아이들은 환호성을 지른다. 계단에 있던 남자거지와 여자거지들이 덮개가 접히는 가벼운 마차를 향해 절뚝거리며 걷는다. 백작부인의 손에 입맞춤을 하려는 것이다. 갑자기 미르얌이 힘차게 몸을 뿌리치더니 순식간에 사라진다. 데보라는 떨며, 무더위 속에서 몸이 얼어붙는다. 미르얌은 어디 있니? 시골아이한테마다 그녀는 묻는다. 백작부인이 마차에서 내린다. 데보라는 덮개가 접히는 가벼운 마차 가까이 걸어간다. 은빛 단추가 달린 짙푸른 제복을 입은 마부는 높이 앉아 있어서 모든 것을 내려다볼 수 있다. "검은 머리 여자애가 뛰어가는 걸 보셨어요?" 데보라가 묻는다. 머리를 위로 높이 쳐들고, 태양과 제복을 입은 사람의 광채 때문에 눈은 감긴 채이다. 마부는 하얀 장갑을 낀 왼손으로 교회 안을 가리킨다. 미르얌은 그 안으로 달려갔다. 데보라는 잠깐 곰곰이 생각하다가, 교회 안으로 돌진한다. 황금의 광채 속으로, 가득 찬 노랫소리 속으로, 크게 울리는 오르간 소리 속으로. 입구에 미르얌이 서 있다. 데보라는 아이를 붙잡고 광장으로 끌고 가, 뜨겁고 하얗게 달아오르는 계단을 뛰어 내려가, 불난 곳에서 뛰쳐나오듯이 도망친다. 그녀는 애를 때리려 하지만 겁이 난다. 그녀는 애를 끌면서 골목길로 달려간다. 이제 그녀는 안심이 된다. "아버지한테 이 일에 대해 아무 얘기도 해서는 안 된다." 그녀는 헐떡거리며 말한다, "알았지, 미르얌?"

이날 이후로 데보라는 재앙이 다가오고 있음을 안다. 재앙을 그녀는 잉태하고 있다. 그녀는 그 사실을 알고 침묵한다. 그녀는 빗장을 다시 밀어 당긴다. 누가 문을 두드린다. 멘델이 왔다.

그의 수염은 일찍이 백발이 됐다. 데보라의 얼굴, 몸과 손도 쭈글쭈글해졌다. 큰아들 요나스는 곰처럼 힘이 세고 느렸고, 작은 아들 쉐마르야는 여우처럼 영리하고 민첩했으며, 딸 미르얌은 가젤영양처럼 교태를 떨며 생각이 없었다. 심부름을 하러 골목길을 획 지나가는 그녀의 모습은 날씬하고 가냘펐다. 희미하게 빛나는 그림자, 갈색 얼굴에 크고 붉은 입, 황금빛 목도리는 턱밑에 흩날리는 두 개의 날개로 묶고, 젊은 얼굴 한가운데 늙은이의 두 눈을 하고 있었다. 이렇게 그녀는 점령군 장교들의 시야에 들어와서 근심 없이 쾌락을 좇는 그들의 머릿속에 기억되었다. 많은 남자들이 가끔 그녀의 꽁무니를 쫓아다녔다. 그녀는 그녀의 사냥꾼들에게서 감각의 외적인 문을 통해 곧장 들어왔다가 나가는 것 외에는 아무것도 알아차리지 못했다. 은빛 나는 박차와 무기의 찰싹거리는 소리와 쩔그럭거리는 소리, 머릿기름과 면도비누의 흩날리는 향기, 황금빛 단추의 야한 미광, 은빛의 줄장식과 러시아 가죽으로 된 새빨간 띠. 그것은 적으면서도 충분했다. 그녀의 감각의 외적인 문 바로 뒤에는, 젊음의 누이요, 욕정의 고지자인 미르얌 안에 숨은 호기심이 기다리고 있었다. 달콤하고 뜨거운 공포 속에서 소녀는 추적자로부터 달아났다. 단지 공포의 고통스럽고 자극적인 즐거움을 만끽하고자, 그녀는 여러 골목길을 지나더 오래 도망쳤다. 그 소녀는 길을 돌아서 달아났다. 미르얌은 단지 다시 도망칠 수 있도록, 필요 이상으로 자주 집에서 나갔다. 그녀는 거리모퉁이에 멈춰 서서 시선을 뒤로 던졌다, 사냥꾼에게 미끼를 던지듯. 이것이 미르얌의 하나뿐인 즐거움이었다. 누군가 그녀를 이해했다 할지라도, 그녀의 입은 닫혀 있었을 것이다. 즐거움은 비밀로 남을 때 더 강하기 때문이다.

미르얌은 그녀가 군대라는 낯설고 무서운 세계와 어떤 위협적인 관계를 맺게 될지, 그리고 멘델 징어, 그의 아내, 그리고 그의 아이들 머리 위에 이미 쌓이기 시작한 그 운명이 얼마나 힘든 것인지를 아직 몰랐다. 왜냐하면 요나스와 쉐마르야는 법에 따라서는 이미 군인이 되어야 하고, 조상들의 전통에 따라서는 군복무를 피해야만 하는 나이가 됐기 때문이다. 자비롭고 미리 배려하는 하느님께서는 다른 소년들을 약간 불구로 만들어서, 악으로부터 보호해줄 신체상의 결함을 허락하셨다. 많은 사람들은 애꾸눈이나 절름발이며, 이 남자는 탈장 증세가 있고, 저 남자는 이유 없이 팔과 다리에 경련을 일으키고, 몇몇은 폐가 약하고, 다른 사람들은 심장이 약하고, 어떤 이는 귀가 잘 안 들리고, 다른 이는 말을 더듬으며, 또 다른 사람은 그저 몸이 대체로 약했다. 그러나 멘델 징어 가족은, 보통은 선한 자연이 서서히 모든 가족들에게 나눠줬을 그 인간적인 고통의 전부를 어린 메누힘이 스스로 짊어지고 있는 듯했다. 멘델의 큰아들들은 건강했고, 어떤 결함도 몸에서 발견되지 않았다. 그래서 그들은 고생을 하고 단식하고 커피를 마시고 잠깐 심부전증에 걸리기를 희망해야만 했다, 일본과의 전쟁이 이미 끝났는데도.

그리하여 그들의 고생이 시작되었다. 그들은 먹지 않았고, 자지 않았으며, 밤낮으로 떨면서 비틀거렸다. 눈은 붉어지고 부었으며, 목은 메마르고, 머리는 무거워졌다. 데보라는 그들을 다시 사랑했다. 그녀는 큰아들들을 위해 기도하러 다시 묘지를 순례했다. 전에 메누힘의 건강을 간구한 것처럼 이번에는 요나스와 쉐마르야의 병을 하느님께 간구했다. 군대는 매끄러운 쇠와 혹독한 고문으로 이루어진 가혹한 산처럼 그녀의 걱정스러운 눈앞에서 솟아올랐다. 그녀는 시체들을 봤다, 순전히 시체들만을. 황제는 붉은 피로 물든 박차를 발에 달고 높이 희미하게 빛나면서, 그녀의 아들들의 희생을 기다렸다. 아들들은 기동연습을 나갔고, 벌써 이 하나만으로도 그녀에게는 커다란 공포였으며, 새로운 전쟁에 관해 그녀는 생각조차 하지 않았다. 그녀는 남편에게 화가 났다. 멘델 징어, 그는 뭐 하는 사람이었나? 교사, 멍청한 아이들의 멍청한 교사. 그녀가 아직 소녀였을 때, 그녀의 생각은 달랐다.

그러나 멘델 징어가 아내보다 걱정을 덜 한 것은 아니었다. 안식일에 회당에서, 황제를 위해 법적으로 규정된 기도가 행해질 때, 멘델은 자기 아들들의 아주 가까운 미래를 생각했다. 이미 그는 신병의 혐오스러운 아마포 군복을 입은 그들을 봤다. 그들은 돼지고기를 먹고 장교한테서 승마용 채찍으로 얻어맞았다. 몸에는 무기와 대검을 지니고 있었다. 그는 기도 한가운데, 수업 한가운데, 침묵 한가운데, 그럴만한 이유 없이 자주 한숨을 쉬었다. 남들조차 그를 걱정스럽게 바라봤다. 그의 병든 아들에 대해서는 아무도 묻지 않았지만, 그의 건강한 아들들에 대해서는 모두 물어봤다.

3월 26일, 드디어 두 아들은 타르기로 떠났다. 둘 다 제비를 뽑았다. 둘 다 나무랄 데 없이 건강했다. 둘 다 뽑혔다.

여름을 집에서 지내는 것이 그들에게 허락됐다. 그들은 가을이면 입대를 해야 했다. 어느 수요일에 그들은 군인이 되었고, 일요일에는 집으로 향했다.

일요일에 그들은 집으로 향했다, 국가의 무료승차권으로 무장을 하고. 벌써 그들은 황제의 비용으로 여행을 했다. 그들과 같은 많은 사람들이 그들과 함께 기차를 탔다. 느린 기차였다. 그들은 농부들 가운데 긴 나무의자에 앉았다. 농부들은 노래를 불렀고 술에 취해 있었다. 모두들 잎담배를 피웠는데, 담배연기에서 땀냄새의 먼 기억도 함께 냄새를 풍겼다. 모두들 서로 이야기를 나누었다. 요나스와 쉐마르야는 한순간도 떨어지지 않았다. 이것은 그들의 첫 번째 기차여행이었다. 그들은 자리를 자주 바꿨다. 둘 다 창가에 앉아서 경치를 내다보고 싶어 했다. 세상은 쉐마르야에게 엄청나게 넓어 보였다. 요나스의 눈에는 세상이 평평했고, 그것은 그를 지루하게 했다. 기차는 눈 위 썰매처럼 평지를 매끄럽게 질러갔다. 들판이 창에 나타났다. 색색 옷을 입은 시골여인들이 손짓을 했다. 여인들이 떼 지어 나타날 때마다, 기차 안의 농부들이 으르렁거리며 화답했다. 검고, 수줍고, 걱정에 싸인 두 유대인은 술 취한 사람들의 불손함에 밀려 구석에 앉아 있었다.

“난 농부가 되고 싶어.” 갑자기 요나스가 말했다.

“난 아냐.” 쉐마르야가 대꾸했다.

“난 농부가 되고 싶어.” 요나스가 반복했다. “술에 취해서 소녀들과 자고 싶어.”

“나는 나 그대로이고 싶어.” 쉐마르야가 말했다. “우리 아버지 멘델 징어 같은 유대인, 군인이 아니고 술에 취하지도 않고.”

“나는 내가 군인이 된다는 것이 조금은 기뻐.” 요나스가 말했다.

“형은 분명 기쁨을 체험할 거야! 나는 차라리 부자가 돼서 인생체험을 하고 싶어.”

“인생이 뭔데?”

“인생은” 하고 쉐마르야가 설명했다. “대도시에서 볼 수 있는 거야. 전철이 거리 한가운데를 가로질러 달리고, 가게들은 우리

동네 경찰서만큼 크고, 쇼윈도는 훨씬 더 커. 그림엽서를 봤거든. 가게로 들어가려면 문이 필요 없어. 창문이 발끝까지 닿아.”

“헤이, 너희는 뭐 때문에 그렇게 슬퍼하니?” 갑자기 맞은편 구석에서 한 농부가 소리쳤다.

요나스와 쉐마르야는 못 들은 척했다. 아니면 그의 질문이 그들에게 해당되지 않는 척했다. 농부가 그들에게 말을 걸면 귀머거리인 척하는 것이 그들 핏속에 흘렀다. 수천 년 이래로 한 번도 좋은 일이 일어나지 않았다, 농부가 질문을 하고 유대인이 대답했을 때.

“헤이!” 농부가 말하고 일어섰다.

요나스와 쉐마르야도 동시에 일어났다.

“그래, 너희 유대인에게, 내가 말했다.” 농부는 말을 이었다. “너희들 아직 아무것도 안 마셨지?”

“벌써 마셨어요.” 쉐마르야가 말했다.

“난 안 마셨어요.” 요나스가 말했다.

농부는 재킷 속, 가슴에 품고 있던 병 하나를 꺼냈다. 그것은 따뜻하고 미끄러웠으며 안에 있는 내용물의 냄새보다 농부의 냄새가 더 강하게 풍겼다. 요나스는 그것을 입에 갖다 댔다. 그는 새빨간 포동포동한 입술을 활짝 벌렸고, 갈색 병 양 옆에 있는 하얀 강한 이들을 보았다. 요나스는 마시고 또 마셨다. 그는 경고하면서 소매를 만지는 동생의 가벼운 손을 느끼지 못했다. 두 손으로 거대한 젖먹이처럼 그는 병을 잡았다. 높이 뻗친 팔꿈치에서는 닳아빠진 얇은 천 틈으로 허연빛을 띤 셔츠가 희미하게 빛났다. 기계의 피스톤처럼 규칙적으로, 그의 목젖이 목 안에서 오르락내리락 했다. 조용하고 숨 막히는 고로롱거리는 소리가 목구멍에서 울렸다. 모든 사람들이 유대인이 어떻게 마시는지를 쳐다봤다.

요나스는 다 마셨다. 빈 병이 그의 손에서 동생 쉐마르야의 무릎으로 떨어졌다. 그의 몸도 병을 따라 쓰러졌다, 마치 그것과 똑같은 길을 가야만 하듯이. 농부는 쉐마르야에게 손을 뻗쳐 말없이 그 병을 청했다. 그런 다음 잠이 든 요나스의 넓은 어깨를 장화로 조금 쓰다듬었다.

기차는 포드보르스크에 이르렀다. 형제는 여기서 내려서 유르키까지 7베르스트(1베르스트는 1.067킬로미터이므로 약 7.469킬로미터 —옮긴이) 거리를 걸어가야 했다. 누가 아나? 도중에 누군가 그들을 차에 태워줄지. 승객 모두가 무거운 요나스를 일으켜 세우는 것을 도왔다. 바깥에 섰을 때, 요나스는 다시 정신이 멀쩡해졌다.

그들은 걸었다. 밤이었다. 탁한 흰빛의 구름 뒤에 있는 달을 그들은 어렴풋이 느꼈다. 눈 덮인 들판에 불규칙한 윤곽선을 그리는 흙의 얼룩들이 분화구의 입처럼 거무스레했다. 봄이 숲에서 바람에 실려 오는 듯했다. 요나스와 쉐마르야는 좁은 길로 빨리 걸었다. 그들은 장화 밑에서 깨지기 쉬운 얇은 얼음장이 부드럽게 바스락거리는 소리를 들었다. 형제는 하얀 둥그스름한 보따리를 막대기에 묶어 어깨에 메고 있었다. 쉐마르야는 몇 차례 형과 이야기를 시작하려 했다. 요나스는 대답하지 않았다. 그는 술을 마시고 농부처럼 쓰러진 것이 부끄러웠다. 오솔길이 너무 좁아 두 형제가 나란히 걸을 수 없는 지점에 이르자, 요나스는 동생을 먼저 가게 했다. 그는 무엇보다도 쉐마르야를 앞장세웠으면 했다. 길이 다시 넓어지는 곳에서 그는 걸음을 늦췄다. 쉐마르야가 형을 기다리지 않고 계속 가기를 바랐다. 그러나 동생은 형을 잃어버릴까 봐 걱정하는 듯했다. 요나스가 술에 취할 수 있다는 것을 본 뒤로, 그는 형을 더는 신뢰하지 않고, 형의 이성을 의심하며, 형에게 책임감을 느꼈다. 요나스는 자기 동생이 어떻게 느끼는지를 알아차렸다. 어리석은 커다란 분노가 그의 가슴에서 끓어올랐다.

"쉐마르야는 바보 같아." 요나스는 생각했다. "유령같이 마르고, 막대기조차 들고 있지 못하니. 매번 보따리를 다시 어깨에 메다간 언젠가 오물에 떨어뜨릴 거야." 쉐마르야의 하얀 보따리가 매끄러운 막대기에서 거리의 시커먼 오물로 떨어질 수 있다는 상상에 요나스는 크게 웃음을 터뜨렸다.

"왜 웃어?" 쉐마르야가 물었다.

"너를 보고!"

"내가 형을 보고 웃는 게 더 옳을 텐데."

그들은 다시 입을 다물었다. 시커먼 전나무 숲이 그들을 향해 커지면서 다가왔다. 침묵은 그들에게서가 아니라 그 숲에서 나온 듯했다. 때때로 바람이, 고향을 잃어버린 돌풍이 아무 방향에서 나 불었다. 버드나무 덤불이 잠 속에서 미동을 했고, 가지는 바싹 말라서 탁 하고 부러졌으며, 구름은 하늘 위에서 밝게 흘러갔다.

"이제 우리는 군인이잖아!" 갑자기 쉐마르야가 말했다.

"정말 그래. 그렇지 않으면 우리는 도대체 뭐가 됐을까? 우리는 직업이 없어. 우리 아버지처럼 교사가 될까?" 요나스가 말했다.

"군인보다는 낫지! 나는 장사꾼이 돼서 여행할 지도 몰라!" 쉐마르야가 말했다.

"군대도 세상이야, 나는 장사꾼이 될 수 없어." 하고 요나스가 말했다.

"형은 술에 취했어!"

"난 너처럼 정신이 멀쩡해. 난 술을 마시고도 멀쩡할 수 있어. 난 군인이 되어 세상 경험을 할 수 있어. 난 농부가 되고 싶어, 이건 너한테 분명히 말해두는 거야. 그리고 난 술 취하지 않았어……."

쉐마르야는 어깨를 으쓱했다. 그들은 계속 걸었다. 아침 무렵 멀리 떨어진 농가에서 닭이 우는 소리가 들려왔다.

"저기가 유르키일 거야." 쉐마르야가 말했다.

"아니야, 비톡이야!"

"그렇다면 비톡이라고 해!"

마차 한 대가 덜커덕거리며 가다가 휘어지는 길 뒤에서 쩔그럭 소리를 냈다. 아침은 밤이 그랬던 것처럼, 창백했다. 달과 해 사이에는 다를 게 없었다. 눈이 내리기 시작했다, 부드러운, 따스한 눈이. 까마귀가 날아올라 까악까악 울었다.

"저 새들 좀 봐." 쉐마르야가 말했다. 단지 형을 달래려는 구실이었다.

"까마귀다!" 요나스가 말했다. "새!" 그는 조롱하듯이 흉내를 냈다.

"그렇다면 까마귀라고 해!" 쉐마르야가 말했다.

정말로 비톡이었다. 한 시간 더 가면, 그들은 집에 도착한다.

눈은 더 많이, 그리고 더 부드럽게 내렸다. 마치 솟아오르는 태양에서 내리는 듯했다. 몇 분 만에 대지는 온통 하얀 눈으로 뒤덮였다. 길가에 있는 버드나무 몇 그루와 들판 사이에 흩어져 있는 자작나무 무리도 하얗게, 하얗게, 하얗게 눈을 뒤집어썼다. 단지 걸어가는 젊은 두 유대인만 검었다. 그들 위에도 눈이 쏟아졌지만, 그들 등에서는 눈이 더 빨리 녹는 듯했다. 그들이 입은 검고 긴 외투가 펄럭였다. 옷자락은 긴 가죽장화의 다리 부분을 규칙적으로 딱딱하게 두드렸다. 눈이 쏟아지면 쏟아질수록, 그들은 더 빨리 걸었다. 그들을 향해 걸어오는 농부들은 구부러져 꺾인 무릎으로 아주 천천히 걸었다. 그들은 하얗게 됐고, 그들의 넓은 어깨에는 두꺼운 가지 위처럼 눈이 쌓였다. 힘겹게 그리고 동시에 가볍게, 눈과 친숙하게, 그들은 마치 눈 속이 고향이기나 한 것처럼 유유히 지나갔다. 그들은 종종 멈춰 서서 검은 두 남자를 돌아봤다. 그들에게 유대인의 모습은 낯설지 않았지만, 낯선 유령을 돌아보듯이 바라봤다. 두 형제가 숨이 차서 집 근처에 도착했을 때는, 벌써 땅거미가 지고 있었다. 그들은 공부하는 아이들의 단조로운 노랫소리를 멀리서부터 들었다. 그 노랫소리는 그들을 맞이했고, 어머니의 음성을, 아버지의 말을, 그들의 유년시절 전체를 실어다 주었다. 그 노랫소리는 모든 것을 의미하고 포함했다. 그들이 태어난 시간 이래로 보고, 듣고, 냄새 맡고, 느꼈던 것을. 그 노랫소리는 뜨겁고 맛있는 음식 냄새, 아버지의 수염과 얼굴에서 뿜어 나오는 흑백 미광, 어머니의 한숨소리와 메누힘의 슬피 우는 소리, 저녁때 멘델 징어가 기도를 올리는 속삭임, 이름 붙일 수 없는 수백만의 규칙적인, 그리고 특별한 사건들의 메아리를 지녔다. 두 형제는 아버지의 집에 다가가는 동안, 눈을 통과해서 그들에게 유유히 불어오는 멜로디를 똑같은 흥분으로 받아들였다. 그들의 심장은 같은 리듬으로 뛰었다. 그들 앞에서 홱 하고 문이 열렸다. 어머니 데보라는 이미 오래 전부터 창문으로 그들이 오는 것을 보고 있었던 것이다.

"우리 뽑혔어요!" 요나스가 인사말도 없이 말했다.

갑자기 어떤 소름끼치는 침묵이 방금 어린이들의 목소리가 울려 퍼졌던 방으로 쿵하고 떨어졌다. 침묵의 노획물이 된 방보다 몇 배나 더 거대하지만, 막 요나스가 내뱉은 '뽑혔다'라는 짧은 말에서 생긴 한없는 침묵이었다.

아이들은 외우던 말의 한가운데서 공부를 멈추었다. 방을 위아래로 가로질러 돌아다니던 멘델은 멈춰 서고, 허공을 바라보며 팔을 올렸다가 다시 내렸다. 어머니 데보라는 간이의자 두 개 중에서 늘 난로 옆에 놓인 의자에 앉았는데, 마치 그 의자들은 슬퍼하는 어머니를 받아들일 기회를 이미 오래전부터 기다린 듯했다. 딸 미르얌은 뒤로 더듬더듬 미끄러지듯이 구석으로 천천히 움직였다. 그녀는 심장이 쿵쾅쿵쾅 뛰어서, 그 소리를 모두가 들은 것이 틀림없다고 생각했다. 아이들은 그 자리에 단단히 못이 박혔다. 그들이 공부하는 동안 쉬지 않고 휘저었던 다리, 알록달록한 모직 양말을 신은 그들의 다리는 책상 아래 죽은 듯이 매달려 있었다. 밖에는 끊임없이 눈이 내려, 부드러운 하얀 눈송이가 창백한 미광을, 방과 침묵하는 사람들의 얼굴로 흘려보냈다. 난로에서는 몇 번 타서 숯이 되고 남은 장작이 바스락거리고, 바람이 문설주를 흔들면서 탕탕 울리는 소리가 나지막하게 들려왔다. 형제들, 불행의 사자와 그의 아이들은 여전히 문에 서 있었다. 아직도 어깨는 막대기를 메고 있고, 막대기 끝에는 흰 보따리가 매달린 채였다. 갑자기 데보라가 외쳤다. "멘델, 달려가서 사람들한테 조언을 구해보세요!"

멘델 징어는 자기 수염을 만졌다. 침묵은 쫓겨났고, 아이들은 다리를 천천히 휘젓기 시작했으며, 형제는 그들의 보따리와 막대기를 내려놓고 책상으로 다가갔다.

"무슨 멍청한 소리를 하는 거야?" 멘델 징어가 말했다. "어디로 갈까? 그리고 누구에게 조언을 구할까? 누가 가난한 교사를 도와줄 거며, 뭘로 나를 도와줄까? 당신은 사람들한테 어떤 도움을 기대하는 거야? 하느님께서 우리에게 벌을 내리셨는데!"

데보라는 대답하지 않았다. 그녀는 아주 조용히 간이의자 위에 앉아 있었다. 그런 다음 그녀는 일어나서, 그를 개처럼 발로 찼다. 그는 큰 소리를 지르며 비틀거렸다. 그녀는 바닥에 언덕처럼 놓여 있던 갈색 모직 목도리를 집어 머리와 목에 두르더니, 매우 화가 난 동작으로 스스로 목을 매려는 듯이 목덜미에 세게 묶었다. 얼굴이 붉어져서, 쉿 소리를 내며 끓는 물로 채워진 것처럼 그녀는 그 자리에 서 있었다. 그리고 갑자기 침을 뱉었다. 하얀 침을 독이 있는 총알처럼 멘델 징어의 발 앞에 쏘았다. 그리고 그것만으로는 자기의 경멸을 충분히 증명하지 못했다는 듯이, '핏!' 처럼 들리지만, 잘 알아들을 수 없는 고함소리를 내뱉었다. 놀란 사람들이 제정신을 차리기도 전에 그녀는 문을 홱 열어젖혔다. 성난 강풍이 하얀 눈송이를 방 안으로 쏟아 붓고, 멘델 징어의 얼굴로 불어닥치고, 아이들의 매달린 다리에 차가운 손을 뻗쳤다. 그런 다음 문은 꽝 하고 닫혔다. 데보라는 떠났다.

그녀는 무작정 골목길을 달렸다. 흑갈색 거인처럼 가운데로만 달렸다. 그녀는 하얀 눈을 통과해서 그 속에 빠질 때까지 질주했다. 옷에 뒤엉켜 쿵하고 넘어졌다가는, 놀랄 만큼 재빨리 일어나서 계속 달렸다. 그녀는 어디로 갈지 몰랐지만, 마치 그녀의 발 스스로가 그녀의 머리가 아직 모르는 목표로 달려가는 듯했다. 황혼은 눈송이보다 더 빨리 떨어졌고, 첫 번째 노란 불빛은 희미하게 빛났으며, 창의 덧문을 닫으려고 집 밖으로 나온 몇몇 사람들은 고개를 데보라 쪽으로 돌려, 추워서 떨면서도 그녀를 오랫동안 바라봤다. 데보라는 묘지 쪽으로 달렸다. 나무로 된 작은 격자문에 이르렀을 때, 그녀는 다시 한 번 넘어졌다. 그녀는 벌떡 일어났다. 문은 굴복할 낌새를 보이지 않았다. 눈이 문을 단단히 죄었다. 데보라는 달려가서 어깨로 격자문을 밀쳤다. 그제야 그녀는 안에 들어섰다. 바람은 무덤 위로 울부짖었다. 오늘은 죽은 이들이 다른 때보다 더 고요해 보였다. 황혼에서 밤이 빨리 자라났다, 까맣게, 까맣게, 그리고 눈 때문에 빛으로 가득 차서. 첫 번째 줄 묘석들 중 첫 번째 묘석 앞에 데보라는 자리를 잡았다. 그녀는 추위에 곱은 주먹으로 묘석에서 눈을 치웠다. 마치 그녀의 기도와 천국에 간 사람들의 귀 사이를 막는 층이 치워졌을 때, 그녀의 목소리가 죽은 이들에게 더 쉬이 다다를 것임을 확인하려는 듯했다. 그런 다음 데보라 몸 안에서, 사람의 심장이 부착된 뿔에서 나는 것 같은 외침소리가 터져 나왔다. 이 외침소리를 작은 도시에

있는 사람들 모두가 들었지만, 사람들은 그것을 즉시 잊어버렸
다. 그것을 뒤따르는 고요함을 더 듣지 못했기 때문이다. 단지 나
지막하게 슬피 우는 소리를 데보라는 짧은 간격으로 냈을 뿐이
다, 밤이 집어삼키고, 눈이 파묻고, 그리고 죽은 이들만이 들은
어머니의 슬피 우는 나지막한 소리를.

4

클루치스크에 사는, 멘델 징어의 친척집에서 멀리 떨어지지 않은 곳에 카프투락이 살고 있었다. 나이도 짐작할 수 없고, 가족도 없고, 친구도 없고, 민첩하고 바쁘며 관공서를 잘 아는 남자였다. 데보라는 그의 도움을 얻으려고 애썼다. 카프투락이 중개인과 연락을 취하기도 전에 청구한 70루블 중에서, 그녀는 겨우 25루블만 갖고 있었다. 오랜 세월 고생하며 몰래 모아서 견고한 가죽주머니에 넣어, 그녀 혼자만 아는 마룻바닥 널빤지 밑에 보관해온 돈이었다. 그녀는 금요일마다 조심스럽게 그것을 보관해왔다, 마룻바닥을 문질러 닦을 때마다. 모성애가 품은 희망에는 45루블이라는 차액은 그녀가 가진 총액보다 적어 보였다. 왜냐하면 이 금액에다가 돈을 모은 햇수, 반 루블마다 그동안 견뎌야 했던 결핍, 그리고 다시 세어보면서 얻는 조용하고 뜨거운 기쁨이 더

해졌기 때문이다.

멘델 징어는 헛되이, 카프투락의 무정한 가슴과 굶주린 돈주머니를 보면 그가 얼마나 섣불리 다가가기 어려운 사람인가를 그녀에게 묘사했다.

"뭘 하려는 거야, 데보라? 가난한 사람들은 무기력하고, 하느님께서는 그들에게 황금 돌을 던져주시지 않으며, 복권에 당첨되지도 않아. 그러니까 그들은 운명을 순명으로 짊어져야 해. 그분께서는 한 사람에게 주시고 다른 사람한테서는 빼앗으셔. 무엇 때문에 그분께서 우리를 벌하시는지 난 모르겠어, 처음에는 병든 메누힘으로, 그리고 지금은 건강한 아이들로. 아, 가난한 사람은 잘 살지 못해. 죄를 지으면 그리고 병들면 잘 살지 못해. 사람은 자기 운명을 받아들여야 해! 아들들을 군대에 가게 둬, 그들은 타락하지 않을 거야! 하늘의 뜻에 거역하는 힘은 없어. '하늘로부터 천둥과 번개가 치고, 하늘은 온 대지에 아치 모양으로 드리워져, 아무도 그것으로부터 도망칠 수 없다'고 그렇게 기록돼 있잖아."

그러나 데보라는 손을 허리에, 녹슨 열쇠다발 위에 받치고 대답했다. "사람은 스스로를 도우려고 애써야 한다, 그러면 하느님께서 그를 도와주신다. 이렇게 기록돼 있어요, 멘델! 당신은 늘 틀린 문장들을 외우고 있어요. 문장 수천 개가 씌어 있는데, 불필요한 것들만 기억하고 있다고요! 당신은 애들을 가르치느라고 아주 멍청해졌어요! 당신은 애들한테 지성을 조금 주고, 애들은 당신한테 어리석음을 몽땅 넘겨줬어요. 당신은 교사예요, 멘델, 교사!"

멘델 징어는 그의 지성과 직업을 뽐내지 않았다. 그렇지만 데보라의 말은 그를 뜨겁게 했으며, 그녀의 비난은 그의 선량함을 점차 갉아먹었고, 그의 가슴에는 솟구쳐 오르는 격분의 하얀 작은 불꽃이 혀를 날름거렸다. 그는 아내의 얼굴을 더 보지 않으려고 몸을 돌렸다. 그는 그 얼굴을 이미 오랫동안 알고 있었던 것 같았다. 결혼한 후부터가 아니라 훨씬 더 오랫동안, 아마도 유년시절 이래로. 그 얼굴은 결혼식 날처럼 오랫동안 그한테 똑같아 보였다. 그는 보지 못했었다. 어떻게 뺨에서 살이 빠지는지, 잘 칠해진 회반죽이 벗겨지는지, 코 주위의 피부가 늘어져 턱 아래에서 더 느슨하게 움직이도록 처지는지, 어떻게 눈꺼풀이 눈 위에서 그물 모양으로 주름을 짓는지, 그리고 그 검은색 눈이 서늘하고 황량한 갈색으로, 서늘하고, 합리적이고 절망적으로 바래는지를. 어느 날, 그는 그러한 일이 언제 일어났는지 기억하지는 못하지만(이 일 역시 그 자신은 자고 있는데 단지 그의 한쪽 눈이 거울 앞에 서 있는 데보라를 놀라게 한 아침에 일어났을 것이다), 그러니까 어느 날 그는 깨달았다. 그것은 두 번째로 반복된 결혼 같았다. 이번에는 아내의 추함, 신랄함, 나이 먹음과 함께 반복되는 결혼. 그는 그녀를 더욱 가까이 느꼈다. 거의 그녀와 하나가 되고, 분리될 수 없으며, 영원하고, 그렇지만 참을 수 없고, 고통스러우며, 약간은 또 증오스럽게 느꼈다. 그녀는 암흑 속에서만 남자와 결합하는 여자에서, 말하자면 밤낮으로 남자와 결합하는 병病이 되었다. 그에게 전적으로 속해 있고, 세상과 그것을 나눠가질 필요가 없으며, 그것과의 우직한 적대관계로 파멸하는 병. 분명 그는 단지 교사였다! 그의 아버지 역시 교사였으며, 할아버지도 마찬가지였다. 그 자신도 그럴 수밖에 없었다. 그러니까 그의 직업을 비난하면, 그의 존재를 공격하는 것이었다. 세상의 목록에서 그를 없애버리려는 시도였다. 그것에 멘델 징어는 저항했다.

사실 그는 데보라가 떠나는 것이 기뻤다. 그녀가 여행준비를 하는 지금 벌써 집은 비었다. 요나스와 쉐마르야는 골목길을 싸돌아다니고, 미르얌은 이웃집에 앉아 있거나 산책했다. 정오쯤 학생들이 다시 오기 전에 집에는 멘델과 메누힘만이 남았다. 멘델은 직접 끓인 보리 미음 스프를 먹고, 메누힘 몫으로 넉넉한 양을 질그릇 접시에 담았다. 그는 어린애가 그렇듯이 문 앞으로 기어가지 못하게 빗장을 질렀다. 그런 다음 구석으로 가서, 아이를 높이 들어 무릎에 앉히고 먹이기 시작했다.

그는 이 조용한 시간들을 사랑했다. 그는 혼자 아들과 함께 있는 것을 즐겼다. 그래, 그는 생각했었다. 이렇게 그냥 둘이 함께, 어머니 없이, 형제들 없이 머무는 것이 낫지 않을까 하고. 메누힘이 한 숟가락 한 숟가락 스프를 삼키자, 아버지는 그를 식탁 위에 앉히고, 그 앞에 바싹 다가앉았다. 그러고는 다정한 호기심으로, 주름살이 많은 이마, 주름이 많이 진 눈꺼풀과 축 늘어진 턱을 한 넓은 연노란색 얼굴에 몰두했다. 그는 이 넓은 두개골에서 무슨 일이 벌어지는지 알아내려고 창문을 통해 보듯이 눈을 통해 뇌를 들여다보고, 때로는 작게 때로는 크게 말함으로써 무감각한 사내아이에게서 그 어떤 표징을 불러일으키려고 애썼다. 그는 메누힘의 이름을 연달아 열 번 불렀고, 느린 입술로 허공에 음을 표시했다, 메누힘이 어쩌다 듣지 못했으면 바라볼 수 있도록. 그러나 메누힘은 미동도 하지 않았다. 그런 다음 멘델은 숟가락을 쥐고 찻잔을 쳤는데, 그러자 메누힘이 머리를 돌렸고, 커다랗게 솟아오른 그의 회색 눈에서 작은 불빛이 반짝였다. 멘델은 계속해서 소리를 내고, 짧은 노래를 부르며 숟가락으로 잔을 쳐서 박자를 맞추었다. 그런데 메누힘은 뚜렷이 불안을 드러내며, 큰 머리를 약간 힘들여 돌리고 다리를 흔들었다. "엄마, 엄마!" 그 사이에 그는 외쳤다. 멘델은 일어나 검은 성경책을 가져와서, 메누힘의 얼굴 앞에 첫째 쪽을 펴들고 자기 학생들을 가르치곤 했던 멜로디로 첫째 문장을 선창했다. "한 처음에 하느님께서 하늘과 땅을 창조하셨다." 그는 메누힘이 따라 할 거라는 기대 속에서 잠시 기다렸다. 그러나 메누힘은 미동도 하지 않았다. 단지 그의 눈에는 여전히 경청하는 빛이 있을 뿐이었다. 멘델은 책을 옆으로 치우고, 아들을 슬프게 바라보고는 혼자 부르던 단조로운 노래를 계속했다.

"내 말 들어봐, 메누힘아, 나는 혼자야! 네 형들은 크고 낯설어졌고, 그들은 군대에 간다. 네 엄마는 여자이고, 내가 엄마한테 뭘 요구할 수 있겠니. 너는 나의 막내아들이야. 나는 너한테 내 마지막이자 새 희망을 심었다. 넌 왜 말이 없니, 메누힘? 너는 내 참된 아들이야! 여기를 봐, 메누힘아, 그리고 이 말들을 반복해봐, 한 처음에 하느님께서 하늘과 땅을 창조하셨다……."

멘델은 또 잠시 기다렸다. 메누힘은 움직이지 않았다. 그러자 멘델은 숟가락으로 잔을 쳐서 다시 소리를 냈다. 메누힘이 몸을 돌렸고, 멘델은 이 깨어남의 순간을 마치 두 손으로 잡듯이 포착하고 다시 노래했다. "내 말 들어봐, 메누힘아! 나는 늙었고, 모든 애들 중에서 너 혼자만 내 곁에 있어. 메누힘아! 잘 듣고 나를 따라해. 한 처음에 하느님께서 하늘과 땅을 창조하셨다……." 그러나 메누힘은 움직이지 않았다.

멘델은 깊은 한숨을 쉬면서 메누힘을 바닥에 내려놓았다. 그는 빗장을 풀고 학생들을 기다리려고 문 앞으로 갔다. 메누힘은 그를 따라 기어가서 문지방에 웅크리고 앉았다. 시계탑의 시계가 일곱 번을 쳤다. 네 번은 둔중하게, 세 번은 낭랑하게. 그때 메누힘이 소리쳤다. "엄마, 엄마!" 멘델이 아이에게로 몸을 돌렸을 때, 그는 그 어린애가 머리를 허공으로 뻗치는 것을 봤다. 그 애는 마치 여운을 남기는 종의 노래를 들이마시는 듯했다.

무엇 때문에 나는 이렇게 벌을 받는 것일까? 멘델은 생각했다. 그는 그 어떤 죄를 찾느라 자신의 뇌를 자세히 조사했는데, 어떤 무거운 죄도 찾지 못했다.

학생들이 왔다. 그는 그들과 함께 집 안으로 돌아왔다. 그리고 위아래로 방을 질러 돌아다니고, 이 아이와 저 아이에게 주의를 주며, 이 아이의 손가락을 때리고 저 아이의 갈빗대를 가볍게 때리는 동안, 끊임없이 생각했다. 죄가 어디에 있지? 죄는 어디에 숨어 있지?

데보라는 그동안 마부 자메쉬킨에게 가서, 바로 다음번에 공짜로 그녀를 클루치스크에 데려다줄 수 있는지 물어보았다.

"그러죠." 마부 자메쉬킨이 대답했다. 그는 난로 옆 긴 의자에 꼼짝하지 않고 앉아 있었다. 회황색 자루 속에 있는 발을 새끼줄로 감은 채였다. 그는 직접 양조한 쉬납스(알코올을 증류해 만든 도수 높은 술―옮긴이) 냄새를 풍겼다. 데보라는 화주 냄새를 원수 냄새처럼 맡았다. 그것은 농부의 위험한 냄새, 이해할 수 없는 격정의 전조, 그리고 유대인 박해 분위기의 동반자였다.

"그러죠. 길이 더 좋아지면!"

"당신은 가을에도 나를 한 번 데려다 줬어요, 길이 훨씬 더 나빴을 때도."

"기억이 안 나요." 자메쉬킨이 말했다. "당신은 잘못 생각하고 있소, 그건 가문 여름날이었을 거요."

"그렇지 않아요. 그때는 가을이었고 비가 왔어요. 나는 랍비에게 갔어요."

"그것 봐요." 자루 안에 있는 자메쉬킨의 양다리가 서서히 흔들거리기 시작했다. 난로 옆 긴 의자는 상당히 높고 자메쉬킨은 키가 상당히 작았기 때문이다. "그것 봐요, 그때 당신은 랍비에게 갔어요. 그건 당신들의 큰 명절 전이었어요. 그리고 바로 그때 내가 당신을 태워줬어요. 그러나 오늘 당신은 랍비에게 가지 않아요!"

"나는 중요한 일로 가는 거예요." 데보라가 말했다. "요나스와 쉐마르야는 군대에 가서는 안 돼요!"

"나도 군인이었어요, 7년 동안. 그중에서 2년은 감옥에 있었다오. 도둑질을 했었거든. 사소한 것이긴 했지만!"

그는 데보라를 절망으로 몰아넣었다. 그의 이야기들은 단지 그가 얼마나 낯선지를 증명할 뿐이었다. 그녀에게, 그리고 도둑질을 해서도 안 되고 감옥에 가서도 안 되는 그녀의 아들들에게. 그래서 그녀는 빨리 흥정하기로 작정했다.

"얼마나 내야 해요?"

"전혀! 나는 돈 달라지 않아요, 나는 안 갈 거거든! 흰말은 늙고, 갈색 말은 갑자기 한꺼번에 두 말굽을 잃어버렸다오. 게다가 그 말은 2베르스트 정도만 달려도, 하루 종일 귀리를 먹어요. 나는 그 말을 더 이상 먹일 수 없어요. 난 그 말을 팔려한다오. 도대체 마부로 살 게 못 되거든!"

"요나스가 그 갈색 말을 대장장이에게 데려갈 거예요." 데보라는 고집스럽게 말했다. "요나스가 말굽 값을 지불할 거예요."

"아마도! 요나스가 직접 그렇게 한다면, 그러면 바퀴도 하나 달도록 해요." 자메쉬킨이 대답했다.

"그것도." 데보라가 약속했다.

"그렇다면 다음 주에 갑시다!"

이렇게 해서 그녀는 클루치스크로, 섬뜩한 카프투락에게로 갔다. 그녀는 차라리 랍비한테 가는 것이 훨씬 더 좋았다. 분명 그의 성스러운 얇은 입에서 나오는 말 한 마디가 카프투락의 보호보다 더 가치 있기 때문이었다. 그러나 랍비는 부활절과 성령강림절 사이에는 생사에 관한 절박한 일이 아니면 사람들을 맞지 않았다. 그녀는 카프투락을 작은 술집에서 만났는데, 그는 농부들과 유대인들에게 둘러싸여 구석 창가에 앉아 뭔가를 쓰고 있었다. 안쪽이 위를 향해 있는 그의 모자가 탁자 위 서류 옆에, 마치 쭉 뻗은 손처럼 놓여 있었고, 모자에 이미 많은 은화가 들어 있어서 둘러선 사람들 모두의 눈길을 끌었다. 카프투락은 그것을 가끔 검사했다, 감히 아무도 그에게서 1코페이카 하나 슬쩍하지 못하리라는 것을 알고 있었으면서도. 그는 문맹자들을 위해 신청서, 연애편지, 우편환 용지를 썼다(그밖에도 그는 이를 뽑고 머리를 자를 줄도 알았다).

"당신과 의논할 중요한 일이 있어요." 데보라가 둘러선 사람들 머리 너머로 말했다. 카프투락이 서류들을 홱 밀치자 사람들이 뿔뿔이 흩어졌다. 그는 모자로 손을 뻗어 돈을 빈손에 쏟아 부은 다음 손수건에 쌌다. 그러고 나서 데보라에게 앉으라고 권했다.

그녀는 그의 단단하고 작은 눈을 바라봤다. 밝고 흔들림 없는, 뿔로 만든 조그만 단추 같았다. "내 아들들이 군대에 가야 해요!"

"당신은 가난한 여자군요." 카프투락이 멀리서 노래하는 목소리로 말했다, 마치 카드를 읽는 것 같았다. "당신은 돈을 전혀 모으지 못했겠죠, 그러면 아무도 당신을 돕지 않아요."

"아니에요, 난 돈을 모았어요."

"얼마나?"

"24루블 그리고 70코페이카. 그중에서 1루블은 벌써 썼어요, 당신을 만나러 오느라고."

"그러면 23루블뿐이군!"

"23루블하고 70코페이카!" 데보라가 고쳐 말했다. 카프투락은 오른손을 들어서, 가운데손가락과 집게손가락을 펼치고 물었다. "그리고 두 아들?"

"둘." 데보라가 속삭였다.

"한 사람 비용이 이미 25루블이오!"

"내 경우에도?"

"당신 경우에도!" 그들은 반 시간 동안 흥정을 했다. 그런 다음 카프투락은 한 사람당 25루블을 선언했다. 하나라도! 데보라는 생각했다.

그러나 돌아오는 길, 자메쉬킨의 마차에 앉아 바퀴들이 덜커 덕거리며 그녀의 내장과 불쌍한 머리를 지나가는 동안에, 상황은 전보다 훨씬 더 비참하게 느껴졌다. 어떻게 아들들을 차별할 것 인가? 요나스 아니면 쉐마르야? 그녀는 지치지 않고 자문했다. 둘보다 하나가 낫지, 하고 그녀의 지성은 말했다. 그녀의 가슴은 탄식했다.

그녀가 집에 와서 아들들에게 카프투락의 판결을 보고하기 시 작했을 때, 요나스가 그녀의 말을 끊었다. "저는 기꺼이 입대하겠 어요!" 데보라, 미르얌, 쉐마르야와 멘델 징어는 나무토막처럼 기다렸다. 그러나 요나스가 더는 아무 말도 하지 않았으므로 쉐 마르야가 말했다.

"형, 좋은 형이야!"

"아냐, 난 입대할 거야!" 요나스가 대답했다.

"아마 반년쯤 후엔 풀려날 거다!" 아버지가 위로했다.

"아녜요, 전 안 풀려날 거예요! 전 군대에 머물 거예요!"

모두 밤기도를 중얼거렸다. 그들은 말없이 옷을 벗었다. 미르 얌은 속옷차림으로 발돋움을 하고 교태를 부리며 등불로 가서 촛 불을 입으로 불어서 껐다. 그들은 잠자리에 누웠다. 다음날 아침 요나스는 사라지고 없었다. 그들은 오전 내내 그를 찾았다. 늦은 저녁에야 미르얌이 그를 봤다. 그는 흰말을 타고 있었고, 간편한 갈색 재킷을 입고 군인 모자를 쓰고 있었다.

"벌써 군인이야?" 미르얌이 소리쳤다.

"아직은 아냐." 요나스는 흰말을 멈췄다. "아버지 어머니께 인사 전해라. 나는 자메쉬킨 집에 있을 거야, 당분간, 입대할 때까지. 나는 집에서 견딜 수가 없었어. 하지만 모두를 아주 좋아한다고 말해줘."

그런 다음 그는 버드나무 가지로 피리를 불고, 고삐를 당겨 말을 타고 갔다.

이제부터 그는 마부 자메쉬킨의 하인이었다. 그는 흰말과 갈색 말을 빗기고, 마구간 말 옆에서 잠을 잤다. 콧구멍을 열고는 그들의 더러운 오줌냄새를 기꺼이 들이마셨고, 쉬어터진 땀 냄새도 맡았다. 그는 귀리와 물통을 준비하고, 가죽띠를 깁고, 꼬리를 자르고, 멍에에 새 방울을 달고, 커다란 통들을 채우고, 두 마차에 있는 썩은 짚을 새것으로 바꾸고, 자메쉬킨과 술을 마시고, 술에 취해서는 하녀들을 임신시켰다.

집에서 가족들은 그를 잃어버린 사람으로 애도하며 울었지만, 그를 잊지는 않았다. 뜨겁고 가문 여름이 시작되었다. 저녁은 늦게, 그리고 황금빛으로 대지에 내려앉았다. 요나스는 자메쉬킨의 오두막 앞에 앉아 아코디언을 켰다. 그는 가끔 매우 취해 있어

서, 망설이면서 살금살금 지나치는 자신의 아버지를 알아보지 못
했다. 자기 자신을 두려워하는 그림자, 이 아들이 자기의 허리에
서 생겨났음에 놀라움을 금치 못하는 아버지를.

5

8월 20일, 멘델 징어의 집에 카프투락의 심부름꾼이 나타났다. 쉐마르야를 데려가려는 것이었다. 이 며칠 동안 모두가 심부름꾼을 기다렸다. 그러나 그가 실제로 나타났을 때, 그들은 놀라고 경악했다. 그는 보통 키에 평범한 모습을 한 평범한 남자였다. 파란 군인 모자를 머리에 쓰고 얇게 만 담배를 입에 문 남자. 앉아서 차 한 잔을 마시라는 권유를 그는 거절했다. "집 앞에서 기다리는 게 더 좋아요." 그가 말하는 태도에서, 사람들은 그가 바깥에서, 집 앞에서 기다리는 데 익숙한 사람임을 분명히 알아차렸다. 그러나 그 남자의 이러한 결정은 멘델 징어 가족을 훨씬 더 격정적인 흥분으로 몰아넣었다. 그들은 창문 앞에 나타난 경비병을 보듯이 파란 모자를 쓴 남자를 계속 바라봤으며, 그들의 움직임은 점점 더 격렬해졌다. 그들은 쉐마르야의 물건들을 쌌다. 양복,

성구함, 여행용 양식, 빵 써는 칼. 미르얌은 점점 더 많은 물건들을 끌고 왔다. 머리가 이미 식탁에까지 닿은 메누힘은 호기심에 차서 그리고 멍하게 턱을 뺃고 그가 할 수 있는 한 마디 말을 끊임없이 웅얼거렸다. 엄마, 엄마. 멘델 징어는 창가에 서서 북을 치듯 유리창을 두드렸다. 데보라는 소리 없이 울었다. 그녀의 눈은 한 방울씩 한 방울씩 눈물을 일그러진 입으로 흘려보냈다. 쉐마르야의 보따리를 다 쌌을 때 그것은 너무나 빈약해 보여서, 그들은 속수무책의 눈으로 방을 샅샅이 훑어보았다. 그 어떤 물건을 또 발견하려는 듯이. 이 순간까지 그들은 아무 말도 하지 않았다. 하얀 보따리가 식탁 위 막대기 옆에 놓였을 때, 멘델 징어는 창에서 몸을 돌려 방 쪽을 향해 아들에게 말했다. "즉시, 그리고 될 수 있는 대로 빨리, 우리에게 소식을 알려라, 그걸 잊지 말고!" 데보라는 갑자기 큰 소리로 흐느껴 울며, 양팔을 벌려 아들을 껴안았다. 오랫동안 그들은 껴안고 있었다. 그런 다음 쉐마르야는 강제로 떨어져 나와서, 여동생에게 걸어가 쪽 소리를 내며 양 볼에 입을 맞췄다. 그의 아버지는 두 손을 아들 위로 펼치고 축복하면서 뭔가 이해하지 못할 말을 급히 중얼거렸다. 그런 다음 쉐마르야는 무서워하면서 멍하게 바라보고 있는 메누힘에게로 다가갔다. 병든 아이를 포옹한 것은 처음인 듯했으며, 마치 동생에게 입맞춤을 한 것이 아니라 대답하지 않는 어떤 상징물에 입맞춤한 듯했다. 모두는 뭔가를 더 말했으면 했다. 그러나 아무도 아무런 말을 찾아내지 못했다. 그들은 그것이 영원한 이별임을 알았다. 최상의 경우 쉐마르야는 무사히 건강하게 외국으로 건너갈 것이다. 최악의 경우에는 국경에서 잡혀 처형당하거나 그 자리에서 국경 경비병에게 총살당할 것이다. 영원한 이별을 할 때 서로 무슨 말을 할 것인가? 쉐마르야는 보따리를 어깨에 메고 문을 발로 차서 열었다. 그는 뒤를 돌아보지 않았다. 그는 문지방을 넘어서는 그 순간, 집과 가족 모두를 잊고자 했다. 그의 등 뒤에서 다시 한 번 데보라의 커다란 울부짖음이 들렸다. 문은 다시 닫혔다. 어머니가 정신을 잃고 쓰러졌을 거라고 느끼면서, 쉐마르야는 그의 안내자에게 다가갔다. "바로 시장 뒤에서 말들이 우리를 기다리고 있소." 파란 모자의 남자가 말했다.

자메쉬킨의 오두막집을 지나갈 때 쉐마르야는 멈춰 섰다. 그는 작은 정원을 흘끗 보고, 그런 다음 열린 텅 빈 마구간을 봤다. 그의 형 요나스는 거기 없었다. 쉐마르야는 자발적으로 스스로를 희생했다고 아직도 믿고 있는 잃어버린 형에게 슬픈 생각을 남겼다. 그는 세련되지 않은 무뢰한이지만 고귀하고 용기 있다고 생각했다. 그런 다음 그는 낯선 사람 곁에서 똑같은 걸음걸이로 계속 걸어갔다.

그 남자가 말한 대로 바로 시장 뒤에 말들이 있었다. 그들이 국경까지 가려면 적어도 사흘이 필요했다. 왜냐하면 철도를 피해야 했기 때문이다. 안내자는 그 지역을 잘 아는 것 같았다. 쉐마르야가 묻지도 않았는데, 멀리 떨어져 있는 교회의 탑들을 가리키고 그 교회가 속한 마을 이름을 말해주었다. 또 농가와 농장과 농장 주인의 이름들도 말했다. 그는 넓은 길에서 자주 벗어나 짧은 시간에 좁은 길에 익숙해졌다. 그는 마치 쉐마르야가 새 고향을 찾으러 떠나기 전에, 지금 빨리 이 젊은이를 고향과 친밀하게 만들려는 것 같았다. 그는 평생의 향수의 씨앗을 쉐마르야의 가슴에 뿌렸다.

자정이 되기 한 시간 전에 그들은 국경의 작은 술집 앞에 닿았다. 고요한 밤이었다. 그 작은 술집은 고요한 밤에 하나뿐인 집으로 서 있었다. 고요 속에 말없이 깜깜하게 선 그 술집에는 사람이 살고 있으리라고는 생각할 수 없는 밀폐된 창문들이 나 있었다. 엄청난 수의 귀뚜라미들이 찌르륵찌르륵 주위에서 쉬지 않고 울었다. 속삭이는 밤의 합창단이었다. 그 밖에는 어떤 소리도 그들을 방해하지 않았다. 대지는 쭉 뻗어 있었으며, 별들이 반짝이는 지평선이 그 주위에 완전히 둥글고 짙푸른 원을 그렸다. 그 원은 북동쪽에서만 밝은 빛줄기를 받아 끊어졌는데, 그래서 한 부분이 은으로 둘러싸인 파란 반지처럼 보였다. 이들은 서쪽에 퍼져 있는 멀리 떨어진 늪의 습기와 그것을 실어 나르는 느린 바람 냄새를 맡았다.

"진짜 아름다운 여름밤이네요!" 카프투락의 심부름꾼이 말했다. 같이 있은 뒤 처음으로, 그는 일에 관해 마지못해서 말했다.

"이렇게 고요한 밤에는 넘어가는 게 약간 어려워요. 우리 일을 위해서는 비가 더 유리해요." 그는 쉐마르야에게 겁을 좀 줬다. 그들 앞에 있는 작은 술집은 말없이 닫혀 있어서, 쉐마르야는 안내자의 말이 그에게 계획을 상기시켜주기 전까지는 그 말의 의미에 대해서 생각하지 않았다. "안으로 들어갑시다!" 위험을 더 오래 미루지 않으려는 사람처럼 그가 말했다. "서두를 필요 없어요. 우리는 오래 기다려야 될 거예요!"

그러면서도 그는 창가로 걸어가서 나무로 된 창의 덧문을 나지막하게 두드렸다. 문이 열리고 노란 불빛의 넓은 물결이 밤의 대지로 흘러나왔다. 그들은 안으로 들어갔다. 카운터 뒤, 매달린 등의 원추형 빛 속에 술집 주인이 서서 그들에게 고개를 끄덕였고, 마룻바닥에는 남자 몇 명이 웅크리고 앉아 주사위를 던지고 있었다. 한 탁자에는 카프투락이 경찰제복을 입은 남자와 앉아 있었다. 아무도 쳐다보지 않았다. 주사위의 달그락거리는 소리와 벽시계의 째깍대는 소리가 들렸다. 쉐마르야는 앉았다. 그의 안내자가 마실 것을 주문했다. 쉐마르야는 쉬납스 한 잔을 마셨다. 그는 뜨거워졌지만, 편안해졌으며, 전에는 느끼지 못했던 안전함을 느꼈다. 그는 운명이 인간에게 가한 심한 폭력 못지않은 힘을 만들어가야만 하는 흔치 않은 시간들 중에서 자신이 어떤 시간을 체험했음을 알았다.

시계가 자정을 친 직후에, 총성이 한 번 울렸다. 그 소리는 강하고 날카롭게 울리고는 메아리와 함께 천천히 사라졌다. 카프투락과 경찰이 일어섰다. 그것은 국경장교의 야간경비가 지나갔음을 경비병이 알려주는 약속된 신호였다. 경찰은 사라졌다. 카프투락은 사람들에게 출발을 재촉했다. 모두 마지못해 일어나서, 보따리와 트렁크를 어깨에 멨다. 문이 열리고, 그들은 밤으로 뚝뚝 떨어져 나가서 국경 쪽으로 걸었다. 그들은 노래하려고 했는데, 누군가 못 하게 했다. 그것은 카프투락의 목소리였다. 사람들은 그 목소리가 앞줄에서 나온 것인지, 중간에서인지, 마지막에서 나온 것인지 알 수 없었다. 그들은 그리하여 침묵하면서 귀뚜라미의 짙은 울음소리와 짙푸른 밤을 통과해 걸었다. 반시간 후에 카프투락의 목소리가 그들에게 명령했다. 엎드려! 그들은 이슬 젖은 바닥에 엎드리고는, 움직임을 죽이며, 두근거리는 가슴을 젖은 땅에 대고 눌렀다. 고향과 가슴이 나누는 이별이었다. 그런 다음 일어나라는 명령이 떨어졌다. 그들은 얕고 넓은 참호에 도착했는데, 불빛이 그들의 왼쪽에서 번쩍 빛났다. 관리인 오두막집의 불빛이었다. 그들은 참호를 뛰어넘었다. 그들 뒤에서 경비병이 의무적으로, 그러나 목표를 겨냥하지는 않고 총을 쏘았다.

"우린 밖으로 나왔다!" 어떤 목소리가 외쳤다.

그 순간 동쪽 하늘이 밝았다. 남자들은 아직도 밤인 듯한 고향땅으로 몸을 돌렸다. 그러고는 다시 낮과 낯선 곳으로 몸을 돌렸다.

누군가 노래를 시작하자 모두 끼어들어서, 그들은 노래하면서 행진했다. 오직 쉐마르야만 노래하지 않았다. 그는 그의 가장 가까운 미래를 생각했다(그는 2루블을 가지고 있었다), 그리고 집에서의 아침을. 집에서는 두 시간 후면 아버지가 일어나 기도를 중얼거리고, 헛기침을 하고, 양치질을 하고, 세숫대야로 가서 물을 튀길 것이다. 어머니는 사모바르 속으로 입김을 불어넣고, 메누힘은 아침 속으로 불분명한 소리를 흥얼거리고, 미르얌은 검은 머리에서 하얀 깃털을 빗어낼 것이다. 쉐마르야는 이 모든 것을 분명히, 그가 집에 있을 때나 고향에서 아침의 일원이었을 때는 이렇게 분명히 본 적이 없을 만큼 분명히 보았다. 그는 다른 사람의 노래를 거의 듣지 못했으며, 발만이 리듬에 맞춰 함께 행진했을 뿐이었다.

한 시간 후 그는 첫 번째 낯선 도시, 첫 번째 부지런한 굴뚝에서 나오는 파란 연기, 도착한 사람들을 맞이하는 노란 완장을 두른 한 남자를 봤다. 어떤 시계탑에서 종이 여섯 시를 쳤다.

징어 집의 벽시계도 여섯 시를 쳤다. 멘델은 일어나서, 양치질을 하고, 헛기침을 하고, 기도를 중얼거렸으며, 데보라는 벌써 화덕에 서서 사모바르 속으로 입김을 불어넣었다. 메누힘은 구석에서 뭔가 이해할 수 없는 소리를 냈고, 미르얌은 흐릿한 거울 앞에서 머리를 빗었다. 데보라는 화덕에 선 채로 뜨거운 차를 홀쩍이며 마셨다. "쉐마르야는 지금 어디 있을까?" 그녀가 갑자기 말했다. 모두들 그를 생각하고 있었다.

"하느님께서 그 애를 도와주시기를!" 멘델 징어가 말했다. 그러고는 날이 밝았다.

그렇게 날들이 잇달아 밝았다, 텅 빈 날, 보잘것없는 날들이었다. 아이들이 없는 집, 하고 데보라는 생각했다. 다 내가 낳았고, 다 내가 젖을 먹였는데, 바람이 그들을 날려 보냈다. 그녀는 미르얌을 찾아보았는데, 집에서 딸을 거의 보지 못했다. 메누힘 혼자 어머니한테 남았다. 그는 늘 팔을 뻗쳤으며, 어머니는 그가 있는 구석에 잠시 들렀다. 그녀가 그에게 입맞춤하면, 그는 젖먹이처럼 그녀의 가슴을 찾았다. 그녀는 아주 느리게 이루어지는 축복의 말을 책망하면서 생각했다. 그리고 건강해진 메누힘을 살아서 보게 될는지를 의심했다.

공부하는 소년들의 단조로운 노래가 끝나면 집은 조용해졌다. 집은 입을 다물고 깜깜해졌다. 다시 겨울이 왔다. 사람들은 석유를 아꼈다. 사람들은 조금 일찍 잠자리에 들었고, 감사하며 자비로운 밤 속에 빠졌다. 때때로 요나스는 안부 인사를 보내왔다. 그는 프스코프에서 군복무를 하고, 좋은 건강을 누리고, 자기 상사와도 어려움이 전혀 없었다.

그렇게 세월은 흘러갔다.

6

늦여름 어느 날 오후, 낯선 사람이 멘델 징어의 집에 들어섰다.
문과 창문은 열려 있었다. 파리들은 조용히, 검게, 그리고 배가
불러, 뜨거운 볕이 드는 벽에 달라붙고, 학생들의 단조로운 노래
가 열린 집에서 하얀 골목길로 흘러나왔다. 그들은 문설주에 서
있는 낯선 남자를 보고 갑자기 입을 다물었다. 데보라는 간이의
자에서 일어섰다. 다른 쪽 골목길에서 미르얌이 비틀거리는 메누
힘의 손을 꼭 잡고 서둘러 왔다. 멘델 징어는 낯선 사람 앞에 서서
그를 자세히 살펴봤다. 이상한 남자였다. 상당히 크고 검은 펠트
모자를 쓰고, 넓고 밝게 펄럭이는 바지를 입고, 튼튼한 노란 장화
를 신었으며, 짙은 녹색 셔츠 위에서는 새빨간 넥타이가 깃발처
럼 날리고 있었다. 그는 움직이지 않고 뭐라고 말했다. 분명히 인
사말 같았지만, 이해할 수 없는 언어였다. 마치 버찌 하나를 입에

넣고 말하는 것처럼 들렸다. 그렇지 않아도 녹색 줄기가 그의 외투 주머니에서 빠끔 드러나 보였다. 그의 매끄럽고 아주 긴 윗입술이 커튼처럼 서서히 위로 올라가더니, 말[馬]을 생각나게 하는 강하고 노란 이를 드러냈다. 아이들은 웃었고, 멘델 징어 역시 싱긋 웃었다. 그 낯선 남자는 조금 길게 접은 편지를 꺼내, 주소와 징어의 이름을 자기만의 방식으로 읽어서, 모두들 다시 한 번 웃었다. "아메리카!" 그는 말하면서 멘델 징어에게 편지를 건넸다. 행운의 예감이 멘델에게 떠올라 그의 얼굴을 비추었다. "쉐마르야!" 그는 손동작으로 파리들을 몰아내듯이 학생들을 내보냈다. 그들은 밖으로 뛰어나갔다. 낯선 이는 자리에 앉았다. 데보라는 차, 단 과자, 그리고 레모네이드를 식탁 위에 늘어놓았다. 멘델은 편지를 개봉했다. 데보라와 미르얌도 앉았다. 징어는 큰 소리로 읽기 시작했다.

사랑하는 아버지, 사랑하는 어머니, 소중한 미르얌,
그리고 착한 메누힘!

요나스는 부르지 않겠어요, 그는 군대에 있으니까요. 또한 이 편지를 그에게 직접 보내지 않기를 부탁해요. 도망병인 동생과 연락을 하면 곤란한 처지에 놓일 테니까요. 그래서 저는 아주 오랫동안 기다렸고 집에 편지를 보내지 않았어요. 마침내 저의 좋은 친구 맥과 함께 식구들에게 이 편지를 보낼 기회를 얻을 때까지요. 제가 얘기를 해서 그는 우리 가족 모두를 알고 있지만, 그는 식구들과 말 한 마디 나눌 수 없을 거예요. 그는 미국인일 뿐 아니라 그의 부모님 역시 미국에서 태어났거든요. 그리고 그는 유대인도 아니에요. 하지만 열 명의 유대인보다 나아요.

그러면 자, 시작할게요, 처음부터 오늘까지의 얘기를. 처음 국경을 넘었을 때, 저는 먹을 게 아무것도 없었고, 주머니에 오직 2루블만 있었어요. 하지만 저는 하느님께서 도와주실 거라고 생각했어요. 트리에스트 선박회사에서 공무원 모자를 쓴 어떤 남자가 우리를 데리러 국경에 왔어요. 우리는 열두 명이었고, 다른 열한 명은 모두 돈이 있었어요. 그들은 위조서류와 배표를 샀어요. 그리고 선박회사 대리인이 그들을 기차로 데려갔어요. 저는 같이 갔어요. 손해볼 건 없다고 생각했거든요. 어쨌든 같이 가면, 어떻게들 미국에 가는지 보게 될 테니까요. 그러니까 저 혼자만 대리인과 남았어요. 그런데 그 대리인은 저도 가지 않은 것에 놀랐어요. "나는 돈이 한 푼도 없어요." 하고 저는 그 사람에게 말했어요. 글을 아냐고 그가 묻더군요. "조금요. 그렇지만 아마 그걸로 충분할 거예요." 자, 이제 뜸들이지 않고 말하면, 그 남자가 저에게 일거리를 줬어요. 즉 날마다 도망병이 도착하면, 국경에 가서 그들을 데려오고, 모든 것을 사주고,

미국에는 젖과 꿀이 흐른다고 그들에게 믿도록 하는 일이었어요. 간단히 말하자면 저는 일을 시작했고, 제가 번 것 중에서 50퍼센트를 대리인에게 줬어요. 저는 단지 대리인의 부하일 뿐이니까요. 그는 금빛으로 수놓은 회사 모자를 쓰고, 저는 완장만을 둘렀죠. 두 달 후에 저는 그에게 말했어요. 나는 60퍼센트를 받아야 하며, 안 그러면 일을 그만두겠다고. 그는 60퍼센트를 줬어요. 그다음 요약해서 말하면, 저는 제 집주인 집에서 한 예쁜 처녀를 알게 됐는데, 베가라고, 이제는 아버지와 어머니의 며느리예요. 장인은 제가 사업을 시작하도록 약간의 돈을 주셨어요. 그러나 저는 그 열한 명이 어떻게 미국으로 갔는지, 그리고 제가 어떻게 혼자 남게 됐는지를 결코 잊을 수가 없었어요. 저는 그래서 베가하고만 작별을 하고, 배 타는 건 제가 잘 아니까요, 그것이야말로 제 전문분야였으니까요, 그렇게 해서 저는 미국으로 왔어요. 그래서 지금 저는 여기 미국에 있고, 두 달 전에 베가도 여기로 왔어요. 우리는 결혼했고 아주 행복해요. 맥이 주머니에 사진들을 갖고 있어요. 처음에 저는 바지에 단추를 달고, 그런 다음에는 바지를 다리고, 그런 다음에는 소매에 안감을 댔어요. 그래서 저는 거의 양복재단사가 될 뻔했어요. 미국에 있는 모든 유대인들처럼요. 그러나 저는 롱아일랜드에 놀러 갔다가 맥을 알게 됐어요. 바로 라파엣 성채에서요. 여기 오시면 그곳을 보여드릴게요. 그때부터 저는 맥과 함께 온갖 일을 하기 시작했어요. 우리가 보험회사를 시작할 때까지요. 저는 유대인들을 보험에 들게 했어요. 그리고 그는 아일랜드 사람을 들게 했고, 저는 또 벌써 몇 명의 기독교인들까지도 보험에 들게 했어요. 맥이 제 돈 10달러를 부모님께 드릴 거예요. 그걸로 여행에 필요한 걸 사세요. 곧 배표를 보내드릴 테니까요, 하느님의 도움으로.

가족 모두를 포옹하고 입맞춤하면서
어머니와 아버지의 아들 쉐마르야 올림.
(여기서는 샘이라고 해요.)

멘델 징어가 편지를 다 읽고 난 후, 방에는 늦여름 낮의 고요함과 뒤섞인 듯한 여운의 침묵이 생겼고, 온 가족은 그 침묵으로부터 이민 간 아들의 목소리를 들었다고 믿었다. 그랬다, 쉐마르야 자신이 말했다, 저쪽에서, 이 시간쯤이면 아마도 밤 또는 아침인 대단히 먼 미국에서. 모두는 잠시 동안 거기 있는 맥을 잊었다. 그는 멀리 있는 쉐마르야 뒤에서 보이지 않게 된 것 같았다, 편지를 건네주고 가다가 사라지는 우편배달부처럼 말이다. 그 미국인은 스스로 자신을 상기시켜줘야만 했다. 그는 막 재주를 부리려는 마술사처럼 일어나서 바짓주머니에 손을 넣었다. 그러고는 지갑을 꺼내더니 10달러와 사진들을 꺼냈다. 사진 한 장에는 공원 벤치 위에 아내와 함께 앉아 있는 쉐마르야가 보였다. 그리고 다른 한 장에는 백사장에서 수영복을 입고, 많은 낯선 몸과 얼굴들 중에 있는 어떤 몸과 얼굴, 더 이상 쉐마르야가 아닌 샘이 보였다. 낯선 이는 달러 지폐와 사진을 데보라에게 건넸다, 잠시 모두를 자세히 관찰한 뒤에. 각자에 대한 그의 신뢰성을 검사하는 것 같은 몸짓이었다. 그녀는 지폐를 한 손에 구기지르고, 다른 한 손으로는 사진을 식탁 위 편지 옆에 놓았다. 이 모든 것은 몇 분이나 걸렸으며 그동안에도 침묵이 흘렀다. 드디어 멘델 징어가 집게손가락을 사진 위에 대고 말했다. "이게 쉐마르야야!" "쉐마르야!" 다른 사람들이 되풀이했다. 이제는 식탁 위에 우뚝 솟은 메누힘까지도 혼잣말로 밝게 히힝 소리를 내며 겁먹은 시선으로 사진을 곁눈질했다.

갑자기 낯선 이는 멘델 징어에게 더는 낯설어 보이지 않았고, 징어는 그의 이상한 언어를 이해할 것 같았다. "나한테 얘기 좀 해봐요!" 그러자 그 미국인은 마치 멘델의 말을 이해한 듯이 큰 입을 움직여서 열심히 명랑하게 이해할 수 없는 말을 늘어놓기 시작했는데, 마치 여러 가지 맛있는 음식을 축복된 식욕으로 깨물어 먹는 듯했다. 그는 징어 가족에게 홉 장사 때문에 러시아에 왔다고 말했다(시카고에 양조장을 세우는 일이 그에게는 중요했다). 그러나 징어 가족은 그의 말을 이해하지 못했다. 맥은 일단 이곳에 왔으니까, 코카서스 산맥을 찾아가고 특히 그가 성경에서 자세하게 읽은 저 아라랏 산에 오를 기회를 놓치지 않으려 한다고 말했다. 시끄럽고 혼란스러운 말의 무더기에서 혹시 아주 조금이라도 이해할 수 있는 말이 있는지 알아들으려고 애쓰던 그들, 그래서 맥의 이야기를 긴장된 스파이 동작으로 귀 기울이던 그들은, 맥에게서 위험하고 무섭고 둔중한 소리로 굴러 나온 '아라랏'이라는 낱말을 듣고 가슴이 전율했다. 멘델 징어만 혼자서 끊임없이 미소 지었다. 이제는 자기 아들 쉐마르야의 언어가 된 이 말을 듣는 것이 그는 즐거웠으며, 맥이 이야기하는 동안, 똑같은 말을 할 때 자기 아들은 어떻게 보일까 상상했다. 그리고 그에게는 마치 아들의 목소리가 낯선 사람의 유쾌하게 방아 찧는 입을 통해서 들리는 것 같았다. 그 미국인은 강연을 끝내고는, 식탁을 빙 둘러 가면서 진심으로, 그리고 격렬하게 모두와 악수를 했다. 그는 메누힘을 재빨리 높이 들고, 그의 비스듬한 머리, 얇은 목, 푸르고 죽은 듯한 손과 굽은 다리를 관찰하더니, 다정하고 배려는 있지만 업신여기는 태도로 그를 바닥에 내려놓았다. 이상한 피조물은 땅 위에 웅크리고 있어야 하지, 식탁에 있어서는 안 된다는 것을 표현하려는 것처럼. 그런 다음 그는 넓고 크게, 그리고 약간 비스듬히 걸으면서, 손을 바짓주머니에 찌른 채 열린 문 밖으로 나갔다. 온 가족이 그에게로 몰려갔다. 그들은 햇빛이 드는 골목길을 볼 때 하던 대로, 모두들 손으로 눈을 가렸다. 맥은 그 골목길 가운데로 걸어가다가 골목길 끝에서 다시 한 번 멈춰 섰다. 그리고 돌아서서는 짧게 인사를 했다.

그들은 맥이 사라진 뒤에도 오랫동안 밖에 머물렀다. 손을 눈에 대고는 텅 빈 거리의 먼지투성이 빛줄기를 바라봤다. 마침내 데보라가 말했다. "이제 가버렸군!" 그리고 마치 낯선 이가 이제야 사라진 것처럼 집으로 돌아가서, 모두들 한 팔로 다른 사람의 어깨를 감싸고 식탁 위에 놓인 사진 앞에 섰다.

"10달러면 도대체 얼마나 많은 거야?" 미르얌이 묻고는 계산하기 시작했다.

"아무 관계없어." 데보라가 말했다. "10달러가 얼마나 되는지. 우리는 그 돈으로 아무것도 안 살 거야."

"왜 안 사요? 이 싸구려 옷을 입고 갈 거예요?"

"누가 가, 어디로?" 어머니가 소리 질렀다.

"미국으로요." 미르얌이 말하고는 미소 지었다. "샘 자신이 그렇게 썼잖아요."

가족 중 한 사람이 처음으로 쉐마르야를 '샘'이라고 불렀다. 미르얌은 마치 오빠의 미국 이름을 의도적으로 발음한 듯했다. 가족이 미국으로 왔으면 하는 그의 요구를 강한 어조로 나타내려고.

"샘!" 멘델 징어가 외쳤다. "샘이 누구야?"

"그래, 샘이 누구냐?" 데보라가 반복했다

"샘은!" 아직도 미소를 지으면서 미르얌이 말했다. "미국에 있는 내 오빠이고 어머니 아버지의 아들이에요!"

부모는 침묵했다.

메누힘의 목소리가 그가 숨어 있던 구석에서 갑자기 밝게 울려 퍼졌다.

"메누힘은 갈 수 없어!" 데보라는 아주 작게 말했다. 병자가 그녀 말을 이해할지도 모른다고 걱정하는 목소리였다.

"메누힘은 갈 수 없어!" 똑같이 작은 목소리로 멘델 징어도 따라 했다.

해는 재빨리 내려앉은 듯했다. 열린 창문으로 모두들 응시하던 맞은편 집 벽의 검은 그림자가, 밀물이 몰려올 때 바다가 해안 벽을 솟아오르는 것보다 더 뚜렷하게 높이 올라갔다. 조용한 바람이 일었고, 돌쩌귀에서는 여닫이 창문짝이 삐거덕거렸다.

"문 닫아라, 찬 공기 들어온다!" 데보라가 말했다.

미르얌은 문으로 갔다. 손잡이를 잡기 전, 그녀는 잠시 조용히 서서 머리를 문틈 위로 집어넣었다, 맥이 사라진 방향이었다. 그런 다음 미르얌은 문을 세게 닫으며 말했다. "바람이 부네!"

멘델은 창가에 섰다. 저녁 그림자가 벽을 타고 위로 기어오르고 있었다. 그는 머리를 들고 맞은편 집의 황금빛으로 밝게 빛나는 용마루를 바라보았다. 그는 그렇게 오래 서 있었다. 방, 아내, 미르얌, 병든 메누힘을 등진 채로. 그는 모두를 느꼈고 그들의 모든 움직임을 예측했다. 그는 데보라가 울려고 머리를 식탁에 대고, 미르얌은 얼굴을 화덕으로 향하고 울지는 않지만 가끔 어깨를 들썩거린다는 것을 알았다. 그는 자신의 아내가 어떤 순간을 기다리고 있음을 알았다. 그가 기도서를 집어 들고 저녁기도를 하러 기도의 집에 가고, 미르얌이 서둘러 이웃집에 건너가려고 노란 목도리를 드는 순간만을. 그런 다음 데보라는 아직도 손에 쥐고 있는 10달러 지폐를 마룻바닥 널빤지 밑에 감추려 할 것이다. 멘델 장어, 그는 그 마룻바닥 널빤지를 잘 알았다. 그가 그것을 밟을 때마다, 그 널빤지는 덮고 있는 비밀을 삐걱 소리를 내며 그에게 누설했다. 그 소리는 자메쉬킨이 마구간 앞에 매어 기르는 개들의 으르렁 소리를 상기시켰다. 멘델 징어, 그는 그 널빤지를 알았다. 그리고 그는 죄의 살아 있는 형상들인, 섬뜩한 자메쉬킨의 검은 개들을 생각하지 않으려고 그 널빤지 위를 걷는 것을 피했다. 때마침 건망증이 아닐 때, 그리고 수업을 열심히 하면서 방을 질러 돌아다니지 않을 때는 말이다. 그는 그렇게 태양의 황금 빛줄기가 점점 더 좁아지며 그 집의 용마루에서 지붕으로, 그리고 거기서 하얀 굴뚝으로 미끄러지는 것을 보면서, 난생 처음으로 분명히 하루하루가 소리 없이 음험하게 몰래 다가옴을 느꼈다. 낮과 밤, 여름과 겨울이라는 영원한 변화의 기만적인 술책, 그리고 놀라운 전율을 기대했지만 단조롭게 흐르는 삶을. 그런 전율들은 변화가 풍부한 물가에서만 자랐으며, 멘델 징어는 그곳을 스쳐 지나갔다. 미국에서 어떤 남자가 와서, 한 통의 편지, 달러와 쉐마르야의 사진들을 웃으면서 주고, 베일로 가려진 먼 곳으로 다시 사라졌다. 아들들은 사라졌다. 요나스는 프스코프에서 황제을 위해 일하며 예전의 요나스가 아니다. 쉐마르야는 대양의 해변에서 수영을 하며 이제는 쉐마르야라고 불리지 않는다. 미르얌은 미국사람을 눈으로 배웅하고 역시 미국에 가려고 한다. 메누힘만 예전 그대로 남았다, 태어난 날 이후로, 불구자인 채로. 그리고 멘델 징어 자신도 예전 그대로 남았다, 교사인 채로.

좁은 골목길은 완전히 어두워지면서 동시에 생기를 내보냈다. 유리가게 주인의 뚱뚱한 부인 차임과 오래전에 죽은 열쇠 수리공 요셀 코프의 아흔 살 먹은 할머니가 의자를 집 밖으로 가지고 나왔다. 문 앞에 앉아서 신선한 저녁시간을 즐기려는 것이었다. 유대인들은 검고 급하게, 그리고 얼른 인사를 중얼거리면서 기도의 집으로 서둘러 갔다. 그때 멘델 징어 역시 몸을 돌려서 떠날 참이었다. 머리를 아직도 딱딱한 식탁에 대고 있는 데보라 옆을 그는 지나갔다. 이미 몇 년 전부터 멘델이 참을 수 없었던 그녀의 얼굴이 딱딱한 나무에 삽입되듯 파묻혀 있고, 방을 채우기 시작한 어둠이 멘델의 딱딱함과 소심함 역시 덮었다. 그의 손이 아내의 넓은 등을 휙 스쳤다. 한때 이 육신은 그에게 친숙했으나 이제는 낯설었다. 그녀가 일어나서 말했다. "당신, 기도하러 가는군요!" 그리고 그녀는 뭔가 다른 것을 생각하느라, 아득한 목소리로 문장을 바꾸어서 반복했다. "기도하러 가는군요, 당신!"

아버지와 함께 미르얌도 노란 목도리를 두르고 집을 나와 이웃집으로 갔다.

압Ab 달(7~8월에 해당—옮긴이) 첫 번째 주였다. 유대인들은 초승달을 환영하려고 저녁 기도 후에 모였다. 뜨거운 낮이 지난 뒤의 상쾌함과 밤의 쾌적함으로 그들은 평소보다 더 자신들의 신앙심에 순종했다. 그리고 탁 트인 광장 위에 떠 있는 달의 재탄생을 환영하는 하느님의 계명에도 평소보다 더 순종했다. 광장 위에서 하늘은 작은 도시의 좁은 골목길 위에서보다 더 멀리, 더 광대하게 구부러져 있었다. 그리고 그들은, 말없이 검게, 무질서하게 무리 지어 집들 뒤로 서둘러 갔고, 멀리에서 그들처럼 검고 말없지만, 영원히 뿌리를 내리고 있는 나무들의 숲을 봤으며, 먼 들판 위에 있는 밤의 장막을 보고 마침내 멈춰 섰다. 그들은 하늘을 쳐다보고, 오늘 또 한 번 태어난 새 천체의 은빛 곡선을 찾았다, 마치 오늘 그것이 창조되기라도 한 것처럼. 그들은 밀접하게 무리를 만들고 기도서를 폈다. 지면은 희미하게 빛나고, 검게 네모진 철자들은 그들 눈앞에서 푸른빛을 띤 밤의 밝음 속에 우뚝 솟았다. 그리고 그들은 달에게 인사말을 중얼거리고 상체를 이리저리 흔들기 시작했는데, 보이지 않는 폭풍 때문에 흔들리는 듯했다. 그들은 점점 더 빨리 몸을 흔들었고, 점점 더 크게 기도했으며, 전사의 용기로 그들의 친숙하지 않은 말들을 먼 하늘에 던졌다. 그들이 서 있는 땅은 그들에게 낯설고 낯설었으며, 그들이 있는 곳을 향해 우뚝 솟은 숲은 적대적이고 적대적이었으며, 그들한테 청각

한테 청각을 자극당한 개들이 불신하며 멍멍 짖어대는 소리는 악의에 차고 찼다. 그런데 조상들의 나라에서처럼 오늘 이 세상에 태어난 달만이 친숙하고 친숙했다. 그리고 도처에, 고국과 유배지에 깨어 계신 주님만이.

"아멘"이라고 크게 말하면서 그들은 축복을 끝내고, 서로 악수를 하고, 행운의 달이 되기를, 가게들은 번창하기를, 그리고 병든 자들은 건강해지기를 빌었다. 그들은 흩어져 각자 집으로 향해 가서, 작은 골목길로, 그들의 기울어진 오두막집의 조그만 문 뒤로 사라졌다. 이제 멘델 징어라는 한 유대인만이 남았다

그의 벗들과 헤어진 지 겨우 몇 분밖에 안 되었다. 그러나 그는 벌써 한 시간은 거기 서 있었던 것 같았다. 그는 자유로움 속에서 방해받지 않은 평온을 숨 쉬고, 몇 발자국을 가서 힘이 빠지는 것을 느끼고, 바닥에 눕고 싶은 생각이 들었다. 그런데 미지의 땅과 그 속에서 살고 있을 위험천만한 많은 벌레들이 무서웠다. 그의 잃어버린 아들 요나스가 생각났다. 요나스는 지금 병영에서 잠들었을지 모른다. 짚 위에서, 마구간에서, 아마도 말 옆에서. 그의 아들 쉐마르야는 바다 건너 저쪽에 산다. 누가 더 멀리 있나, 요나스, 아니면 쉐마르야? 데보라는 집에 벌써 달러를 파묻었고, 미르얌은 이웃사람들에게 미국인이 방문한 이야기를 했다.

새로 나온 초승달은 강한 은빛의 광채를 널리 퍼뜨렸고, 하늘의 가장 밝은 별의 충실한 호위를 받으며 밤새 활강했다. 가끔 개

들이 짖어대 멘델을 깜짝 놀라게 했다. 개들은 대지의 평화를 갈기갈기 물어뜯고 멘델 징어의 불안을 키워놓았다. 그는 작은 도시의 집들에서 겨우 5분 정도 떨어졌지만, 유대인이 살고 있는 세계에서 무한히 멀리 있고, 말할 수 없이 고독하고, 위험으로부터 위협 받지만, 돌아갈 수 없는 형편인 것 같았다. 그는 북쪽으로 몸을 돌렸다. 거기서 숲은 깜깜하게 숨을 쉬었다. 오른쪽으로 몇 베르스트 멀리 은빛 버드나무들이 흩어진 늪이 펼쳐져 있었다. 왼쪽으로는 오팔 빛깔의 장막 아래 들판이 놓여 있었다. 그러다 멘델은 알 수 없는 없는 방향에서 나오는 사람 목소리를 들었다고 생각했다. 아는 사람들이 말하는 것을 들은 것 같았고, 또한 마치 그들이 하는 말도 이해한 것 같았다. 그런 다음 그 이야기를 이미 오래전에 들었음을 기억했다. 그는 그 이야기를, 아주 오랫동안 기억 속에서 기다렸던 그것의 메아리를 지금 또 한 번 들었을 뿐임을 알았다. 바람이 전혀 일지 않았는데도, 갑자기 왼쪽 곡식밭에서 바스락거리는 소리가 났다. 바스락거리는 소리는 점점 더 가까운 곳에서 들려왔다. 이제 멘델은 어른 키만 한 이삭들이 움직이는 것을 볼 수 있었다. 한 사람이 그 사이로 살금살금 들어갔음이 분명하다, 아니면 거대한 짐승이나 괴물. 거기서 달아나는 것이 옳았을 텐데, 멘델은 기다렸고, 죽음을 각오했다. 농부 아니면 군인이 지금 곡식밭에서 나와, 멘델이 도둑질을 했다고 꾸짖으며 그 자리에서 때려죽일 것이다, 아마도 돌로. 그는 몰래 엿듣고 감시 받는 것을 원치 않는 떠돌이, 살인자, 범죄자일 수도 있다. "거룩하신 하느님!" 멘델이 속삭였다. 그때 그는 목소리를 들었다. 밭을 가로질러 간 건 둘이었다. 그런데 한 사람이 아니라는 것이 그를 안심시켰다. 그들이 바로 두 명의 살인자일 수도 있다고 생각했으면서도 말이다. 그들은 살인자들이 아니라 한 쌍의 연인이었다. 소녀의 목소리가 말하자, 남자가 웃었다. 연인이라는 한 쌍도 위험해질 수 있다. 남자가 자기들 연애를 목격한 사람을 붙잡고는 난폭해질 수 있는 것이다. 그 두 사람은 방금 곡식밭에서 나왔음이 분명하다. 멘델 징어는 땅벌레들에 대한 끔찍한 역겨움을 누르고 천천히 누웠다, 밭으로 시선을 향한 채. 그때 이삭들이 갈라졌고, 남자가 먼저 걸어 나왔다. 군복을 입은 남자였다. 짙푸른 모자를 쓰고, 장화를 신고, 박차를 단 군인, 금속이 반짝이며 나지막한 소리를 냈다. 그 뒤에서 노란 목도리가 번쩍 빛났다, 노란 목도리, 노란 목도리. 소녀의 목소리가 울려 퍼졌다. 군인은 몸을 돌려 그녀의 어깨에 팔을 올려놓았다. 목도리가 풀리자, 군인은 소녀 뒤로 가서 그녀의 가슴을 잡았다. 소녀는 군인의 품에 안긴 채 걸어갔다.

멘델은 눈을 감고 재앙이 어둠 속을 지나가도록 두었다. 드러내는 것을 무서워하지 않았더라면, 또 듣지 않아도 되도록 귀를 막았더라면. 그러나 그는 들어야만 했다, 끔찍한 말들, 은빛 나는 박차의 철커덕거리는 소리, 나지막한 광기의 끽끽거리는 소리,

그리고 남자의 낮은 웃음소리를. 이제 그는 개가 멍멍 짖는 소리를 애타게 기다렸다. 이왕 개들이 크게 울부짖으려 한다면, 아주 크게 울부짖었으면 좋겠다! 살인자들이 그를 때려죽이려고 밭에서 나왔어야만 했다. 목소리들은 멀어졌다. 고요하기만 했다. 다 지나가 버렸다. 아무 일도 없었다. 멘델 징어는 서둘러 일어나서 주위를 둘러보고, 두 손으로 긴 외투자락을 들어 올리고, 작은 도시를 향해 달렸다. 창의 덧문들은 닫혀 있었지만, 아직도 몇몇 여자들은 문 앞에 앉아 수다를 떨고 그르렁거리는 목소리로 이야기를 했다. 그는 사람들 눈에 띄지 않으려고 달리는 속도를 늦췄다. 외투자락을 손에 잡은 채로 큰 보폭으로 빠르게 걸었다. 그는 자기 집 앞에 섰다. 창문을 두드렸다. 데보라가 창문을 열었다.

"미르얌은 어디 있지?" 멘델이 물었다.

"아직도 산책해요. 그 애를 잡아 둘 수가 없어요! 밤낮으로 산책을 나가요. 집에는 반시간도 있질 않아요. 하느님께서 이 아이들로 나를 벌주셨어요. 세상 사람들은 분명……."

"조용히 해." 멘델은 그녀 말을 끊었다. "미르얌이 집에 오면 말해. 내가 저를 찾았다고. 나는 오늘 집에 안 들어가고 내일 아침에나 올 거야. 오늘은 할아버지 찰렐이 돌아가신 날이야. 기도하러 가." 그리고 그는 사라졌다. 아내의 대답도 기다리지 않고.

그가 기도의 집을 떠난 지 겨우 세 시간이 흘렀을 것이다. 다시 기도의 집에 들어선 지금, 그는 마치 여러 주일이 지나 돌아온 것 같은 기분이 들었다. 그는 부드러운 손으로 그의 오래된 기도대를 쓰다듬고 그것과 다시 만난 것을 축하했다. 그러고는 기도대 뚜껑을 열고 손에 익숙한 수많은 같은 종류의 책들 중에서 주저하지 않고 알아냈을 오래된 검고 무거운 책에 손을 뻗쳤다. 오래 전에 타버린 수많은 양초의 딱지들이 고귀한 둥근 섬처럼 달라붙은 매끄러운 가죽표지, 그리고 통기구멍이 있고 누르스름하며, 침 묻은 손가락으로 오랜 세월 넘겨서 기름기가 생긴, 세 번 둘둘 말린 지면의 모퉁이가 그토록 그에겐 친숙했다. 그는 당장 필요한 모든 기도를 순식간에 펼칠 수 있었다. 그 모든 기도는 이 기도서의 가장 작은 특징들, 행의 수, 인쇄서체와 크기, 그리고 지면의 정확한 색조들과 함께 그의 기억 속에 새겨져 있었다.

기도의 집이 어두워졌다. 토라(구약성서의 첫 다섯 편으로, 창세기 출애굽기 레위기 민수기 신명기를 말한다. 흔히 모세오경이나 모세율법이라고도 하며 유대교에서 가장 중요한 문서이다—옮긴이) 두루마리가 놓인 선반 옆 동쪽 벽에서 촛불의 누르스름한 빛은 어둠을 몰아내는 것이 아니라, 오히려 어둠 속에 숨은 듯했다. 창문으로 하늘과 별이 조금 보였으며 그 장소에 있는 모든 물건들을 알아볼 수 있었다. 탁자, 책상, 긴 의자, 바닥에 있는 종잇조각들, 벽에 있는 가지 달린 촛대, 황금빛 술이 달린 조그만 테이블보까지. 멘델 징어는 촛불 두 개에 불을 붙여 기도대의 나무에 단단히 세운 다음, 눈을 감고 기도하기 시작했다. 감은 눈으로 그는 기도서의 쪽이 어디에서 끝나는지 알고, 기계적으로 다음 쪽을 폈다. 시간이 가면서 그의 상체는 익숙하게 규칙적인 움직임으로 빠져들고, 온몸이 함께 기도하고, 발은 마룻바닥을 비벼 소리 내고, 손은 주먹을 쥐어 기도대와 가슴과 책, 그리고 허공을 망치처럼 쳤다. 난로 옆 긴 의자에서는 집 없는 유대인 하나가 잠을 자고 있었다. 그의 호흡은 노란 황야에서 부르는 뜨거운 노래처럼 고독하고 죽음과 친숙한 멘델 징어의 단조로운 노래를 받쳐주었다. 자신의 목소리와 잠자는 사람의 숨소리가 멘델을 마취시키고, 그의 가슴에서 모든 생각을 몰아냈다. 그는 기도하는 사람 외에는 아무것도 아니었으며, 말은 그의 입에서 나와 하늘로 통하는 길을 갔다. 그는 바로 빈 통이며, 깔때기였다. 그렇게 그는 아침을 향해 기도했다.

새날이 창문에 입김을 불어넣었다. 불빛은 약해지고 희미해졌으며, 낮은 오두막집 뒤로 벌써 해가 솟아오르는 것이 보였다. 해는 붉은 불길로 그 집 동쪽 창문 두 개를 가득 채웠다. 멘델은 촛불을 눌러 끄고, 책을 정리한 다음, 눈을 뜨고 떠날 채비를 했다. 그는 밖으로 나갔다. 여름, 마른 늪, 그리고 깨어난 초록의 냄새가 났다. 창의 덧문들은 아직도 닫혀 있고, 사람들은 자고 있었다.

멘델은 손으로 자기 집 문을 세 번 두드렸다. 마치 꿈도 꾸지 않고 오래 잔 듯 그는 힘차고 신선했다. 그는 무엇을 해야 할지 잘 알았다. 데보라가 문을 열었다.

"차 한 잔 끓여줘." 멘델이 말했다. "그리고 당신한테 할 말이 있어. 미르얌은 집에 있어?"

"물론이에요." 데보라가 대답했다. "그럼 그 애가 도대체 어디 있겠어요? 벌써 미국에 있다고 생각해요?"

사모바르에서 물 끓는 소리가 났고, 데보라는 잔에 입김을 불어넣어 반짝거리게 닦았다. 그런 다음 멘델과 데보라는 똑같이 입술을 앞으로 내밀고 홀짝거리며 차를 마셨다. 멘델이 잔을 내려놓으며 말했다. "우리는 미국에 갈 거야. 메누힘은 남을 거야. 미르얌을 데려가야 해. 우리가 여기 머무르면 재앙이 우리 위에 떠돌아." 그는 잠시 조용히 있다가 나지막한 목소리로 말했다.

"그 아이는 카자흐 기병과 사귀고 있어."

잔이 데보라의 손에서 쨍그랑 하고 떨어졌다. 구석에서 미르얌이 깼고, 메누힘은 몽롱한 잠 속에서 살짝 움직였다. 그런 다음 조용해졌다. 수많은 종달새가 집 위에서, 하늘 아래서 떨듯 지저귀었다.

해는 밝은 번갯불로 창문을 두드리고 양철로 된 매끄러운 사모바르를 맞추었다. 사모바르는 구부러진 거울처럼 불타올랐다.

그렇게 날이 시작되었다.

7

사람들은 두브노에 자메쉬킨의 마차를 타고 간다. 사람들은 모스크바에 기차를 타고 간다. 사람들은 미국에 배로 갈 뿐만 아니라, 서류들도 갖고 간다. 이 서류를 얻으려면 사람들은 두브노에 가야 한다.

그리하여 데보라는 자메쉬킨에게 간다. 자메쉬킨은 난로 옆 긴 의자에도 없고, 도무지 집에 없다. 오늘은 목요일, 돼지시장이 서는 날이다. 자메쉬킨은 한 시간 후에야 돌아올지도 모른다.

데보라는 위아래로 왔다 갔다 한다. 위아래로 자메쉬킨의 오두막집 앞을 서성이며 미국 생각만 한다.

1달러는 2루블보다 많고, 1루블은 100코페이카며, 2루블은 200코페이카고…… 아이고, 1달러는 몇 코페이카지? 몇 달러를 쉐마르야는 더 보내줄까? 미국은 축복받은 나라이다.

미르얌은 카자흐 기병을 만나는데, 러시아에서는 그럴 수 있겠지만 미국에는 카자흐 기병이 없다. 러시아는 슬픈 나라이고, 미국은 자유로운 나라, 즐거운 나라이다. 멘델은 이제 교사가 아니고, 부자아들의 아버지가 될 것이다.

한 시간도 아니고, 두 시간도 아니고, 세 시간 후에야 자메쉬킨의 못 박은 장화 소리가 들려온다.

저녁이지만 아직도 덥다. 기운 해는 이미 노랗게 됐지만 사라지려고 하지는 않으며, 오늘은 아주 천천히 진다. 데보라는 더위와 홍분과 수많은 낯선 생각 때문에 땀이 난다.

자메쉬킨이 다가오는 지금, 그녀는 더 열이 난다. 그는 무거운 곰털 모자, 덥수룩하고 몇 군데는 비루먹은 모자를 쓰고, 무거운 장화 속에 들어간 더러운 아마바지 위에 짧은 털외투를 입고 있다. 그런데도 그는 땀을 흘리지 않는다.

그를 본 순간, 데보라는 벌써 그의 냄새도 맡는다. 그에게서 불쾌한 화주 냄새가 나기 때문이다. 그를 상대하는 일은 어려울 것이다. 술에 취하지 않은 자메쉬킨을 설득해 꾀어내는 일만으로도 어려운 일이다. 두브노에서는 월요일에 돼지시장이 선다. 자메쉬킨이 이미 본거지에서 돼지시장 일을 끝낸 것은 유익하지 않다. 그는 두브노에 갈 이유가 없을 것이고, 마차비가 들 것이다.

데보라는 길 한가운데로 자메쉬킨에게 걸어간다. 그는 비틀거리는데, 무거운 장화가 그를 똑바로 세우고 있다. "맨발이 아니라서 다행이네!" 데보라는 생각한다, 경멸하면서.

자메쉬킨은 그의 길을 가로막는 여자를 알아보지 못한다. "저리 가, 이 여자야!" 그는 소리를 지르며 손짓을 한다. 반은 잡으려 하고, 반은 때리려는 움직임이다.

"나예요!" 데보라가 용감하게 말한다. "월요일에 우리 두브노에 가요!"

"신의 가호가 그대에게 있기를!" 자메쉬킨이 친밀하게 외친다. 그는 멈춰 서서 데보라의 어깨에 팔꿈치를 대고 기댄다. 그녀는 자메쉬킨이 넘어질까 봐 움직이는 것이 걱정된다.

좋이 칠십 킬로그램이 나가는 자메쉬킨의 온 몸무게가 지금 팔꿈치에 놓여 있으며, 이 팔꿈치는 데보라의 어깨 위에 놓여 있다.

처음으로 그녀에게 낯선 남자가 아주 가까이 있다. 그녀는 겁도 나지만, 한편 자신이 이미 늙었다는 생각도 한다. 그녀는 또한 미르얌의 카자흐 기병, 그리고 그녀가 얼마나 오랫동안 멘델에게 손을 대지 않았는가를 생각한다.

"좋아요, 내 연인." 자메쉬킨이 말한다. "우리 월요일에 두브노에 가고 도중에 같이 잡시다."

"피, 늙은이." 데보라가 말한다. "당신 부인에게 말할 거예요. 혹시 술 취했어요?"

"안 취했지." 자메쉬킨이 대답한다. "술을 마셨을 뿐이지. 도대체 두브노에서 뭘 할 거요, 자메쉬킨과 안 잔다면?"

"서류를 만들어요." 데보라가 말한다. "우린 미국에 가요."

"마차비는 50코페이카요, 당신이 안 잔다면. 그런데 그와 자면 30코페이카요. 그는 당신에게 아기를 갖게 할 거고, 그 애를 낳기는 미국에서 낳을 거요, 자메쉬킨에 대한 추억으로."

데보라는 벌벌 떤다, 한더위 속에서.

그렇지만 잠시 후 그녀는 말한다. "나는 당신과 자지 않고 35코페이카를 내겠어요."

자메쉬킨은 갑자기 도움 없이 서고, 팔꿈치를 데보라의 어깨에서 뗀다. 그는 술이 깬 것 같다.

"35코페이카!" 굳은 목소리로 그가 말한다.

"월요일 아침 다섯 시."

"월요일 아침 다섯 시."

자메쉬킨은 자기 집 마당으로 들어서고, 데보라는 천천히 집으로 간다.

해는 졌다. 바람은 서쪽에서 불고, 지평선에는 보라색 구름이 여러 층으로 흩어진다. 내일은 비가 올 것이다. 데보라는 내일 비가 올 거라고 생각하며 무릎에 류머티즘의 통증을 느낀다. 그녀는 그 통증, 오래도록 충실한 원수를 환영한다. 사람은 늙는다! 그녀는 생각한다. 여자는 남자보다 더 빨리 늙는데, 자메쉬킨은 그녀와 같은 나이인데도 그녀보다 훨씬 더 늙었다. 미르얌은 젊고, 카자흐 기병과 사귄다.

큰 소리로 외친 "카자흐 기병"이라는 혼잣말에 데보라는 깜짝 놀랐다. 마치 그 소리의 울림이 그녀로 하여금 상황의 끔찍함을 비로소 인식하게 한 것 같았다. 집에서 그녀는 딸 미르얌과 남편 멘델을 봤다. 아버지와 딸, 그들은 식탁에 앉아 있었다. 그들이 끈질기게 침묵해서, 데보라는 들어설 때 그것이 이미 오래된 침묵이었음을 알아차렸다. 익숙하고 단단히 정착한 침묵.

"자메쉬킨과 얘기했어요."하고 데보라가 시작했다. "월요일 아침 다섯 시에 서류 때문에 두브노에 가요. 35코페이카를 받겠 대요." 그리고 그녀는 허영심의 마귀가 들려서 덧붙인다. "그는 나한테만 그렇게 싸게 해줘요!"

"당신 혼자서는 갈 수 없어." 피곤한 목소리와 걱정스런 마음 으로 멘델 징어가 말했다. "잘 아는 많은 유대인들과 얘기했어. 그들은 내가 직접 경찰국장을 찾아가야 한대."

"당신이 경찰국장한테?"

멘델 징어가 관청에서 자기를 소개하는 것은 정말로 간단한 일 이 아니었다. 그는 지금까지 단 한 번도 경찰국장과 얘기해본 적 이 없었다. 떨지 않고서는 경찰관을 만난 적도 한 번도 없었다. 제 복을 입은 사람, 말, 그리고 개들을 그는 조심스럽게 피했다. 그 런데 멘델이 경찰국장과 얘기한다고?

"신경 쓰지 마요, 멘델!" 데보라가 말했다. "당신이 망치기만 하는 일에는. 나 혼자서 다 처리할게요."

"모든 유대인들이 내가 직접 출두해야 한다고 말했어."

"그러면 월요일에 같이 가요!"

"메누힘은 어디 두고?"

"미르얌이 같이 있죠!"

멘델은 아내를 바라보았다. 그는 그녀가 눈꺼풀 아래 무서워하며 감춘 눈과 시선을 맞추려고 했다. 구석에서 식탁을 지켜보던 미르얌은 아버지의 시선을 보았고, 그녀의 가슴은 더 빨리 뛰었다. 월요일에 그녀는 약속이 있었다. 월요일에 그녀는 약속이 있었다, 더운 늦여름 내내 그녀는 약속이 있었다. 그녀의 사랑은 늦게 폈다, 키 큰 이삭들 사이에서. 미르얌은 추수 때문에 걱정이었다. 그녀는 이미 농부들이 준비하는 소리를 들었다, 푸른 숫돌에 낫을 가는 소리를. 들판이 벌거벗으면 그녀는 어디로 가야 하나? 그녀는 미국에 가야 했다. 들판의 곡식 이삭들보다 훨씬 더 잘 숨겨주는 높은 빌딩들 사이로 사랑의 자유를 보장하는 미국에 대한 막연한 상상이, 추수가 가까워오는 것을 위로했다. 이미 때가 왔다. 미르얌은 잃어버릴 시간이 없었다. 그녀는 스테판을 사랑했다. 그는 뒤에 남을 것이다. 그녀는 모든 남자를 사랑했고, 폭풍이 그들에게서 터져 나왔으며, 그들의 힘센 손은 서서히 조심스럽게 가슴에 불을 붙였다. 남자들은 스테판, 이반, 그리고 브제볼로드라고 불렸다. 미국에는 훨씬 더 많은 남자들이 있었다.

"저 혼자는 집에 있지 않을 거예요." 미르얌이 말했다, "무서워요!"

"저 애를 위해" 멘델이 들리도록 말했다. "집안에 카자흐 기병 하나를 세워놔야겠군. 저 애를 지키도록."

미르얌의 얼굴이 붉어졌다. 그녀는 구석에, 그림자 속에 서 있었지만, 아버지가 그녀의 붉어진 얼굴을 봤다고 믿었다. 그녀가 붉힌 얼굴은 바로 그 어둠을 통해 빛났음이 틀림없다. 미르얌의 얼굴은 빨간 등불처럼 타올랐다. 그녀는 손으로 얼굴을 가리고 와락 울음을 터뜨렸다.

"나가 봐라!" 데보라가 말했다. "늦었다, 창의 덧문을 닫아라!"

그녀는 더듬더듬 조심스레 나갔다. 아직도 눈에 손을 댄 채였다. 바깥에서 그녀는 잠시 섰다. 하늘에는 별들이 떠 있었다. 하도 가깝고도 생생해서 집 앞에서 미르얌을 기다리고 있었던 것 같았다. 투명하게 반짝이는 황금빛 별빛은 크고 자유로운 세계의 광휘를 띠고 있었다. 그것들은 미국의 광채를 반영하는 작은 거울들이었다.

그녀는 창가로 가서 안을 들여다보고, 부모의 얼굴 표정에서 무슨 얘기가 오갔는지를 알아내려고 했다. 그러나 아무것도 알아내지 못했다. 그녀는 열어젖힌 목제 창의 덧문에서 철제 고리를 풀고, 여닫이 창문을 닫았다, 장롱처럼. 그녀는 관을 생각했다. 그녀는 부모를 작은 집에 묻었다. 그녀는 전혀 슬픔을 느끼지 않았다. 멘델 징어와 데보라 징어는 묻혔다. 세상은 넓고 살아 있었다. 스테판, 이반, 그리고 브제볼로드는 살아 있었다. 미국은 살아 있었다, 큰 바다 저쪽에, 높은 빌딩과 수많은 남자들과 함께.

그녀가 다시 방으로 들어왔을 때, 아버지 멘델 징어가 말했다.

"저 애는 창의 덧문조차 닫을 줄 몰라. 그 일을 하는 데 반시간이나 걸리다니!"

그는 신음을 내뱉고 일어서더니 작은 석유등잔이 매달린 벽으로 걸어갔다. 짙은 청색의 몸통, 그을린 실린더는 빈약한 불빛을 강하게 해주는 과제를 가진 튀어나온 둥근 거울과 녹슨 철사로 연결돼 있었다. 실린더의 윗구멍은 멘델 징어의 머리 위로 솟아 있었다. 헛되이 그는 입으로 불어서 등불을 끄려고 했다. 그는 발뒤꿈치를 들고 입김을 불어넣었으나, 심지의 불꽃은 더 강하게 춤추듯 타오를 뿐이었다.

그동안 데보라는 누르스름한 작은 밀초에 불을 붙여 벽돌화덕 위에 놓았다. 멘델 징어는 목쉰 소리를 내며 안락의자 위에 올라가 마침내 등불을 껐다. 미르얌은 구석에, 메누힘 곁에 누웠다. 깜깜해져서야 비로소, 그녀는 옷을 벗고 싶었다. 그녀는 숨 쉬지 않고, 눈꺼풀을 닫고 기다렸다. 아버지가 밤기도를 끝까지 중얼거릴 때까지. 창 덧문의 둥근 옹이구멍을 통해서 그녀는 밤의 푸른 황금빛 미광을 봤다. 그녀는 옷을 벗고 가슴을 만졌다. 가슴이 아팠다. 그녀의 살갗은 자신의 기억을 가지고 있었고, 남자들의 크고 힘센 뜨거운 손이 닿은 모든 자리들을 기억했다. 그녀의 후각은 자신의 기억을 가지고 있었고, 남자들의 땀, 화주와 러시아 가죽 냄새를 끊임없이 고통스러운 충실함으로 간직했다. 그녀는 부모의 코 고는 소리와 메누힘의 색색거리는 소리를 들었다. 그때 미르얌은 일어나서 속옷차림으로, 맨발로, 땋은 머리를 허벅지까지 늘어뜨린 채로, 빗장을 다시 밀고 밖으로 나갔다, 낯선 밤 속으로. 그녀는 깊이 숨을 쉬었다. 그녀는 온밤을 들이마시고, 그 숨과 함께 황금빛 별들을 다 들이마신 듯했는데, 하늘에서는 아직도 더 많은 별들이 불탔다. 개구리들은 개굴개굴 울고, 귀뚜라미들은 찌르륵찌르륵 울었다. 그 속에 이미 아침을 잉태한 듯 넓은 은빛 빛줄기가 하늘의 북동쪽 가장자리에 테를 두르고 있었다. 미르얌은 곡식밭, 그녀의 결혼식 잠자리를 생각했다. 그녀는 집 주위를 돌았다. 그때 멀리서 크고 하얀 병영의 벽이 희미하게 빛났다. 그것은 궁색한 불빛을 미르얌을 향해 보냈다. 커다란 방에서 스테판, 이반, 그리고 브제볼로드와 많은 다른 남자들이 자고 있었다.

　내일은 금요일이다. 토요일을 위해 모든 것을 준비해야 한다. 고기완자, 가물치, 닭고기 국물……. 빵 굽는 일은 벌써 아침 여섯 시에 시작될 것이다. 넓은 은빛 빛줄기가 붉게 바뀌었을 때, 미르얌은 살그머니 방으로 돌아왔다. 그녀는 더는 잠들지 않았다. 창에 내린 덧문의 옹이구멍을 통해 태양의 최초의 불꽃을 그녀는 봤다. 벌써 아버지와 어머니는 잠 속에서 조금 움직였다. 아침이 되었다. 안식일이 지나 일요일을 미르얌은 곡식밭에서 지냈다, 스테판과 함께. 그들은 결국 멀리 이웃마을로 갔고, 미르얌은 쉬 납스를 마셨다. 하루 종일 집에서는 그녀를 찾았다. 찾으려면 찾 으라지 뭐! 그녀의 삶은 소중하고, 여름은 짧으며, 곧 추수가 시 작될 것이었다. 숲에서 그녀는 다시 한 번 스테판과 잤다. 내일 월 요일에 아버지는 두브노에 갈 것이다, 서류를 준비하러.

월요일 아침 다섯 시에 멘델 징어는 일어났다. 그는 차를 마시 고 기도를 한 다음, 서둘러 성구함을 벗어 놓고 자메쉬킨에게 갔 다. "안녕하시오!" 그는 멀리서 소리쳤다. 멘델 징어에게는 이미 여기서, 자메쉬킨의 마차에 올라타기 전에, 공무집행이 시작된 것 같았으며, 경찰국장에게 하는 것처럼 자메쉬킨에게 인사했음 이 분명했다.

"나는 자네 처하고 가는 게 더 좋네!" 자메쉬킨이 말했다. "그 녀는 나이에 비해 아직도 매력 있고 번듯한 가슴을 가졌지."

"가세." 멘델이 말했다.

말들은 히힝 소리를 내고 꼬리로 엉덩이를 쳤다. "헤이! 워 어!" 자메쉬킨은 소리를 지르며 채찍으로 말을 찰싹 쳤다.

오전 열한 시에 그들은 두브노에 도착했다. 멘델은 기다려야 했다. 그는 모자를 손에 들고, 큰 문을 통과해 걸어갔다. 수위가 군도를 차고 있었다.

"어디 가는가?"

"저는 미국에 가려고 합니다. 어디로 가야 합니까?"

"이름이 뭔가?"

"멘델 메헬로비치 징어입니다."

"뭘 하러 미국에 가려는가?"

"돈을 벌려고 합니다. 형편이 좋지 않아서요."

"84번으로 가게. 거기엔 벌써 많은 사람들이 기다리고 있네."

벽이 황갈색으로 회칠된 아치형의 큰 복도에 사람들이 앉아 있었다. 그리고 파란 제복을 입은 남자들이 문 앞에서 지키고 있었다. 벽을 따라 갈색의 긴 의자가 놓여 있고, 사람들이 긴 의자에 차 있었다. 그러나 새로운 사람이 올 때마다, 파란 옷의 남자들이 손짓을 했다. 그러면 이미 앉아 있는 사람들이 당겨 앉아서 새로운 사람이 앉았다. 사람들은 담배를 피우고, 침을 뱉고, 호박씨를 깨물고, 코를 골았다. 낮이 여기서는 낮이 아니었다. 아주 높고, 아주 먼 천창의 젖빛 유리를 통해서 사람들은 낮을 희미하게 알아볼 수 있었다. 어디선가 시계가 째깍거렸는데, 그 시간들은 어떻게 보면, 천창이 높은 이 복도에 정지한 시간과 더불어 유유히 흘러가는 것 같았다. 가끔 파란 제복을 입은 남자가 어떤 이름을 불렀다. 잠자던 사람들이 다 깼다. 이름이 불린 사람은 일어나 비틀거리며 문으로 가서, 양복을 만지작거리며 손잡이 대신 둥글고 하얀 단추가 달린 높다란 여닫이 문짝 두 개 중 하나를 통과해 들어갔다. 멘델은 문을 열려면 그 단추를 어떻게 다루어야 하는지를 곰곰이 생각했다. 그는 일어났다. 사람들 사이에 옴짝달싹 못하고 오래 앉아 있어서 사지가 아팠다. 그러나 그가 일어나자마자 파란 옷의 남자가 다가왔다. "씨다이!" 파란 옷의 남자가 소리쳤다. "앉아!" 멘델 징어는 그가 앉았던 긴 의자에서 이제 자리를 찾을 수 없었다. 그는 의자 옆에 서서 등을 벽에 대고, 등이 벽처럼 평평해지기를 바랐다.

"84번을 기다리고 있나?" 파란 옷의 남자가 물었다. "예" 하고 멘델이 대답했다. 그는 지금 그 남자가 자기를 내쫓을 작정이라고 확신했다. 데보라가 여기로 다시 와야 할 것이다. 50코페이카와 50코페이카는 1루블이다.

그러나 파란 옷 남자는 멘델을 건물에서 쫓아낼 생각이 없었다. 그 파란 옷의 남자에게는 무엇보다도, 기다리는 사람 모두가 자리를 차지하고 그가 그들 모두를 조망할 수 있는 것이 중요했다. 어떤 사람이 일어나는 것만으로도, 그는 폭탄을 던질 수도 있었다.

"무정부주의자들은 가끔 변장을 해" 하고 수위는 생각했다. 그래서 그는 멘델에게 오라고 신호하여, 그 유대인을 검사하고자 손으로 만져보고, 서류를 보자고 했다. 그런데 모든 게 정상이고 멘델이 자리가 없었으므로, 파란 옷의 남자가 말했다. "잘 보게! 저 유리문이 보이나? 그 문을 열게. 거기가 84번이네!"

"여기서 뭘 하려고 하나?" 책상 뒤에서 어깨가 떡 벌어진 남자가 고함을 질렀다. 황제의 사진 바로 아래 그 공무원이 앉아 있었다. 콧수염을 기른 대머리에, 견장과 단추가 달린 옷을 입고 있었다. 그는 자신의 넓은 대리석 잉크병 뒤에 있는 아름다운 흉상 같았다. "누가 여기로 무작정 들어오라고 허락했나? 왜 신청하지 않았나?" 흉상에서 나온 목소리가 호통을 쳤다.

멘델 징어는 그 사이에 깊이 몸을 숙였다. 그러한 환영식에 그는 준비가 돼 있지 않았다. 그는 몸을 굽히고 천둥이 그의 등 위로 스쳐 지나가도록 했고, 그 자신은 땅바닥같이 아주 작아지려고 했다. 탁 트인 들판에서 번개와 천둥이 치는 폭풍우로 놀랐을 때처럼. 그의 긴 외투의 접힌 부분들이 젖혀져, 공무원은 멘델 징어의 닳아서 다 떨어진 바지의 한 부분과 장화 목 부분의 낡아 해진 가죽을 봤다. 이러한 모습이 그의 감정을 좀 누그러뜨렸다. "더 가까이 오게!" 그가 명령을 해서, 멘델은 가까이 갔다. 머리를 앞으로 내밀고, 마치 책상을 향해 부딪치려는 듯이. 양탄자 가장자리까지 다가간 것을 봤을 때에야 비로소 멘델은 머리를 약간 들었다. 그 공무원은 미소 지었다. "서류를 이리 주게!"

그런 다음 조용해졌다. 시계가 째깍거리는 소리가 들렸다. 블라인드를 뚫고 늦은 오후의 황금빛이 비쳤다. 서류들이 바스락거렸다. 가끔 그 공무원은 깊은 생각에 잠기고, 허공을 쳐다보다, 갑자기 손으로 파리를 낚아챘다. 그는 자신의 거대한 주먹 안에 아주 작은 그 짐승을 잡고 있다가, 주먹을 조심스럽게 펴서, 날개 하나를 뜯어내고, 그런 다음 두 번째 날개를 뜯어내고, 불구가 된 곤충이 책상 위에서 계속 기어가는 것을 잠시 더 쳐다봤다.

"신청서는?" 그가 갑자기 물었다, "신청서는 어디 있나?"

"저는 쓸 줄 모릅니다, 각하!" 멘델이 사과했다.

"그렇다는 것을 난 알고 있네, 멍청이, 자네가 쓸 줄 모른다는 걸! 나는 자네 성적증명서가 아니고, 신청서에 대해 물었네. 그리고 뭣 때문에 서기가 있나? 엉? 1층에, 3번에. 엉? 뭣 때문에 국가가 서기를 쓰고 있나? 자네를 위해, 바보, 바로 자네가 쓸 줄 모르니까. 그러니까 3번으로 가게. 가서 신청서를 쓰게. 기다릴 필요 없고 금방 처리하도록 내가 보냈다고 말하게. 그런 다음 나한테 오게. 그러나 내일! 그러면 예를 들어서 내일 오후에 떠날 수 있을 거네!" 다시 한 번 멘델은 몸을 숙였다. 그는 뒤로 걸었고, 감히 그 공무원에게 등을 돌릴 수가 없었으며, 책상에서 문까지의 길은 무진장 길어 보였다. 그는 벌써 한 시간이나 도보여행을 했다고 믿었다. 드디어 그는 문에 가까이 왔음을 느꼈다. 그는 재빨리 몸을 돌려서 단추를 잡고, 그것을 먼저 왼쪽으로, 그다음 오른쪽으로 돌리고, 그런 다음 또 몸을 숙였다. 그는 마침내 복도에 다시 섰다.

3번에는 견장을 달지 않은 평범한 공무원이 앉아 있었다. 답답하고 낮은 방이었고, 많은 사람들이 책상을 빙 둘러쌌으며, 서기는 쓰고 또 썼다. 그는 매번 깃털로 참을성 없이 잉크병 바닥을 찔렀다. 그는 민첩하게 썼지만, 끝낼 수는 없었다. 언제나 새로운 사람들이 왔기 때문이다. 그런데도 그는 멘델을 알아볼 시간이 있었다.

"84번 각하께서 저를 보냈습니다." 멘델이 말했다.

"이쪽으로 오게." 서기가 말했다.

사람들은 멘델 징어에게 자리를 만들어주었다.

"도장 찍는 데 1루블이네!" 서기가 말했다. 멘델은 파란 손수건을 뒤적여 1루블을 꺼냈다. 단단하고 매끄러운 1루블이었다. 서기는 그 동전을 받지 않았으며, 최소한 50코페이카를 더 기대했다. 멘델은 서기의 상당히 명백한 바람을 전혀 이해하지 못했다.

그러자 서기는 화를 냈다. "이게 서류들이야? 이건 낡아빠진 종잇조각들이야! 이런 건 손에서 찢어지고 말지." 그리고 그는 서류 한 장을 고의가 아닌 듯이 찢어 버렸다. 그것은 똑같은 두 쪽으로 찢어졌으며, 그 공무원은 그것을 붙이려고 아라비아고무를 쥐었다. 멘델 징어는 떨었다.

아라비아고무는 너무 말라 있었다. 공무원은 작은 병에 침을 뱉고는, 고무에 입김을 불어넣었다. 그러나 그것은 마른 채 그대로였다. 갑자기 그에게 어떤 생각이 떠올랐는데, 누구든 이 순간 그에게 어떤 생각이 떠올랐음을 알 수 있었다. 그는 서랍을 하나 열더니 멘델 징어의 서류들을 그 안에 집어넣고, 다시 서랍을 닫고, 작은 녹색 쪽지 한 묶음에서 한 장을 찢어 도장을 찍고, 그것을 멘델에게 주면서 말했다. "생각났는데, 내일 아침 아홉 시에 이리로 오게! 그때는 우리만 있네. 그때 우리는 조용히 얘기할 수 있지. 자네 서류는 여기 내가 갖고 있겠네. 그 서류를 내일 찾아가게. 그 쪽지를 보여주고!"

멘델은 나왔다. 밖에서는 자메쉬킨이 말 옆 돌 위에 앉아 기다리고 있었다. 해가 지고 저녁이 왔다.

"우리는 내일에야 떠나네." 멘델이 말했다. "난 아홉 시에 다시 와야 해."

그는 밤을 지낼 기도의 집을 찾았다. 빵 한 조각, 양파 두 개를 사서 주머니에 넣고, 그는 유대인 한 사람을 붙잡고 기도의 집을 물었다. "같이 갑시다." 하고 그 유대인이 말했다.

도중에 멘델은 자기 얘기를 했다.

"우리 기도의 집에서 당신 일 전부를 맡아서 해줄 남자를 만날 수 있지. 그는 벌써 많은 가족들을 미국으로 보냈다오. 카프투락을 아시오?"

"카프투락? 물론! 그는 내 아들을 보냈다오!"

"옛 고객이군!" 그 사람이 카프투락이었다. 늦여름에 그는 두브노에 머무르며 기도의 집에서 면담을 하고 있었다. "지난번에 당신 부인이 나한테 왔지. 당신 아들을 난 아직도 기억하오. 그는 잘 지내고 있겠지? 카프투락은 솜씨가 좋네."

카프투락이 일을 맡을 준비가 됐음이 입증되었다. 당장 1인당 10루블의 비용이 들었다. 선불로 10루블을 멘델은 줄 수 없었다. 카프투락은 해결책을 찾았다. 그는 아들 징어의 주소를 남기게 했다. 아들이 정말로 부모를 오게 할 의도라면, 4주 후에 그는 답장과 돈을 받는다. "그 녹색 쪽지와 미국에서 온 편지를 내게 주고 나를 믿게!" 카프투락이 말했다. 그러자 빙 둘러 선 사람들이 고개를 끄덕였다. "오늘 안에 집으로 가시오. 며칠 후에 내가 당신 집에 들르리다. 카프투락을 믿으시오!"

둘러선 몇몇이 반복했다. "안심하고 카프투락을 믿어요!"

"여러분을 여기서 만난 것은 행운이요!" 멘델이 말했다. 모두들 그와 악수를 하고 좋은 여행이 되길 빌었다. 그는 자메쉬킨이 기다리는 시장으로 돌아갔다. 자메쉬킨은 마차에서 벌써 잠들 준비를 하고 있었다.

"유대인과는 사탄만이 뭔가 확실한 것을 협상할 수 있지!" 그가 말했다. "그러니 이제 가세!"

그들은 떠났다.

자메쉬킨은 고삐를 손목에 감고는, 잠깐 잠을 잘 생각이었다. 그는 정말로 깜빡 잠이 들었으며, 말들은 어떤 장난꾸러기가 들판에서 날라다 길가에 세워 놓은 허수아비 그림자를 보고 소스라쳤다. 짐승들이 질주하기 시작했고, 마차는 허공에 뜬 것 같았다. 곧 마차가 훨훨 날 것이라고 멘델은 생각했다. 그의 심장 역시 질주했으며, 가슴을 떠나 멀리 껑충껑충 뛰어갈 것 같았다.

갑자기 자메쉬킨이 큰 소리로 저주를 퍼부었다. 마차는 도랑 속으로 미끄러지고, 말들은 앞발로만 길 위에 치솟았으며, 자메쉬킨은 멘델 징어의 몸 위에 널브러졌다.

그들은 다시 기어올랐다. 수레의 채는 산산조각 나고, 바퀴 하나는 느슨해졌으며, 다른 바퀴 하나는 살이 두 개나 빠져 있었다. 그들은 밤새도록 여기 머물러야 했다. 어떻게 할지는 내일 두고 보기로 했다.

"이렇게 자네의 미국여행이 시작되는군." 자메쉬킨이 말했다. "왜 자네들은 늘 세상을 그렇게 돌아다니는가! 사탄이 자네들을 한 장소에서 다른 장소로 보내는군. 우리 같은 사람들은 태어난 곳에 머물고, 전쟁이 났을 때만 일본에 가는데!"

멘델 징어는 침묵했다. 그는 길가에 앉아 있었다, 자메쉬킨 곁에. 난생 처음으로 멘델 징어는 맨땅에, 황량한 한밤중에, 농부 옆에 앉아 있었다. 그는 자기 위로 하늘과 별들을 봤고, 그것들이 하느님을 가리고 있다고 생각했다. 그 모든 것을 주님께서는 이레 안에 창조하셨다. 그런데 유대인 한 사람이 미국에 가려면 몇 년이나 걸린다!

"보게나, 대지가 참 아름답지?" 자메쉬킨이 물었다. "곧 추수 철이 오네. 풍년이야. 내가 생각한 만큼 상황이 좋으면, 가을에 말 한 마리를 더 사려 하네. 자네 아들 요나스 소식은 들었나? 그는 말에 대해 아는 게 있어. 그는 자네와는 아주 달라. 자네 처가 혹시 자네를 속인 적 있나?”

“모든 게 가능하지” 하고 멘델이 대답했다. 갑자기 그에게는 모든 것이 아주 쉬워졌고, 모든 것을 이해할 수 있었으며, 밤은 그를 편견으로부터 풀어줬다. 그는 심지어 형제에게 하듯이 자메쉬킨에게 바싹 달라붙었다.

“모든 게 가능하지.” 그는 되풀이했다. “여자들은 아무 쓸모가 없어.”

갑자기 멘델은 훌쩍거렸다. 멘델은 울었다. 낯선 한밤중에, 자메쉬킨 옆에서.

농부는 주먹을 눈에 댔다. 그도 울 것 같은 느낌이 들었기 때문이다. 그런 다음 그는 한쪽 팔을 멘델의 마른 어깨에 두르고 작은 목소리로 말했다.

“자게, 친애하는 유대인. 푹 자!”

그는 오랫동안 깨어 있었다. 멘델 징어는 잠들었고 코를 골았다. 개구리들이 아침까지 개굴개굴 울었다.

8

2주일 후에 바퀴가 둘 달린 작은 마차가 커다란 구름먼지를 일
으키며 멘델 징어 집 앞으로 굴러왔다. 마차에서는 손님 하나가
내렸는데, 카프투락이었다.

그는 서류가 준비됐다고 알렸다. 4주 후에 미국에서 샘이라고
불리는 쉐마르야한테서 답장이 오면, 징어 가족의 출발은 보장될
것이다. 오직 이 말을 카프투락은 하고자 했다. 나중에 쉐마르야
가 보낸 금액에서 20루블을 빼는 것보다 선불을 받으면 더 기쁠
것이라는 말과 함께.

데보라는 작은 마당에 있는 썩은 나무판자로 된 헛간으로 가
서, 블라우스를 머리 위로 올리고 가슴에 동여맨 손수건을 꺼내
딱딱한 8루블을 세었다.

그런 다음 다시 블라우스를 내리고 집에 가서 카프투락에게 말

했다. "이게 이웃집에서 꿀 수 있는 돈 전부예요. 당신은 이것에 만족해야 해요."

"오래된 고객은 좀 봐 드리죠!" 이렇게 말하고 카프투락은 깃털처럼 가벼운 노란 마차에 날렵하게 올라타고, 먼지구름을 일으키며 사라졌다.

"카프투락이 멘델 징어 집에 다녀갔다!" 그 작은 도시의 사람들이 외쳤다. "멘델은 미국에 간다."

사실상 멘델 징어의 미국행은 이미 시작되었다. 모든 사람들이 뱃멀미에 대한 조언을 해줬다. 그리고 몇몇 구매자들이 멘델의 작은 집을 구경하러 나타났다. 사람들은 집값으로 1000루블을 지불할 태세였다. 데보라가 그만한 돈을 모으려면 그녀 삶의 5년을 바쳐야 할 금액이었다.

그러나 멘델 징어는 말했다. "데보라, 메누힘은 남아 있어야 하는 거 알지? 누구 집에 머물까? 빌레스는 다음 달에 딸을 악사 호글에게 시집보내. 아이를 낳을 때까지 그 젊은이들이 메누힘을 데리고 있을지도 몰라. 그 대가로 그들에게 집을 주고 집값은 안 받는 거야."

"메누힘이 남는다는 것이 당신한테는 이미 결정된 일이었어요? 우리가 출발할 때까지 아직 최소한 몇 주가 남았어요. 그때까지는 하느님께서 분명히 기적을 행하실 거예요."

"하느님께서 기적을 행하시려 할 때" 멘델이 대답했다. "그분께서는 당신에게 미리 알려 주시지 않을 거야. 사람들은 바라고 믿어야 해. 우리가 미국에 가지 않으면 미르얌 때문에 불행한 일이 생겨. 우리가 미국에 가면 메누힘을 여기에 남겨놓게 돼. 미르얌을 혼자 미국에 보낼까? 그 애가 무슨 일을 저지를지 누가 알아. 도중에 혼자서, 그리고 미국에서 혼자. 메누힘은 많이 아파서 기적만이 그 애를 도울 수 있어. 기적이 정말로 그 애를 도우면, 그는 우리를 따라올 수 있어. 미국은 아주 멀어. 그래도 미국은 이 세상 밖에 있지는 않으니까."

데보라는 조용히 있었다. 그녀는 클루치스크의 랍비가 한 말을 들었다. "그를 떠나지 마시오. 그의 곁에 머무시오. 그가 건강한 아이인 것처럼!" 그녀는 그의 곁에 머물지 않았다. 오랜 세월, 밤낮으로, 한 시간 한 시간 그녀는 약속된 기적을 기다렸다. 저세상에 있는 죽은 이들은 도와주지 않았고, 랍비도 도와주지 않았으며, 하느님께서도 도우시려 하지 않았다. 한바다만큼의 눈물을 그녀는 흘렸다. 밤이 그녀의 가슴에 머물렀고, 걱정이 모든 기쁨 속에 있었다, 메누힘이 태어난 이래로. 모든 축제는 고통이었고 모든 명절은 애도의 날이었다. 봄이 더 없었으므로 여름도 없었다. 모든 계절이 겨울로 불렸다. 해가 떠올랐지만 그 볕은 따뜻하지 않았다. 희망만이 죽으려 하지 않았다. "그 아이는 불구자로 남을 거예요." 모든 이웃이 말했다. 그들에게는 어떤 불행도 닥치지 않았기 때문이고, 불행이 없는 자는 기적도 믿지 않는다.

불행이 닥친 사람도 기적을 믿지 않는다. 기적은 아주 오랜 세월 전에, 유대인들이 아직 팔레스타인에 살 때 일어났다. 그 후로 기적은 없었다. 그럼에도 사람들은 바로 클루치스크의 랍비가 행한 놀라운 일들을 이야기하지 않았던가? 그는 이미 눈먼 이를 보게 하고, 마비된 사람을 자유롭게 해주지 않았던가? 나탄 피체닉의 딸은 어땠는가? 그녀는 미쳤었다. 사람들은 그녀를 클루치스크로 데려갔다. 랍비는 그녀를 쳐다봤다. 그는 그의 경문을 말하고, 그런 다음 침을 세 번 뱉었다. 그러자 피체닉의 딸은 자유로이, 가볍게, 그리고 제정신으로 집에 갔다. 다른 사람들한테는 행운이 있다고 데보라는 생각했다. 기적을 위해서도 사람들은 행운이 있어야 한다. 멘델 징어의 아이들은 행운이 전혀 없다! 그들은 교사의 자녀들이다!

"당신이 이성적인 사람이라면 내일 클루치스크에 가서 랍비에게 조언을 구할 거예요." 데보라가 말했다,

"내가? 내가 당신의 랍비한테 가서 뭘 하란 말이야? 당신은 전에 거기 갔었잖아. 또 다시 가. 그를 믿잖아. 그는 당신한테 조언해줄 거야. 당신은 내가 그걸 나쁘게 생각한다는 걸 알아. 어떤 유대인도 주님께로 가는 중개자가 필요치 않아. 그분께서는 우리의 기도를 들어주서, 우리가 어떤 불의도 저지르지 않으면. 그러나 우리가 불의를 저지르면 우리들을 벌하실지도 몰라!"

"무엇 때문에 그분께서는 우리를 벌하시죠? 우리가 불의를 저

질렀나요? 왜 그분께서는 그토록 잔인하시죠?"

"당신은 그분을 비방하고 있어. 날 혼자 둬. 난 당신과 더 할 말이 없어." 그리고 멘델은 경건한 책 읽기에 몰두했다.

데보라는 목도리를 들고 밖으로 나왔다. 밖에는 미르얌이 서 있었다. 그녀가 입은 하얀 원피스는 저녁놀을 받아 붉어져서 오렌지빛으로 희미하게 빛났다. 매끄럽게 빛나는 검은 머리칼을 늘어뜨린 채 미르얌은 검고 커다란 눈으로, 지는 해를 똑바로 바라보고 있었다. 틀림없이 햇빛에 눈이 부셨을 텐데도 눈을 크게 뜨고 바라보았다. 그녀가 아름답다고 데보라는 생각했다. 나도 한때는 저렇게 아름다웠는데, 내 딸처럼 저렇게……. 그런데 난 무엇이 됐나? 멘델 징어의 아내가 되었다. 미르얌은 카자흐 기병과 사귀고, 그녀는 예쁘다. 아마도 그녀가 옳을지도 모른다.

미르얌은 자기 어머니를 보지 못한 것 같았다. 그녀는 지금 짙은 보랏빛 구름의 벽 뒤에서 내려앉으려는 타오르는 태양을 열심히 눈여겨보았다. 며칠 전부터 이 어두운 덩어리는 매일 저녁 서쪽하늘에서 폭풍과 비를 예고하고는, 다음날 다시 사라졌다. 미르얌은 해가 사라지는 순간, 저쪽 기병부대 병영에서 군인들이 부르기 시작하는 노랫소리를 들었다. 기병대는 항상 같은 노래로 시작했다, 폴루빌 야 티비아 차 트보유 크라조투. 근무는 끝났고, 기병들은 저녁을 반갑게 맞았다. 미르얌은 노래 가사에서 그녀가 아는 첫 번째 두 구절을 반복해서 중얼거렸다. 난 그대와 사랑에 빠졌네, 그대의 아름다움에 취해. 기병대 전체의 노래는 바로 그녀를 향한 것이었다! 수많은 남자들이 그녀에게 노래를 불러줬다. 30분 후에 그녀는 그들 중 한 명, 또는 두 명과 만났다. 가끔은 세 명이 왔다.

그녀는 어머니를 쳐다보고 조용히 서 있었으며, 어머니가 그쪽으로 오리라는 걸 알았다. 몇 주 전부터 어머니는 미르얌을 더는 부를 수 없었다. 마치 미르얌한테서 카자흐 기병들을 에워싼 공포의 일부가 나오는 것 같았다. 딸은 벌써 낯설고 거친 병영의 보호 아래 있는 것 같았다.

아니, 데보라는 미르얌을 더는 부르지 않았다. 데보라는 미르얌에게 갔다. 데보라는 오래된 목도리를 두르고 늙고 추한 모습으로, 황금빛으로 빛나는 미르얌을 겁내며 서 있었다. 마치 예쁜 딸들보다 반 베르스트 아래 서 있으라고 추한 어머니들에게 명령한 옛날 법을 따르려는 듯이, 나무로 된 보도의 끝에 멈춰 섰다. "아버지는 나빠, 미르얌!" 데보라가 말했다. "나쁜 대로 내버려두세요." 미르얌이 대답했다. "엄마의 멘델 징어를."

데보라는 처음으로 자녀들 중 한 아이의 입에서 아버지의 이름을 들었다. 잠시 그녀는 멘델의 아이가 아니라 낯선 여자가 말하는 것처럼 느꼈다. 낯선 여자, 왜 그녀가 '아버지'라고 말해야 하나? 데보라는 돌아서려 했다. 그녀가 잘못 생각했다, 낯선 사람에게 말을 건넨 것이다. 그녀는 조금 몸을 돌렸다. "그대로 있어요!" 미르얌이 명령했다. 그런데 데보라는 처음으로 딸이 얼마나 딱딱한 목소리로 말하는지 깨달았다. 구리쇠 목소리, 데보라는 생각했다. 그것은 싫고 무서운 교회 종 가운데 하나에서 나는 소리였다.

"여기 있어요, 엄마!" 미르얌이 반복했다. "혼자 내버려둬요, 엄마의 남편을. 나와 함께 미국에 가요. 멘델 징어와 메누힘, 그 바보는 여기 두고요."

"내가 그에게 랍비한테 가보라고 부탁했는데, 그는 가려고 하지 않아. 나 혼자서는 이제 클루치스크에 안 가. 무서워! 전에 그 랍비는 나한테 메누힘을 포기하지 말하고 했어, 그 애 병이 오랫동안 지속된다 해도. 내가 그 사람한테 무슨 말을 할 수 있을까, 미르얌? 그에게 말할까? 우리는 너 때문에 떠나야 한다고. 왜냐하면 네가, 왜냐하면 네가……."

"내가 카자흐 기병과 사귀니까." 미르얌이 꼼짝 않고 보충했다. 그리고 계속 말했다. "엄마가 하고 싶은 말을 그 사람한테 하세요. 그건 나와는 하나도 관계없는 일이에요. 미국에서는 오히려 내가 하고 싶은 걸 더 할 거예요. 엄마가 멘델 징어 같은 사람과 결혼했으니까 나도 그런 사람과 결혼해야 할 필요는 없어요. 엄마는 나를 위해 더 나은 남자를 알고 있기나 해요? 네? 엄마는 당신 딸을 위한 지참금이 있나요?"

미르얌은 목소리를 높이지 않았으며, 그녀의 질문 역시 질문처럼 들리지 않았다. 그녀는 아무렇지도 않은 말을 하는 것 같았으며, 샐러드나 야채, 계란 값에 대한 정보를 주기라도 하는 것처럼 보였다. 그 애가 옳다, 데보라는 생각했다. 도와주세요, 좋으신 하느님, 그 애가 옳아요.

모든 선한 영들에게 데보라는 도와 달라고 외쳤다. 딸이 옳다는 것을 인정해야 한다고 느꼈기 때문이다. 그녀 자신이 그녀의 딸을 통해서 말했다. 데보라는 자신한테도 무서워지기 시작했다, 그녀가 조금 전까지 미르얌에게 두려움을 가졌던 것과 똑같이. 매우 불길한 일들이 일어났다. 군인들의 노래가 끊이지 않고 이쪽으로 울려 퍼졌다. 붉은 해의 작은 빛줄기가 아직도 보라색 위에 솟아 있었다.

"난 가야 해요." 미르얌은 기댔던 벽에서 떨어져 나와, 하얀 나비처럼 가볍게 보도에서 훨훨 날아, 교태 흐르는 빠른 발걸음으로 길 가운데를 따라 갔다. 밖으로, 병영이 있는 쪽으로, 카자흐 기병들이 부르는 노래를 향해서.

병영 앞 쉰 발자국, 큰 숲과 자메쉬킨의 곡식밭 사이의 작은 오솔길 한가운데에서 그녀는 이반을 기다렸다. "우린 미국에 가." 미르얌이 말했다.

"날 잊지 마." 이반이 재촉했다. "늘 이 시간에, 해가 질 때 날 생각해. 다른 사람은 생각하지 말고. 그리고 혹시 하느님께서 도와주시면 널 따라갈게. 내게 편지를 써. 파벨이 나한테 편지를 읽어줄 거야. 우리 두 사람에 관한 비밀스런 일들을 너무 많이 쓰진 마. 안 그러면 내가 틀림없이 창피하니까." 그는 미르얌에게 키스를 했다. 세게, 그리고 여러 번, 그의 키스는 총알처럼 저녁을 가로질러 따따따 소리를 냈다. 악마소녀라고 그는 생각했다. 이제 그녀는 미국으로 간다. 그럼 다른 여자를 구해야 한다. 4년 더 복무해야 하는데 그녀만큼 예쁜 여자는 없다. 그는 크고, 곰처럼 힘이 세고, 수줍어했다. 소녀를 만져야 할 때 그의 거대한 손은 떨렸다. 그는 사랑에도 익숙하지 않았고, 모든 걸 미르얌이 가르쳐줬다. 그녀는 이미 온갖 것을 생각해보지 않았던가.

그들은 끌어안았다. 어제 그리고 그저께처럼, 들판 가운데서, 땅의 열매들 사이에 끼여, 무거운 곡식들이 아치처럼 그들을 에워싼 속에서. 미르얌과 이반이 쓰러질 때 기꺼이 이삭들은 누웠다. 그들이 쓰러지기도 전에 이삭들은 눕는 듯했다. 오늘 그들의 사랑은 더 격렬하고, 더 짧고, 이를테면 떨렸다. 마치 미르얌이 벌써 내일 미국에 가야 하는 것 같았다. 이별은 이미 그들의 사랑에서 떨었다. 그들이 서로 친숙해지는 동안, 그들은 이미 서로 멀리 떨어졌다, 대양으로 갈라져서. 그가 가지 않고, 내가 뒤에 남지 않는 것이 얼마나 좋은 일인가 하고 미르얌은 생각했다. 그들은 힘이 빠져 어쩔 줄 모르고 말없이 중상자처럼 누워 있었다. 수많은 생각들이 그들 뇌를 가로질러 오갔다. 그들은 마침내 내리는 비를 알아채지 못했다. 비는 서서히 음험하게 내리기 시작해,

빽빽한 황금빛 이삭의 울타리를 무너뜨릴 만큼 무거운 빗방울로 이어졌다. 갑자기 그들은 억수같이 내리는 비의 희생물이 됐다. 그들은 깨어나 달리기 시작했다. 비는 그들을 당황하게 만들고, 세상을 완전히 바꾸고, 그들에게서 시간 감각을 빼앗았다. 그들은 벌써 시간이 늦었다고 생각하고, 탑의 종소리를 들을까 귀를 기울였지만 쏴아쏴아 퍼붓는 빗소리만 들렸다. 점점 더 커지는 빗소리에 밤의 다른 소리들은 으스스하게 그쳤다. 그들은 젖은 얼굴에 입을 맞추고 손을 꼭 잡았다. 그들 사이에 물이 있었으며, 둘 중 누구도 다른 사람의 몸을 느낄 수 없었다. 그들은 서둘러 헤어졌다. 그들의 길은 갈라졌으며, 이미 이반은 빗줄기에 싸여 보이지 않았다. 다시는 그를 보지 못하리라! 미르얌은 집으로 달려가면서 생각했다. 추수 때가 온다. 내일 농부들은 깜짝 놀랄 것이다. 비는 많은 것을 초래하니까.

그녀는 집에 와서 잠시 처마 밑에 멈추었다. 그 잠깐 동안 몸을 말릴 수 있기나 한 것처럼. 그녀는 방으로 들어가기로 했다. 방은 깜깜하고 깜깜했으며 모두들 벌써 잠들어 있었다. 그녀는 젖은 채로 조용히 누웠다. 옷이 몸에서 마르도록 놓아둔 채 움직이지 않았다. 밖에서는 빗소리가 났다. 이미 모두들 멘델이 미국에 가는 걸 알았고, 학생들은 하나씩 수업에 오지 않았다. 지금은 단지 사내아이들만 다섯 명 남았는데, 이들 역시 정규 시간에 오지 않았다. 카프투락은 아직 서류를 가져오지 않았고, 샘은 배표를 보내지 않았다. 그러나 벌써 멘델 징어 집은 허물어지기 시작했다. 분명 집은 많이 쓰러졌다고 멘델은 생각했다. 집은 쓰러져가는데, 그것을 몰랐다. 주의할 수 없는 사람은 귀머거리와 같고, 귀머거리보다 더 나쁘다, 이렇게 어딘가에 씌어 있다. 여기서 내 할아버지는 교사였다, 여기서 내 아버지는 교사였다, 여기서 나는 교사였다. 이제 나는 미국에 간다. 내 아들 요나스는 카자흐 기병들이 빼앗아갔다. 그들은 내게서 미르얌도 빼앗으려 한다. 메누힘, 메누힘은 어떻게 될까?

이날 저녁 그는 빌레스 가족한테 갔다. 그들은 즐거운 가족이었다. 멘델 징어에게 그 가족은 부당하게도 많은 행운을 가진 것처럼 보였다. 그가 막 자기 집을 제공하려고 하는 막내딸을 제외하고 딸 모두는 결혼했다. 아들 셋은 모두 군대에 가서 세상 곳곳으로 갔다. 하나는 함부르크로, 다른 하나는 캘리포니아로, 셋째는 파리로. 명랑한 가족이었다. 하느님의 손길이 그 가족 위에 깃들고, 그 가족은 하느님의 넓은 손 안에서 보호받았다. 빌레스 노인은 늘 기분이 좋았다. 그의 아들 모두를 멘델 징어가 가르쳤다. 빌레스 노인은 징어 아버지의 학생이었다. 그들이 이미 오랫동안 알고 지내왔기에, 멘델은 남들의 행운에 약간의 권리를 지닌다고 믿었다.

빌레스 가족, 살림이 그렇게 넉넉하지는 않은 그 가족에게 멘델 징어의 제안은 마음에 들었다. 잘됐다! 젊은 쌍이 집을 넘겨받을 것이다, 그리고 거기다 메누힘도. "그 애는 전혀 번거롭게 하지 않아요." 멘델 징어가 말했다. "그 애는 또한 해마다 나아지고 있어요. 곧 하느님의 도움으로 건강해질 거예요. 그러면 내 아들 쉐마르야가 이곳으로 오거나 누군가를 보내 메누힘을 미국으로 데려갈 거예요."

"그런데 요나스한테서는 무슨 소식 들었소?" 빌레스 노인이 물었다. 멘델은 그의 카자흐 기병에 관해 오랫동안 아무 소식도 듣지 못했다. 그는 그를 경멸하면서, 그러나 또한 자랑스럽게, 남몰래 그렇게 불렀다, "카자흐 기병" 하고. 그렇지만 그는 대답했다. "순전히 좋은 일만! 그는 읽기와 쓰기를 배웠고, 승진했어요. 그가 유대인이 아니라면, 누가 알아요, 벌써 장교가 됐을지 모르죠!" 멘델은 이 행복한 가족의 눈앞에서 그의 커다란 불행의 초과된 무게를 등에 지고 서 있는 것이 불가능했다. 그래서 등을 펴고 거짓으로 조금 기쁨을 꾸며 이야기했다.

멘델 징어가 자기 집을 맡기는 것이 결정 났다. 공무원들 앞에서가 아니고, 빌레스 가족의 평범한 증인들 앞에서. 공무원들 앞이라면 돈이 들 것이었다. 증인으로는 분별 있는 유대인 서너 사람이면 충분했다. 그동안 멘델은 30루블의 선불을 받았다. 이제 학생들이 더 오지 않고 집에는 돈이 떨어졌기 때문이었다.

일주일 후, 카프투락이 가볍고 작은 노란 마차를 타고 작은 도시를 질러서 다시 왔다. 모든 것이 있었다, 돈, 배표, 여권, 비자,

각자의 몸값, 그리고 카프투락의 사례금까지. "셈이 정확한 사람" 하고 카프투락이 말했다. "당신들의 아들, 셈이라고 하는 쉐마르야는 셈이 정확한 사람이네. 저쪽에서는 신사라고 하네……."

카프투락이 국경까지 징어 가족을 동행하기로 했다. 4주 후에 기선 '포세이돈'이 브레멘에서 뉴욕으로 갈 것이다.

빌레스 가족은 물건들을 받으러 왔다. 데보라는 이불과 베개, 쿠션 여섯 개, 아마 수건 여섯 장, 빨갛고 파란 격자무늬 커버 여섯 장을 챙기고, 짚으로 채운 매트리스와 메누힘 몫의 보잘것없는 이불과 베개는 남겨두었다.

쌀 짐이 많지 않은데도, 그리고 가진 것 모두를 머릿속에 새기고 있는데도, 데보라는 끊임없이 일을 했다. 그녀는 짐을 쌌다가는, 다시 짐을 풀었다. 그릇을 세고 또 셌다. 메누힘이 접시 두 장을 깼다. 그는 자신의 우둔한 평온을 점차로 잃은 듯했다. 그는 그의 어머니를 지금까지보다 더 자주 불렀다. 몇 년 동안 유일하게 말할 수 있었던 단어를 그는 반복했다. 어머니가 가까이에 있지 않을지라도, 수십 번씩. 그는 바보였다. 메누힘은 바보! 얼마나 쉽게 사람들은 그렇게 말하는가! 그러나 누가 말할 수 있으랴, 요즈음 그 어떤 무서움과 근심의 폭풍을 메누힘의 영혼이 견뎌내야만 했는가를. 꿰뚫어볼 수 없는 어리석음의 겉옷 속에 하느님이 숨겨놓으신 메누힘의 영혼이! 그렇다, 그는 두려워했다, 불구자

메누힘. 그는 가끔 제 힘으로 구석에서 문 앞까지 기어가서, 햇빛에 병든 개처럼 문지방에 웅크리고 앉았다. 그리고 지나가는 사람들을 눈을 깜박이며 쳐다봤는데, 오직 사람들의 장화만을 보는 것 같았다, 그리고 바지, 양말과 치마를. 가끔 그는 뜻밖에 어머니의 앞치마를 붙잡고 으르렁거렸다. 데보라는 그가 이미 상당히 많이 무거워졌는데도 팔에 안았다. 그녀는 그를 팔에 안아 흔들며, 불행한 아들을 팔에서 느끼자마자 이미 완전히 잊었었지만 기억 속에서 다시 살아난 동요의 연관 없는 두어 구절을, 입으로 가만히 불러줬다. 그런 다음 그녀는 그를 내려놓고 며칠 전부터 오로지 하는 일인, 짐을 싸고 세는 일을 시작했다. 갑자기 그녀는 일을 멈췄다. 그녀는 잠시 서 있었다, 메누힘의 눈과 닮은 염려하는 눈을 하고서. 그토록 그 눈들은 생명이 없었다. 미지의 먼 곳에서 뇌가 공급하기를 거절한 생각들을 구하면서 그토록 속수무책으로. 그녀의 어리석은 눈길이 어떤 자루, 그 속에 쿠션을 넣고 꿰맬 자루에 닿았다. 혹시나 하는 생각이 그녀에게 떠올랐다. 메누힘을 자루에 넣어 꿰맬 수 있지 않을까? 바로 그런 다음 그녀는 세관원이 길고 날카로운 창으로 승객들의 자루를 찌르는 상상에 몸서리쳤다. 그녀는 다시 짐을 풀었고, 그 머문다는 결정은 그녀의 머리를 섬광처럼 스쳐갔다. 클루치스크의 랍비가 말했던 대로 "그를 떠나지 마시오, 마치 그가 건강한 아이인 것처럼!" 그녀는 믿음에 속한 힘을 더는 낼 수가 없었고, 절망을 견디고자 인간이 필요로 하는 힘 역시 점차 그녀를 떠났다.

마치 그들, 데보라와 멘델이 자발적으로 미국에 가는 것을 결정한 것이 아니고, 미국이 그들에게 덮친 것 같았고, 그들을 기습한 것 같았다. 쉐마르야, 맥, 그리고 카프투락과 함께. 이들이 그것을 알아차린 지금, 때는 너무 늦었다. 그들은 스스로를 미국으로부터 구할 수 없었다. 서류들이 배표와 몸값과 함께 그들에게 왔다.

"메누힘이 갑자기 건강해지면 어떻게 하죠? 오늘이나 내일?" 하고 데보라가 언젠가 물었다.

멘델은 잠시 머리를 흔들고는 말했다. "메누힘이 건강해지면, 데리고 가지!"

그리고 그들은 둘 다 침묵하면서 메누힘이 내일 또는 모레 건강하게 자리에서 일어나리라는 희망, 치유된 사지와 완전한 언어와 함께 일어서리라는 희망에 휩싸였다.

그들은 일요일에 떠난다. 오늘은 목요일이다. 마지막으로 데보라는 안식일 식사를 준비하려고 화덕 앞에 섰다. 양귀비 씨를 뿌린 하얀 빵과 꼬아서 만든 작은 빵을 차릴 참이었다. 뚜껑이 열린 화덕 안에서 불이 타오르고, 쉿 소리와 함께 바스락 소리를 내고, 연기가 방을 채웠다. 30년 이래로 목요일마다 그랬던 것처럼. 밖에는 비가 내렸다. 굴뚝에서 나오는 연기를 비가 밀어내고, 물결 모양으로 천장에 진 오래되고 낯익은 얼룩이 축축해졌다. 10년 전부터 지붕 널빤지에 생긴 구멍을 수리했어야 하는데, 분명히 빌레스 가족이 그 일을 할 것이다. 짐을 싼 갈색 철도금 트렁크가 놓여 있다. 뚜껑에는 단단한 쇠막대기와 반짝이는 쇠 자물쇠가 새것으로 두 개 달려 있다. 가끔 메누힘은 그곳으로 기어가 그것을 흔들었다. 그러면 덜커덩거리는 소리가 무자비하게 나고, 자물쇠가 쇠로 된 테두리를 쳐서 오랫동안 떨리는 소리가 좀처럼 멈추지 않았다. 불은 바스락 소리를 냈고, 연기는 방을 채웠다.

안식일 저녁에 멘델 징어는 이웃들과 작별을 했다. 누군가가 직접 양조해서 마른 스펀지로 거른 황록색 쉬납스를 사람들은 마셨다. 그러니까 그 쉬납스는 매울 뿐만 아니라 쓴맛이 났다. 작별은 한 시간 넘게 걸렸다. 모두들 멘델에게 행복을 빌었다. 많은 사람들은 그를 의심쩍게 관찰하고, 많은 사람들은 그를 부러워했다. 그러나 모두들 그에게 미국은 멋진 나라라고 말했다. 유대인은 미국에 가는 것보다 더 나은 것을 바랄 게 없다.

그날 밤 데보라는 침대를 떠나, 손으로 조심스럽게 초를 감싸고 메누힘의 잠자리로 갔다. 그는 등을 대고 누워 있었는데, 돌돌만 회색 담요에 무거운 머리를 기대고, 눈꺼풀의 반이 열려 눈의 흰자위가 보였다. 그의 몸은 숨 쉴 때마다 떨렸고, 잠자는 손가락은 끊임없이 움직였다. 그는 손을 가슴에 대고 있었다. 잠이 든 그의 얼굴은 낮보다 훨씬 더 창백하고 기운이 없었다. 푸르스름한 입술은 입가에 하얀 거품 방울을 문 채 벌어져 있었다. 데보라는 불을 껐다. 그러고는 잠시 아들 곁에 웅크리고 있다가, 일어나서 침대로 살며시 갔다. 그는 아무것도 안 될 거라고 데보라는 생각했다, 그는 아무것도 안 될 거야. 그녀는 더는 잠들지 못했다.

일요일 아침 여덟 시에 카프투락의 심부름꾼이 왔다. 전에 쉐마르야를 국경 밖으로 넘겨줬던 파란 모자를 쓴 남자다. 오늘도 파란 모자를 쓴 남자는 문에 서서, 차 마시는 것을 거절하고, 말없이 트렁크를 밖으로 끌고 나가 마차에 싣는 것을 돕는다. 네 사람 자리가 있는 편안한 마차다. 발은 부드러운 짚에 놓여 있고, 마차는 늦여름의 대지와 같은 향기가 난다. 빗질한 말들의 등은 매끈매끈하게 빛난다, 갈색의 휘어진 거울처럼. 수많은 은빛 방울을 단 넓은 멍에는 말들의 날씬하고 교만한 목덜미를 지나치게 당긴다. 밝은 날인데도 말이 발굽으로 자갈을 쳐 불꽃이 튀는 것이 보인다.

데보라는 메누힘을 다시 한 번 팔에 안는다. 빌레스 가족은 벌써 와서 마차를 에워싸고 이야기를 늘어놓는다. 멘델 징어는 마부석에 앉고, 미르얌은 아버지의 등에 그녀의 등을 기댄다. 데보라만이 아직도 문 앞에 서 있다, 불구자 메누힘을 팔에 안고.

갑자기 그녀는 그에게서 떨어진다. 그녀는 그를, 시체를 관에 넣듯이, 천천히 조심스럽게 문지방에 놓고, 일어서서 몸을 펴고는 눈물을 흘린다. 감추지 않은 얼굴에 감추지 않은 눈물이다. 그녀는 결심했다. 그녀의 아들은 남는다. 그녀는 미국에 갈 것이다. 기적은 일어나지 않았다.

울면서 그녀는 마차에 올라탄다. 그녀는 손을 잡는 사람들의 얼굴을 보지 않는다. 그녀의 두 눈은 눈물로 꽉 찬 두 개의 바다다. 말발굽이 달그락거리는 소리를 그녀는 듣는다. 그녀는 간다. 그녀가 갑자기 외치고, 그녀는 자신이 외쳤다는 것을 모른다. 그녀 안에서 외침소리가 나오며, 심장이 입을 가지고 외친다. 마차가 선다. 그녀는 젊은 여자처럼 민첩하게 마차에서 뛰어내린다. 메누힘은 여전히 문지방 위에 앉아 있다. 그녀는 메누힘 앞에 쓰러진다. "엄마, 엄마!" 메누힘이 웅얼거린다. 그녀는 쓰러진 채이다.

빌레스 가족이 데보라를 일으킨다. 그녀는 소리 지르고 저항하다가, 결국엔 조용해진다. 사람들이 그녀를 다시 마차로 데려가 짚더미 위에 눕힌다. 마차는 아주 빨리 두브노로 굴러간다.

여섯 시간 후에 그들은 기차 안에 앉아 있었다. 느리게 가는 보통열차에, 모르는 많은 사람들과 함께. 기차는 천천히 대지, 초원, 그리고 사람들이 가을걷이를 하는 들판을 질러 달렸다. 농부들, 오두막집과 가축떼가 기차를 보고 인사했다. 바퀴의 다정한 노래가 승객들을 재웠다. 데보라는 아직 한 마디 말도 하지 않았다. 그녀는 단잠을 잤다. 기차바퀴들이 그치지 않고 말했다. 그치지 않고. 그를 떠나지 마라! 그를 떠나지 마라! 그를 떠나지 마라!

멘델 징어는 기도했다. 그는 외워서 기계적으로 기도했으며, 낱말의 의미를 생각하지 않았다. 그 소리만으로 충분했고, 하느님께서는 그것이 무엇을 뜻하는지를 이해하셨다. 그렇게 해서 멘델은 며칠 후면 도달할 바닷물에 대한 커다란 두려움을 가라앉혔다. 가끔 그는 미르얌에게 멍한 시선을 던졌다. 그녀는 그와 마주 앉아 있었다, 파란 모자를 쓴 남자 옆에. 멘델은 그녀가 그에게 얼마나 바싹 달라붙어 있는지 보지 않았다. 남자는 그녀에게 말하지 않았다. 그는 황혼의 시작과 차창이 아주 작은 가스불꽃을 붙이는 순간 사이의 그 짧은 15분을 기다렸다. 이 15분과 나중에 가스불꽃이 다시 꺼진 밤에 맛볼 온갖 기쁨을 파란 모자는 기대했다.

다음날 아침 그는 늙은 징어 부부와 냉담한 작별을 했고, 미르얌과만 말없이 친밀하게 악수를 했다. 그들은 국경에 왔다. 검사원이 여권을 검사했다. 멘델의 이름이 불렸을 때 그는 몸을 떨었다, 이유 없이. 모든 것이 정상이었다. 그들은 통과했다.

그들은 새 기차에 타고, 다른 역들을 보고, 새 신호 종소리를 듣고, 새 제복들을 봤다. 그들은 사흘 동안 기차를 타고, 두 번 갈아탔다. 셋째 날 오후에 그들은 브레멘에 도착했다. 선박회사의 어떤 남자가 소리를 질렀다. "멘델 징어!" 징어 가족은 손을 들었다. 적어도 아홉 가족을 그 공무원은 기다렸다. 그는 그들을 일렬로 세우고, 세 차례 사람 수를 세고, 그들의 이름을 큰 소리로 부르고, 사람마다 번호표를 하나씩 줬다. 이제 그들은 멀거니 서서 그 양철로 된 번호표를 가지고 뭘 시작해야 할지 전혀 몰랐다. 공무원은 떠났다. 그는 곧 다시 오겠다고 말했다. 그러나 아홉 가족, 스물다섯 사람은 움직이지 않았다. 그들은 일렬로 승강장에 서 있었다. 양철표를 손에 쥐고, 보따리는 발 앞에 놓은 채였다. 멘델 징어는 아주 늦게 신청해서 왼쪽 가장 바깥 구석에 서 있었다.

그는 여행 내내 아내나 딸과 거의 한 마디 말도 하지 않았다. 두 여자도 말이 없었다. 그러나 데보라는 이제 침묵을 더는 견딜 수 없어 보였다.

"당신은 왜 움직이지 않아요?" 데보라가 물었다.

"아무도 움직이지 않아." 멘델이 대답했다.

"왜 사람들한테 묻지 않아요?"

"아무도 묻지 않아."

"우린 뭘 기다려요?"

"우리가 뭘 기다리는지 난 몰라."

"트렁크 위에 앉아도 괜찮을까요?"

"트렁크 위에 앉아."

그러나 데보라가 앉으려고 치마를 펼치는 순간에 선박회사의 공무원이 와서, 러시아어로, 폴란드어로, 독일어로, 그리고 유대어로, 그가 지금 아홉 가족 모두를 항구로 안내할 예정이며, 그날 밤 그들을 바라크에서 재우고, 내일 아침 일곱 시에 '포세이돈'이

닻을 올릴 것이라고 알렸다.

그들은 브레머하펜의 바라크에서 야영했다. 잠을 잘 때도 온 힘을 다해 양철표를 꼭 쥐고 있었다. 스물다섯 명의 코고는 소리와 딱딱한 잠자리에서의 뒤척임으로 대들보가 떨렸고, 조그만 노란 전구들은 조용히 흔들렸다. 차를 끓이는 것은 금지되었다. 입 천장이 마른 채 그들은 잠자리에 들었다. 미르얌에게만 한 폴란드 미용사가 빨간 사탕을 권했다. 크고 끈끈한 사탕을 입에 문 채 미르얌은 잠들었다.

멘델은 아침 다섯 시에 깼다. 그는 잠자던 나무 궤짝에서 어렵게 내려와 수도를 찾고, 어디가 동쪽인가를 보려고 밖으로 나갔다. 그런 다음 돌아와서는 구석진 곳에 자리를 잡고 기도했다. 그는 혼잣말로 속삭였다. 그런데 그가 속삭이는 동안 커다란 통증이 그를 덮쳐 심장을 찌르고 격렬하게 찢었다. 멘델은 한창 속삭이다가 신음을 내뱉었다. 잠자던 사람 몇몇이 깨어 아래를 보고는, 구석에서 껑충 뛰고 비틀거리며 상체를 앞뒤로 흔들고 하느님을 찬양하는 옹색한 춤을 추는 유대인을 비웃었다.

멘델이 아직 기도를 끝내지 않았는데, 공무원이 문을 열어젖혔다. 바닷바람이 그를 바라크로 휘몰았다. “일어나시오!” 그는 몇 차례나, 그리고 이 세상의 모든 언어로 외쳤다.

배에 도착했을 때는 아직 이른 시간이었다. 일반선실로 들어가기 전에, 일등급과 이등급 식당을 흘끗 보는 것이 허락되었다.

128

멘델 징어는 움직이지 않았다. 그는 좁은 철제 사다리의 가장 높은 계단에 서 있었다. 항구, 육지, 대륙, 고향, 과거를 뒤로 하고. 그의 왼쪽으로 해가 빛났다. 하늘은 푸르고 푸르렀다. 배는 하얗고 하얬다. 물은 녹색 그 자체였다. 선원 하나가 와서 멘델 징어에게 그 계단을 떠나라고 명령했다. 그는 손짓으로 그 선원을 달랬다. 그는 아주 평온하고 두려움이 없었다. 그는 바다를 흘끗 바라보고 물결치는 바다의 무한함에서 위로를 마셨다. 바닷물은 영원하고 영원했다. 멘델은 하느님 스스로 그것을 창조하셨음을 깨달았다. 그분께서는 그것을 그분의 무진장한 비밀의 샘에서 퍼내셨다. 이제 그것은 대륙 사이에서 출렁인다. 깊은 바다 밑바닥에서 심판의 날에 경건한 이들과 의로운 이들이 먹게 될 성스런 물고기인 레비아탄이 소용돌이를 쳤다. 지금 멘델이 딛고 선 배의 이름은 '포세이돈'이었다. 그것은 큰 배였다. 그러나 레비아탄과 비교하면, 바다와 하늘과 영원하신 분의 지혜와 비교하면, 아주 작은 배였다. 그렇다, 멘델은 두려움을 전혀 느끼지 않았다. 그는 그 선원을 안심시켰다. 거대한 배 위, 그리고 영원한 대양 앞에 있는 작고 검은 한 유대인인 바로 그가. 그는 다시 한 번 반원으로 몸을 돌리고 바다를 쳐다보며 할 수 있는 축복의 말을 중얼거렸다. 그는 반원으로 몸을 돌리고 축복의 몇 마디 말을 녹색 파도 위에 뿌렸다. "찬미 받으소서, 영원하신 분, 우리 주님, 당신께서는 바다를 만드시고 그것들을 통과해 대륙들을 가르셨도다!"

그 순간 사이렌이 울렸다. 기계들이 덜커덩거리기 시작했다. 그리고 대기와 배와 사람들은 몸을 떨었다. 단지 하늘만이 고요하고 푸르게 펼쳐져 있었다, 푸르고 고요하게.

9

등대선에서 쏘아 올린 불타는 탄환이 바다여행의 14일째 저녁을 비추었다. "지금 나타난다오." 이 여행을 두 번째로 하는 어떤 유대인이 멘델 징어에게 말했다. "자유의 여신상 말이오. 높이가 47미터이고, 내부는 비어 있고, 거기에 올라갈 수 있지. 머리엔 빛나는 왕관을 두르고, 오른손엔 횃불을 들었소. 그런데 가장 멋진 건 이 횃불은 밤에 타오르지만, 다 타버릴 수는 없다는 거요. 전기로 빛나니까. 미국에선 이런 예술품들을 만들지."

15일째 되는 날 오전, 그들은 배에서 내렸다. 데보라, 미르얌, 멘델은 가까이 나란히 섰다. 서로 잃어버릴까 두려웠기 때문이다.

제복을 입은 남자들이 왔는데, 군도를 차고 있지 않은데도 그들은 멘델에게 약간 위험하게 보였다. 몇 명은 새하얀 예복을 입고 있었고, 반은 근위기병처럼 보였다. 그리고 반은 천사처럼. 멘델 징어는 이들이 미국의 카자흐 기병이라고 생각하며 딸 미르얌을 바라보았다.

그들은 알파벳순으로 이름을 불렀다. 사람들은 저마다 자기 짐이 있는 쪽으로 갔는데, 제복을 입은 남자들은 그것을 뾰족한 창으로 찌르지 않았다. 메누힘을 데려왔어도 되는 건데, 데보라는 생각했다.

갑자기 쉐마르야가 그들 앞에 나타났다.

세 사람은 똑같이 깜짝 놀랐다.

동시에 그들은 자신들이 살던 옛날 작은 집을 다시 봤다. 옛날의 쉐마르야, 그리고 새 쉐마르야, 샘이라는 사람을.

그들은 쉐마르야와 샘을 동시에 바라봤다. 마치 샘이 쉐마르야 위에 덧씌워진 것처럼, 투명한 샘을.

그는 쉐마르야였다. 그렇지만 또 샘이었다.

그것은 둘이었다. 하나는 검은 모자를 쓰고, 검은 옷을 입고, 긴 장화를 신었으며, 최초의 솜털같이 부드러운 검은 털이 뺨의 털구멍에 돋아 있었다.

또 하나는 밝은 회색 외투에다 선장인 듯 눈처럼 하얀 모자를 쓰고, 통이 넓은 노란색 바지, 반짝이는 녹색 비단 셔츠를 입었으며, 얼굴이 매끄러웠다, 고상한 묘석처럼.

두 번째는 거의 맥이었다.

첫 번째가 그의 옛날 목소리로 말했다. 그들은 단지 목소리만

들었다, 단어들이 아니라.

두 번째가 튼튼한 손으로 아버지의 어깨를 두드리며 말했다. 이제야 그들은 단어들을 들었다. "헬로우, 올드 챕!" 그런데 하나도 이해하지는 못했다.

첫 번째는 쉐마르야였다. 두 번째는 그러나 샘이었다.

먼저 샘은 아버지에게 입을 맞췄다. 다음엔 어머니에게, 그 다음엔 미르얌에게. 셋 모두는 샘의 면도 비누 냄새를 맡았는데, 갈란투스 향기와 석탄산 같은 냄새도 약간 풍겼다. 그는 정원과 동시에 병원을 상기시켰다.

그들은 속으로 샘이 쉐마르야라고 몇 차례나 되씹었다. 그런 다음에야 그들은 기뻤다. "다른 사람들은 모두 검역소로 갑니다. 부모님과 미르얌은 아니에요! 맥이 그렇게 처리했어요. 맥은 사촌이 둘 있는데, 여기서 근무해요." 샘이 말했다,

반시간 후에 맥이 나타났다.

그는 지난번 작은 도시에 모습을 드러냈을 때와 똑같아 보였다. 어깨가 떡 벌어지고, 큰 소리로, 이해할 수 없는 언어로 소리치고, 주머니는 그가 곧 나눠주고 자신도 먹기 시작한 단 과자들로 불룩했다. 새빨간 넥타이가 깃발처럼 그의 가슴에서 펄럭였다.

"여러분도 검역소로 가야겠는데요." 맥이 말했다. 그가 과장했기 때문이다. 맥의 사촌들이 여기서 근무하는 것은 맞지만, 세관에서만 일했다. "그렇지만 제가 여러분을 동행할 거예요. 자,

걱정들 마세요!"

그들은 실제로 걱정할 필요가 없었다. 맥이 모든 공무원들에게 미르얌이 그의 신부이고, 멘델과 데보라는 장인 장모라고 소리쳤기 때문이다.

오후 세 시마다 맥이 수용소 창살로 왔다. 그는 창살 사이로 손을 뻗어 모두에게 인사했다, 그것이 금지돼 있었지만. 나흘 후 그는 징어 가족을 풀어주는 일에 성공했다. 어떤 방법으로 그 일을 성공시켰는지 그는 누설하지 않았다. 그가 상상해낸 일들은 아주 열심히 얘기하고, 정말로 일어난 일은 침묵하는 것이 맥의 성격이었다.

맥은 그들이 집에 가기 전에 자기 회사 차를 타고 미국을 아주 자세히 구경할 것을 주장했다.

사람들은 멘델 징어, 데보라, 그리고 미르얌을 차에 태우고 드라이브를 했다.

밝고 더운 날이었다. 멘델과 데보라는 차가 가는 방향으로 앉았다. 맞은편에는 미르얌, 맥, 샘이 앉았다. 육중한 차는 분노의 무서운 힘으로 도로 위를 덜컹거렸다. 멘델 징어는 그것이 돌과 아스팔트를 영원히 박살내고 집들의 기초를 흔들려는 것처럼 느꼈다. 가죽시트는 멘델의 몸 아래서 뜨거운 난로처럼 타올랐다. 높은 벽의 상당히 어두운 그늘 속을 가는데도, 더위는 녹아 흐르는 잿빛 납처럼 멘델의 검은 비단 모자 위로 달아올라서는 그의 뇌로 밀고 들어갔다. 그러고는 축축하고 끈적끈적하고 고통스러운 열기로 촘촘히 뇌를 납땜질했다. 도착 후 그는 거의 잠을 자지 않았고, 별로 먹지 않았으며, 거의 아무것도 마시지 않았다. 그는 무거운 장화에 고향의 고무덧신을 신고 있었다. 그래서 그의 발은 바비큐 불속에서처럼 불탔다. 그는 무릎 사이에 낀 우산을 안간힘을 다해 단단히 죄었는데, 우산의 나무 손잡이가 너무 뜨거워서 만질 수 없었다. 마치 붉은 쇠로 만들어진 것 같았다. 멘델의 눈앞에는 매연으로 생긴 그을음, 먼지, 그리고 더위로 촘촘히 짜인 뿌연 안개장막이 불어닥쳤다. 그는 그의 조상들이 40년 동안 떠돌았던 광야를 생각했다. 그러나 그들은 적어도 걸어 다녔다고 생각했다. 지금 이들은 미친 듯이 돌진해서 바람을 일으키지만, 그것은 뜨거운 바람, 지옥의 불타는 숨결이었다. 식히는 대신에 그것은 작열했다. 바람은 바람이 아니고, 소음과 외침으로 이루어졌으니, 그것은 불고 있는 소음이었다. 보이지 않는 수많은 종들에서 울리는 요란한 소리, 전철에서 울려 퍼지는 위험한 금속성, 무수한 자동차에서 울리는 경적 소리, 거리의 굽잇길에서 나는 선로의 간절하게 삐걱대는 소리, 매우 강력한 깔때기를 통해 그의 승객들에게 미국을 설명하는 맥의 울부짖는 소리, 주위 사람들이 중얼거리는 소리, 멘델 등 뒤에 있는 낯선 여행객의 요란한 웃음소리, 샘이 아버지의 얼굴에 대고 쉼 없이 늘어놓는 소리. 샘이 하는 말을 멘델은 이해하지 못했지만, 끊임없이 머리를 끄덕이고, 고통에 찬 철제 집게 같은 입술에 두렵지만 친절한 미소를 지었다.

그가 자신의 상황에 맞추어 심각한 채로 있을 용기를 지녔을지라도, 그는 미소를 거두지 못했을 것이다. 그는 그의 표정을 바꿀 힘이 없었다. 그의 얼굴 근육들은 굳어졌다. 그는 오히려 어린애처럼 울었을 것이다. 녹는 아스팔트에서 나는 매운 타르 냄새, 공중에 뜬 거칠고 메마른 먼지 냄새, 운하와 치즈가게에서 썩어서 나는 고약한 기름기 낀 악취, 양파가 썩는 냄새, 자동차 휘발유 연기 냄새, 생선창고에서 나는 부패한 늪 냄새, 은방울꽃과 그의 아들의 뺨에서 풍기는 석탄산 냄새를, 그는 맡았다. 모든 냄새들은, 그의 귀를 채우고 그의 머리를 폭발시키려는 소음과 함께, 갑자기 그에게로 몰려오는 뜨거운 안개와 뒤섞였다. 곧 그는 뭘 더 듣고, 보고, 냄새 맡아야 할지 몰랐다. 그는 여전히 미소를 지으며 고개를 끄덕였다. 미국은 그를 협박했고, 미국은 그를 부수었으며, 미국은 그를 박살냈다. 몇 분 후에 그는 기절했다.

사람들이 그의 기운을 회복시키려고 서둘러 데리고 간 런치룸에서 그는 깨어났다. 수많은 작은 전구들로 장식된 둥근 거울 속에서 그는 자신의 하얀 수염과 뼈대가 굵은 코를 바라보고, 그 순간 그 수염과 코가 다른 사람 것이라고 생각했다. 그러다 자신을 에워싼 가족들을 보고서야, 스스로를 다시 알아보았다. 그는 약간 부끄러웠다. 그는 조금 힘들여 입술을 열고 아들에게 사과했다. 맥이 그의 손을 잡고 흔들었다. 마치 멘델 징어가 잘 해낸 곡예, 또는 이긴 내기를 축하하듯이. 노인의 입 둘레에 다시 철제 집게의 미소가 생기고, 미지의 큰 힘이 그의 머리를 다시 움직였다. 그래서 멘델은 고개를 끄덕이는 것처럼 보였다. 그는 미르얌을 봤다. 그녀는 노란 목도리 아래 검은 머리를 헝클어뜨리고, 창백한 뺨에 그을음을 약간 묻힌 채, 입에는 긴 빨대를 물고 있었다. 데보라는 딱 벌어진 어깨를 하고 말없이, 콧구멍은 벌렁, 심장은 쿵쾅, 등받이 없는 둥근 의자에 웅크리고 앉아 있었다. 그녀는 곧 아래로 떨어질 것 같았다.

이 사람들은 나와 무슨 관계가 있나? 멘델은 생각했다. 미국 전체는 나와 무슨 관계가 있나? 내 아들, 내 아내, 내 딸, 이 사람 맥은? 나는 아직 멘델 징어인가? 이들은 아직 내 가족인가? 나는 아직 멘델 징어인가? 내 아들 메누힘은 어디 있나? 그는 자신으로부터 내던져졌고, 자신으로부터 떨어져서 계속 살아야 할 것 같은 기분이 들었다. 그는 자신을 추호노프에, 메누힘 가까이 남겨둔 것 같았다. 그리고 이런 그가 입술 둘레에 미소를 짓는 동안, 머리를 흔드는 동안, 그의 심장은 서서히 얼어붙기 시작했다. 그것은 금속 북채가 차가운 유리잔을 두드릴 때처럼 두근거렸다. 벌써 그는 외로웠다, 멘델 징어. 이미 그는 미국에 있었다⋯⋯.

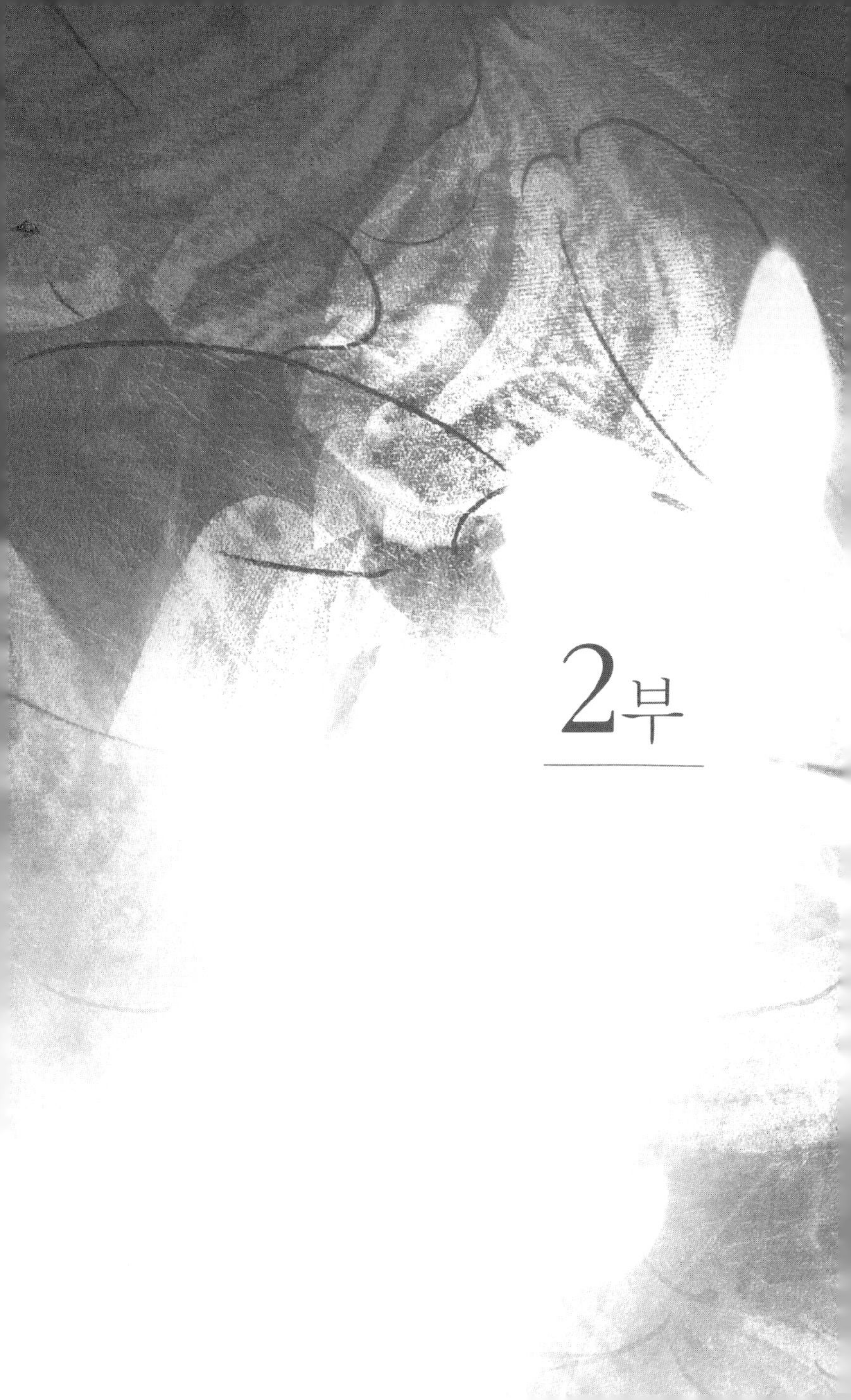

2부

10

몇백 년 전 멘델 징어의 조상이 스페인에서 볼리니아로 왔음이 거의 분명하다. 그는 그의 후손 멘델보다 더 행복하고, 더 평범하고, 어쨌든 덜 주목 받는 운명을 가졌다. 그래서 우리는, 그가 낯선 땅에 친숙해지는 데 긴 세월이 걸렸는지, 아니면 짧은 세월이 걸렸는지 알지 못한다. 그러나 멘델 징어가 몇 달 후에 뉴욕에 친숙해졌음은 안다.

그렇다. 그는 미국에 거의 친숙해졌다! 그는 올드 챕old chap 이 미국영어로 아버지, 올드 풀old fool이 어머니를 말함을 알았다. 아니면 그 반대임을. 그는 자신의 아들이 거래하는 바우어리 거리의 몇몇 사업가, 그가 사는 에섹스 거리, 그리고 자신의 아들 샘의 백화점이 있는 휴스턴 거리를 알게 됐다. 그는 샘은 이미 아메리칸 보이이고, 사람들은 굿바이 하고 인사하며, 세련된 사람이라면 하우 두 유 두, 그리고 플리즈라고 말하고, 그랜드 스트리트의 상인은 존경을 요구할 수도 있고, 강가에 살 권리가 있음을, 쉐마르야 역시 살고 싶어하는 강가에 살 권리가 있음을 알았다. 사람들은 그에게 미국은 "신의 나라 God's own country", 전에 팔레스티나처럼 하느님의 나라라 불리고, 뉴욕은 본래 "원더 시티 the wonder city", 전에 예루살렘처럼 기적의 도시라 불린다고 말했다. 반면 사람들은 예배를 "서비스service"라 말하고, 봉사도 마찬가지다. 샘의 어린 아들은 할아버지가 도착한 후 가까스로 일주일이 됐을 때 태어났는데, 정말로 맥링컨이라는 이름이 붙고 몇 년 후, 순식간에, 미국에서 세월이 흘러 칼리지 보이college boy가 된다. 요즘 며느리는 그 애를 마이 디어 보이 my dear boy라고 부른다. 이상하게도, 며느리는 아직도 베가라고 불린다. 금발이고 온순하며 푸른 눈, 멘델 징어에게는 영리함보다는 선함을 드러내는 푸른 눈을 가지고 있다. 멍청하면 어때! 여자들은 지성이 필요하지 않다, 하느님께서 그녀를 도와주시길, 아멘! 열두 시와 두 시 사이에 런치lunch를 들어야 한다, 그리고 여섯 시와 여덟 시 사이에는 디너dinner를. 멘델은 이 시간들에 주의하지 않는다. 그는 고향에서처럼 오후 세 시와 저녁 열 시에 먹는다. 그가 저녁식사를 할 때 그것이 실제로 고향에서는 낮이거나 이른 아침이라 해도 누가 그것을 알랴. 올 라이트all right는 동의한다는 뜻이고 예! 대신에 예스yes! 라고 말한다. 누구에게 어떤 좋은 것을 바랄 때는 행복과 건강이 아니라, 프로스페리티prosperity를 바란다. 아주 가까운 장래에 샘은 강가에 응접실이 있는 집을 임대할 생각이다. 그는 축음기를 갖고 있는데, 미르얌은 가끔 올케한테 그것을 빌려서 충성스러운 팔에 병든 아이처럼 안고 거리를 질러 운반한다. 축음기는 왈츠도 들려줄 수 있지만 속죄의 노래도 들려준다. 샘은 하루에 두 번 씻는다. 저녁에 가끔 입는 양복을 그는 드레스dress라고 말한다. 데보라는 벌써 영화관에 열 번, 극장에 세 번 갔다. 그녀는 진회색 비단 원피스가 있는데, 샘이 그녀에게 선물한 옷이다. 큰 금목걸이를 목에 건 그녀는 성경에서 가끔 말하는 창녀 중 하나를 떠오르게 한다. 미르얌은 샘 상점의 점원이다. 그녀는 자정이 지나 집에 오고, 아침 일곱 시에 나간다. 그녀는 말한다. 안녕하세요, 아버지! 안녕하세요, 어머니! 그리고 더는 아무 말도 하지 않는다. 여기저기서 멘델 징어는, 물가에 서 있는 늙은 남자의 발 옆을 흘러가는 강물처럼 자기 귀를 흘러 지나가는 얘기들에서, 맥이 미르얌과 산책하러 가고, 춤추러 가고, 수영하러 가고, 운동하러 간다는 말을 듣는다. 그 사람 멘델 징어는 맥이 유대인이 아니라는 것을 안다. 카자흐 기병들도 유대인이 아니다. 아직 상황은 그렇게 진전되지 않았다. 하느님께서 도와주실 것이고, 두고 보면 알게 될 것이다. 데보라와 미르얌은 함께 잘 산다. 평화가 집안에 있다. 어머니와 딸은 함께 자주, 자정이 지나도록 오랫동안 속삭이고, 멘델은 잠자는 척한다. 그렇게 하는 것은 쉽다. 그는 부엌에서 자고, 아내와 딸은 하나뿐인 거실에서 잔다. 미국에서도 사람들은 궁전에 살지는 않는다. 2층에 산다! 행운이다. 3층, 4층, 5층에서도 사는데! 계단은 기울어졌고, 더러우며, 늘 깜깜하다. 대낮에도 성냥불로 계단을 비춘다. 덥고 축축하고 끈적끈적하게 고양이 냄새가 난다. 그러나 쥐약과 유리조각들을 시큼한 반죽에 비벼서 매일 저녁 구석에 놓아야 한다. 데보라는 매주 한 번씩 마룻바닥을 문질러 닦지만, 바닥은 고향에서처럼 사프란의 노란색이 되지 않는다. 뭐가 문제인가? 데보라가 너무 약한가? 너무 게으른가? 너무 늙었나? 멘델이 방을 질러 갈 때, 널빤지들은 모두 밝고 날카로운 소리를 낸다. 지금은 데보라가 돈을 어디에 숨기는지 확인할 수 없다. 샘은 1주일에 10달러를 준다. 그렇지만 데보라는 격분한다. 그녀는 여자이고 가끔 마귀가 들린다. 그녀의 며느리는 선량하고 온순한데, 데보라는 베가가 사치한다고 주장한다. 멘델은 그런 얘기를 들으면 말한다. "그만해, 데보라! 아이들한테 만족해! 침묵할 만큼 아직도 충분히 나이 들지 않았어? 내가 너무 적게 번다고 나를 더 비난할 필요도 없고 나와 다툴 수 없는 것이 당신을 괴롭히는 거야? 쉬마르야는 우리가 그의 가까이에서 늙고 죽을 수 있게 우리를 이리로 데려왔어. 그의 아내는 예의에 맞게 우리 둘을 공경해. 뭘 더 바라는 거야, 데보라?"

그녀는 그녀에게 무엇이 빠졌는지 잘 몰랐다. 혹시 그녀는 옛

날 삶과 메누힘을 즉시 잊을 수 있는 아주 낯선 세계를 미국에서
발견하길 바랐는지도 모른다. 그러나 이 미국은 새로운 세계가
아니었다. 이곳에는 클루치스크보다 더 많은 유대인이 있었으
며, 이곳은 사실 더 큰 클루치스크였다. 자메쉬킨의 마차로 도달
할 수 있었을 클루치스크로 가기 위해 커다란 바다를 지나는 먼
길을 와야만 했을까? 창문들은 채광용 유리지붕의 어두운 안뜰
로 났고, 거기서는 고양이, 쥐, 그리고 아이들이 서로 치고받으며
놀았다. 봄날 오후 세 시에도 사람들은 석유 등불을 켜야만 했고,
전깃불은 있지도 않았으며, 자기 소유의 축음기 역시 사람들은
아직 갖지 못했다. 빛과 해를 데보라는 적어도 고향에서는 갖고
있었다. 분명하다! 그녀는 가끔 며느리와 영화관에 갔고, 그녀는
벌써 두 번 지하철을 탔으며, 미르얌은 우아한 처녀였다. 모자를
쓰고 실크 스타킹을 신은 그녀는 얌전해지기도 했다. 돈도 벌었
다. 맥은 그녀와 사귀었고, 카자흐 기병보다는 맥이 나았다. 그는
쉐마르야의 가장 좋은 친구였다. 그의 끊임없는 말 가운데 이해
할 수 있는 것은 한 마디도 없었지만, 거기에 익숙해질 것이다. 그
는 열 명의 유대인보다 더 재치가 있고, 지참금을 요구하지 않는
장점도 분명히 있었다. 결국 그래도 여기는 다른 세계였다. 미국
의 맥은 러시아의 맥이 아니었다. 그 돈으로 데보라는 여기서도
살림을 잘 꾸려가지 못했다. 생활비가 현저하게 비싸졌고, 저축
하는 일을 그녀는 그만둘 수 없었으며, 그 익숙한 마룻바닥 널빤

지는 벌써 18달러 50센트를 숨겼다. 당근은 줄어들고, 달걀은 속이 비고, 감자는 얼고, 스프는 묽어지고, 잉어는 가늘어지고, 가물치는 짧아지고, 오리들은 마르고, 거위는 살이 빠지고, 닭은 구경도 못했다.

아니, 그녀는 자신에게 뭐가 빠졌는지를 잘 몰랐는데, 그녀에게는 메누힘이 빠졌다. 자주, 잠잘 때, 깨어 있을 때, 물건을 살 때, 영화관에서, 청소할 때, 빵을 구울 때, 그녀는 그가 부르는 소리를 들었다. 엄마! 엄마! 그는 불렀다. 그가 배운 하나뿐인 그 낱말을 지금은 잊었음이 틀림없다. 낯선 어린애들이 엄마를 부르는 소리를 그녀는 들었다. 어머니들은 응답했다. 자기 아이와 자발적으로 떨어진 어머니는 단 한 사람도 없다. 미국에 오는 것이 아니었다. 그러나 지금도 집으로 돌아갈 수는 있었다!

"멘델" 하고 그녀는 가끔 말했다. "우리 메누힘을 보러 돌아가지 않을래요?"

"그러려면 돈, 여행이 필요해. 그리고 어떻게 먹고 살아? 쉐마르야가 그렇게 많이 줄 수 있을 거라 믿어? 그는 착한 아들이지만, 반더빌트는 아니야. 이럴 운명인가 봐. 당분간 그냥 지내! 우리는 메누힘을 이곳에서 보게 될 거야. 그 애가 건강해진다면."

그렇지만 여행 생각이 멘델 징어 속에 딱 달라붙어서 그를 떠나지 않았다. 전에 상점으로 자기 아들을 찾아갔을 때(그는 대리점에서 유리문 뒤에 앉아 있었다. 그리고 들어오고 나가는 고객들을 보며 들어오는 모든 이들을 속으로 축복했다), 그는 쉐마르야에게 말했다. "메누힘 소식을 아직 못 들었다. 지난번 빌레스의 편지에도 그 애 말은 전혀 없었어. 내가 그 애를 보러 가는 걸, 넌 어떻게 생각하니?" 샘이라고 불리는 쉐마르야는 아메리칸 보이였다. 그가 말했다. "아버지, 그건 시의적절하지 않아요. 메누힘을 이곳으로 데려올 수 있다면, 그 애는 여기서 바로 건강해질 거예요. 미국 의학은 세계 최고예요. 저는 막 신문에서 읽었어요. 사람들은 그런 병을 주사로 고쳐요, 간단히 주사로요! 그런데 그 애를, 그 불쌍한 메누힘을 여기로 데려올 수 없는데, 뭣 때문에 돈을 써요? 저는 그 일이 아주 불가능하다고 말하려는 건 아니에요! 그러나 저와 맥이 큰 사업을 준비하고 있고 돈이 빠듯한 지금, 그 일에 대해선 우리 말하지 말아요! 몇 주 더 기다리세요! 우리끼리 말이지만, 저와 맥, 우리는 지금 건축부지에 투자하고 있어요. 우리는 지금 딜렌 시 거리에 있는 옛 건물을 헐도록 했어요. 아버지한테 말씀드리는데, 허무는 것은 새로 짓는 것만큼이나 돈이 들어요. 그러나 불평해서는 안 돼요! 앞으로 나아가야죠! 우리가 보험 일을 어떻게 시작했는지 생각하면! 오르락내리락! 그런데 지금 우리는 이 상점을 갖고 있어요. 정말로 말할 수 있어요, 백화점이라고! 지금 보험회사 중개인들이 저한테 오고 있어요. 전 그들을 보고 생각해요. 나는 그 일을 안다, 그러고는 그들을 내쫓아요, 몸소. 모두를 난 내쫓아요!"

멘델 징어는 왜 샘이 그 중개인들을 내쫓는지, 그리고 그가 왜 그것을 그렇게 기뻐하는지 잘 이해하지 못했다. 샘이 그 점을 느끼고 말했다. "저하고 브렉퍼스트 하실까요?" 그는 아버지가 집에서만 먹는다는 사실을 잊은 척했고, 자기 자신을 고향의 관습과 떼어놓는 기회를 기꺼이 만들었으며, 마치 맥인 양 이마를 치고는 말했다.

"아, 그렇군요! 제가 잊었네요! 그렇지만 바나나 하나 드세요, 아버지!" 그리고 그는 바나나 하나를 아버지에게 갖다 주도록 했다. "그건 그렇고" 먹으면서 다시 말했다. "미르얌 그 애는 좋아졌어요. 그 애는 여기 이 상점에서 제일 예쁜 걸이에요. 모르는 사람의 상점에 있었다면, 오래전에 모델 자리를 제안 받았을 거예요. 그러나 전 제 여동생이 남의 옷을 위해 자기 몸매를 내맡기는 것을 바라지 않아요. 그것은 맥도 마찬가지고요!" 그는 아버지가 맥에 관해 뭐라고 말할지 기다렸다. 그러나 멘델 징어는 침묵했다. 그는 미심쩍어 하지는 않았다. 멘델은 마지막 문장을 거의 듣지 못했다. 그는 자기 아이들에게 진심으로 감탄하고 있었다, 특히 쉐마르야에게. 그가 얼마나 영리한지, 그가 얼마나 생각이 빠른지, 그가 얼마나 영어를 유창하게 하는지, 그가 어떻게 초인종 단추를 누르고 어떻게 큰 소리로 사환을 야단치는지. 그는 보스였다.

그는 딸을 보려고 셔츠와 넥타이 부로 갔다. "안녕하세요, 아버지!" 고객 시중을 들다가 그녀가 외쳤다. 그녀는 그에게 존경을 나타냈다. 집에서는 달랐다. 그녀는 십중팔구 그를 사랑하지 않았다. 그러나 그렇게 씌어 있지도 않다. 아버지와 어머니를 사랑하라! 하지만 아버지와 어머니를 공경하라! 그는 그녀에게 고개를 끄덕이고 떠났다. 그는 집으로 갔다. 그는 자신만만하게 길 가운데를 천천히 걸으며, 이웃들에게 인사를 하고, 아이들을 보고 기뻐했다. 그는 여전히 검은 비단 모자를 쓰고 중간 길이의 카프탄을 입고 긴 장화를 신고 있었다. 그러나 그의 외투자락은 더 이상 급한 날갯짓으로 생고무장화를 두드리지 않았다. 멘델 징어는 모든 것을 서두르는 미국에서 천천히 거니는 것을 비로소 배웠기 때문이다. 그러니까 그는 줄곧 고령을 향해 걸었다. 아침기도에서 저녁기도로, 아침식사에서 저녁식사로, 깨어남에서 잠으로. 고향에서 학생들이 왔던 그 시간에, 그는 말털 소파에 누워 한 시간 잠을 자고 메누힘 꿈을 꾸었다. 그런 다음 신문을 조금 읽고, 스코브론넥 가족의 가게에 갔다. 그곳에서는 축음기, 음반, 악보, 노래가사가 거래되고, 연주되고, 노래로 불렸다. 그 지역의 나이 든 사람들이 거기 다 모였다. 그들은 정치에 대해 말하고, 고향에서 있었던 일을 얘기했다. 가끔 시간이 늦어지면 스코브로넥의 거실에 가서 아주 빨리 저녁기도를 했다.

멘델은 조금 늦추려고 한 귀갓길에 집에서 편지 한 통이 그를 기다린다는 생각에 잠겼다. 편지에는 분명히, 그리고 강조해서 첫 번째로 메누힘이 아주 건강하고 똑똑해졌으며, 두 번째로 요나스가 사소한 질병으로 군복무를 그만두고 미국으로 오고 싶어한다고 씌어 있었다. 멘델 징어는 이 편지가 아직 오지 않았음을 알았다. 그렇지만 그는 그 편지에게, 말하자면 도착하고 싶은 마음을 가질 너그러운 기회를 주고자 했다. 그리고 그는 조용히 뛰는 가슴으로 초인종을 잡아당겼다. 그러나 데보라를 본 순간, 그 생각은 사라졌다. 아직 편지는 오지 않았다. 여느 저녁과 같은 저녁이 될 것이다.

집에 가려고 길을 돌아서던 어느 날, 그는 골목길 모퉁이에서 그에게 낯설지 않아 보이는 나이 어린 소년을 봤다. 멀리서도 그렇게 보였다. 그 소년은 어떤 집의 대문에 기대어 울었다. 멘델은 가냘프게 슬피 우는 소리를 들었는데, 그 소리는 아주 작았지만 맞은편 거리에 있는 멘델에게까지 닿았다. 이것은 멘델에게 아주 친숙한 소리였다. 그는 발을 멈추었다. 그는 소년에게 가서 캐물어보고 위로하기로 작정했다. 그는 발걸음을 옮겼다. 갑자기 울음소리가 더 커졌고, 멘델은 거리 한가운데서 걸음을 멈추었다. 저녁 그림자와 그 소년이 웅크리고 있는 집 대문의 그림자 속에서 그는 메누힘의 윤곽과 자세를 발견한 듯했다. 그랬다, 그렇게 추호노프에 있는 집 문지방에서, 메누힘은 웅크리고 앉아 슬피 울었었다. 멘델은 또 몇 걸음을 갔다. 그러자 소년은 집 안으로 재빨리 사라졌다. 멘델은 문까지 걸어갔다. 그때 그 집의 깜깜한 현관이 그 소년을 이미 맞이해 버렸다.

전보다 훨씬 더 천천히 멘델은 집으로 갔다.

그가 초인종을 눌렀을 때, 문으로 나온 사람은 데보라가 아니고 그의 아들 샘이었다. 멘델은 잠시 문지방에 머물렀다. 놀라운 기쁨 외에는 아무것도 예상하지 않았으면서도, 무서움이 그를 사로잡았다. 불행한 일이 생겼을지도 모른다. 그렇다, 그 정도로 그의 가슴은 불행에 익숙해져서, 아직도 여전히 경악을 했다. 행복을 오랫동안 준비한 후조차도. 어떻게 나와 같은 남자에게 놀랍게도 즐거운 일이 생길 수 있겠는가? 그는 생각했다. 모든 갑작스런 것은 나쁘고, 좋은 것은 천천히 살금살금 온다.

그러나 쉐마르야의 목소리는 그를 곧 안심시켰다. "어서 들어오세요!" 샘이 말했다. 그는 아버지의 손을 잡고 안으로 끌어당겼다. 데보라가 등불 두 개를 켰다. 며느리 베가, 미르얌과 맥이 식탁 주위에 앉아 있었다. 온 집이 멘델에게는 달라 보였다. 종류가 같은 두 개의 등불은 쌍둥이 같았으며, 방보다는 서로를 더 비추었다. 그것들은 마치 마주보며 웃는 듯이 보였는데, 특히 그것은 멘델을 기분 좋게 했다. "아버지, 앉으세요!" 샘이 말했다. 그는 호기심이 생기지 않았다. 멘델, 그는 벌써 걱정을 했다. 지금 온 세상을 즐겁게 하고 그가 거기서 전혀 기쁨을 찾지 못했던 미국 역사 얘기 중 하나가 나올 것이다. 도대체 무슨 일이 생긴 것일까? 그는 생각했다. 그들은 나에게 축음기를 선물할 것이다. 아니면 그들은 결혼식 날을 축하하려는 것이리라. 그는 아주 천천히 엄숙하게 앉았다. 모두는 말이 없었다. 그런 다음 샘이 입을 열었다. 마치 방에 세 번째 등불을 그가 켠 것 같았다. "아버지, 우리는 한꺼번에 만 오천 달러를 벌었어요."

멘델은 일어나서 자리에 있는 모든 사람들과 손을 잡았다. 마지막으로 그는 맥에게 이르렀다. 멘델은 그에게 말했다. "당신한테 고맙소." 샘이 즉시 영어로 통역했다. 이제 맥이 일어나더니 멘델을 포옹했다. 그런 다음 그는 말을 시작했다. 그는 말을 멈추지 않았다. 이 저녁에 맥 외에 어느 누구도 말하지 않았다. 데보라는 그 금액을 루블로 환산하려 했는데 끝내지 못했다. 베가는 새 집에 놓을 새 가구, 특히 피아노를 생각했다. 그녀의 아들은 그 피아노로 레슨을 받을 것이었다. 멘델은 고향에 들렀다 올 것을 생각했다. 미르얌은 오로지 맥이 말하는 것을 듣고, 할 수 있으면 모든 것을 이해하려고 애썼다. 그녀는 그의 말을 완전히 이해하지 못했기에, 알아듣기에는 너무 총명한 말을 맥이 한다고 생각했다. 샘은 그 돈 모두를 자기 백화점에 투자해야 할지 고려했다. 단지 맥만이 별로 생각하지 않고, 걱정하지도 않았으며, 아무런 계획도 짜지 않았다. 그는 자신의 머리에 떠오르는 것을 말했다.

다음날 그들은 애틀랜틱시티로 갔다. "아름다운 자연!" 하고 데보라가 말했다. 멘델은 바닷물만 봤다. 그리고 그는 자메쉬킨과 도로 옆 도랑에 누웠던 고향의 그 황량한 밤을 기억했다. 그리고 그는 귀뚜라미가 찌르륵찌르륵 우는 소리와 개구리가 개굴개굴 우는 소리를 들었다. "우리 고향은" 하고 그가 갑자기 말했다. "미국의 바닷물처럼 땅이 아주 넓어." 그는 그 말을 하려고 한 것은 아니었다. "아버지가 무슨 말을 하는지 듣고 있니?" 데보라가 말했다. "아버지는 늙는다!"

그래, 그래, 나는 늙어 간다고 멘델은 생각했다.

그들이 집에 왔을 때, 우편배달부가 집어넣지 못한 두껍고 부푼 한 통의 편지가 문틈에 놓여 있었다. "그것 봐." 멘델이 말하고 몸을 숙였다. "이 편지는 좋은 편지야. 행운이 시작됐어. 한 행운은 다른 행운을 가져오지. 하느님께서는 찬미 받으소서. 그분께서 우리를 계속해서 도와주시기를."

그것은 빌레스 가족의 편지였다. 그리고 그것은 실제로 좋은 편지였다. 그 편지는 메누힘이 갑자기 말하기 시작했다는 소식을 담고 있었다.

"의사 졸티지욱이 그를 봤소" 하고 빌레스 가족이 썼다. "그는 그걸 믿지 못했다오. 사람들은 메누힘을 페테르부르크로 보내려 한다오. 훌륭한 의사들이 그에 대해 골머리를 썩일 거요. 어느 날 목요일 오후 그 애는 집에 혼자 있었소. 그리고 목요일마다 그렇듯이 난로에는 불이 타고 있었지요. 불타는 장작 하나가 밖으로 떨어졌는데, 그래서 지금 마룻바닥은 다 타버렸다오. 벽도 회칠을 해야 해요. 돈이 꽤 들게 됐다오. 메누힘은 거리로 달려 나갔소. 그 애는 이제 아주 잘 달린다오. 그리고 소리를 질렀지요. '불이야!' 하고. 그 후로 그 애는 몇 마디 말을 해요.

이 일이 요나스가 떠나고 일주일 후라는 것이 유감스러울 뿐이오. 당신들의 요나스가 휴가로 여기에 왔었거든요. 그는 정말 좋은 군인이 되었소. 그런데 당신들이 미국에 있다는 건 전혀 모르더군요. 요나스도 당신들에게 여기 다른 쪽에 편지를 썼소."

멘델은 뒷장으로 넘겨서 읽었다.

사랑하는 아버지, 사랑하는 어머니, 사랑하는 남동생과
사랑하는 여동생!

가족들이 그러니까 미국에 있다는 사실에, 저는 벼락 맞은 것처럼 깜짝 놀랐어요. 제 탓이기는 하지만, 제가 가족들한테 전혀, 아니면, 제 기억으로는 딱 한 번 편지를 썼기 때문에 그렇지만, 이미 말했듯이 저는 벼락에라도 맞은 것처럼 깜짝 놀랐어요. 그것엔 전혀 신경 쓰지 마세요. 저는 아주 잘 지내고 있어요. 모두 제게 잘 해주고, 저도 모두에게 잘 해줘요. 특히 저는 말을 잘 다루어요. 저는 제일가는 카자흐 기병처럼 말을 탈 수도 있고, 질주하면서 손수건을 바닥에서 이로 들어 올릴 수도 있어요. 그런 일을 저는 사랑해요. 그리고 군대도. 저는 군복무가 끝나도 군에 머물 거예요. 돌봐주고, 먹을 것이 있고, 필요한 모든 것은 위에서 명령하고, 스스로는 생각할 필요가 없어요. 저는 가족 모두가 이 점을 아주 잘 이해하도록 쓰고 있는지 모르겠어요. 가족들은 이 점을 전혀 이해할 수 없을지도 몰라요. 마구간은 아주 따뜻하고 저는 말을 사랑해요. 언제 가족들 중 누군가 이곳에 오게 되면 저를 볼 수 있을 거예요. 대장이 제게 말했어요. 제가 아주 좋은 군인으로 남으면, 제 동생이 도망병인 것을 용서하고 지우도록 황제에게, 즉 대장의 각하에게 신청서를 낼 수 있다고요. 쉐마르야를 살아생전에 보는 게 저의 가장 큰 기쁨일 거예요. 우린 함께 자랐으니까요.

자메쉬킨이 가족들에게 인사를 전해요. 그는 잘 지내요. 여기 사람들은 전쟁이 일어날 거라고들 해요. 정말로 전쟁이 일어난다면, 제가 그럴 준비가 돼 있듯이, 가족들도 제가 죽는 것에 대비해야 할 거예요. 저는 군인이니까요.

이러한 경우를 생각해서, 가족들을 이번을 끝으로, 그리고 영원히 포옹합니다. 그러나 슬퍼하지 마세요, 아마도 저는 살아남을 거예요.

어머니와 아버지의 아들 요나스

멘델 징어는 안경을 벗어서 놓고 데보라가 우는 것을 보았으며, 긴 세월 만에 처음으로 그녀의 두 손을 잡았다. 그는 울어서

통통 부은 얼굴에서 그녀의 손을 떼고 거의 엄숙하게 말했다. "자, 데보라, 주님께서 우리를 도우셨어. 목도리를 두르고 내려가서 꿀포도주 한 병을 가져와."

그들은 식탁에 앉아 꿀포도주를 찻잔에 따라 마시고, 서로를 쳐다보며 똑같은 생각을 했다. "랍비 말이 맞아요." 데보라가 말했다. 그 기억은 그녀 속에서 오래 잠자고 있던 말들을 그녀에게 분명히 구술했다. "고통은 그를 현명하게 만들 것이다, 추함은 선하게, 고뇌는 온유하게, 그리고 병은 강하게."

"당신은 그 말을 나한테 한 적 없어." 멘델이 말했다.

"난 그걸 잊어버렸어요."

"요나스도 함께 클루치스크로 가야 했는데. 그는 말을 우리보다 더 사랑해."

"그 애는 아직 젊어요." 데보라가 위로했다. "그가 말을 사랑하는 것은 잘된 일일 거예요." 그리고 그녀는 빈정거릴 기회를 전혀 놓치지 않기 때문에 또 말했다. "그 애는 말에 대한 사랑을 당신한테서 물려받은 건 아니에요."

"그렇지." 멘델은 말하고 평화로운 미소를 지었다.

그는 귀향길을 생각하기 시작했다. 이제 곧 메누힘을 미국에 데려올 수 있겠다. 그는 촛불 하나를 켜고 등불을 끄며 말했다. "가서 자, 데보라! 미르얌이 집에 오면 편지를 보여줄게. 나는 오늘 깨어 있을 거야." 그는 트렁크에서 오래된 기도서를 가지고 왔다. 그것은 그의 손에 친숙했으며, 그는 단번에 시편을 펴서 하나하나 노래했다. 그의 안에서 노래가 나왔다. 그는 은총을 체험했다, 그리고 기쁨도. 그의 위에도 하느님의 넓고 아득하고 선한 손길이 둥글게 드리웠다. 그 손길의 보호를 받으며 그것을 찬양하며 시편 하나하나를 노래했다. 촛불은 멘델의 흔들거리는 상체가 불러일으키는 조용하지만 열정적인 바람 속에서 펄럭이며 탔다. 그는 발로 시편 구절의 박자를 맞추었다. 그의 가슴은 환호했으며, 그의 몸은 춤을 추어야만 했다.

11

그때 처음으로 근심걱정이 멘델 징어 집을 떠났다. 그는 걱정과 친했다, 미운 형제자매처럼. 이제 그는 쉰아홉 살이나 됐다. 58년 전부터 그는 그것들을 알고 지냈다. 근심들은 그를 떠났고, 죽음이 그에게 다가왔다. 그의 수염은 하애지고, 그의 시력은 약해졌다. 등은 굽고 손은 떨렸다. 잠은 얕고 밤은 길었다. 그는 빌린 낯선 옷처럼 만족을 걸쳤다. 그의 아들은 부자동네로 이사했고, 멘델은 그의 골목에, 그의 집에, 파란 석유등불 옆에, 가난한 사람들, 고양이, 그리고 쥐의 이웃으로 남았다. 그는 경건했으며 하느님을 두려워하고 일상에 충실한 아주 평범한 유대인이었다. 몇몇은 그를 눈여겨봤다. 많은 사람들은 그를 전혀 알아채지 못했다. 낮이면 그는 오랜 친구들을 방문했다. 과일장수 멩케스, 악보점 스코브론넥, 성경 필사가 로텐베르크, 구두장이 그로쉘. 일

주일에 한 번 그의 아들딸과 며느리, 손자, 그리고 맥이 왔다. 그
는 그들에게 할 말이 전혀 없었다. 그들은 연극, 사회, 그리고 정
치 이야기를 했다. 그는 귀를 기울이다가 잠들었다. 데보라가 그
를 깨우면 눈을 떴다. "난 자지 않았어!" 그가 맹세했다. 맥은 웃
었다. 샘은 미소를 지었다. 미르얌은 데보라와 속닥거렸다. 멘델
은 잠시 깨어 있다가 다시 깜박 잠이 들었다. 그는 즉시 꿈을 꾸었
다. 고향에서의 일들, 미국에서 듣기만 했던 것들, 연극, 황금색
과 빨간색의 곡예사와 여자 무용수들, 미국 대통령, 백악관, 백만
장자 반더빌트와 늘 되풀이되는 메누힘에 관한 꿈을. 그 어린 불
구자는 여가수들의 빨간색과 황금색 사이에 섞이고, '백악관'의
희미한 빛줄기 앞에 불쌍한 잿빛 점으로 달라붙었다. 이런저런
것을 깨어 있는 눈으로 바라보기에 멘델은 너무 늙었다. 그는 미
국이 하느님의 나라라고 하는 자녀들의 말을 그대로 믿었다. 뉴
욕은 기적의 도시이고 영어는 가장 아름다운 언어라는 말을. 미
국남자들은 건강하고, 미국여자들은 예쁘고, 운동은 중요하고,
시간은 소중하고, 가난은 악덕이고, 부는 업적이고, 덕은 반半성
공이고, 자기 자신에 대한 믿음은 온전한 성공이고, 춤은 위생에
좋고, 롤러스케이팅은 의무이고, 자선은 자본투자이고, 무정부
주의는 범죄이고, 파업노동자는 인류의 적이고, 선동자는 사탄
의 동맹자이고, 현대 기계들은 하늘의 축복이고, 에디슨은 가장
위대한 천재였다. 곧 인간들은 새처럼 날고, 물고기처럼 헤엄치

고, 예언자처럼 미래를 내다보고, 영원한 평화 속에서 살고, 완전한 일치 속에서 별까지 마천루를 세울 것이다. 세상은 아주 좋아질 거라고 멘델은 생각했다. 내 손자는 행복하겠다! 그는 모든 것을 체험할 것이다! 그런데 미래에 대한 그의 감격 속에는 러시아에 대한 향수가 섞였고, 살아 있는 자들이 개가를 올리기 전에 그는 죽은 자가 되리라는 사실이 그를 안심시켰다. 그는 왜 그런지 몰랐다. 그것은 그를 안심시켰다. 그는 새로운 것을 위해서는 이미 너무 늙었고, 대승리를 위해서는 너무 약했다. 그는 오로지 하나의 희망만을 아직도 갖고 있었다, 메누힘을 보는 것. 샘 또는 맥이 가서 그를 데려올 것이다. 아마 데보라도 갈지 모른다.

여름이었다. 멘델 징어 집에 해충들이 시시각각 늘어났다. 조그만 놋쇠바퀴가 석유가 가득한 접시에 담겨 밤낮으로 침대 발치에 놓여 있고, 데보라가 부드러운 닭의 깃털을 송진에 담갔다가 가구들의 모든 틈을 발랐는데도 늘기만 했다. 빈대들이 길게 줄을 지어 벽들 아래로 천장을 따라 이동하고, 음험하게 피를 탐하면서 어둠이 시작되기를 기다렸다가, 잠자는 사람의 자리 위로 떨어졌다. 이들은 마룻바닥의 널빤지 사이의 검은 바닥보에서 튀어나와 옷 속으로, 베개 속으로, 이불 속으로 들어갔다. 밤은 덥고 아주 눅눅했다. 가끔 멀리서 지나가는 미지의 기차의 울려 퍼지는 소리, 몇 마일씩이나 떨어진 바쁜 세상의 규칙적이고 짧은 천둥치는 듯한 소리가 열린 창문으로 들려왔고, 이웃집, 두엄더미, 그리고 열린 운하에서 풍기는 혼탁한 공기가 들어왔다. 고양이들은 시끄럽고, 주인 없는 개들은 짖어대고, 젖먹이들은 밤새 울어댔으며, 멘델 징어 머리 위에서는 잠 없는 사람들이 신발을 질질 끌며 걷고, 감기 든 사람들의 재채기가 크게 울려 퍼지고, 지친 자들이 고통에 찬 하품을 내뱉으며 야옹거렸다. 멘델 징어는 침대 옆 녹색 병에 꽂혀 있는 초에 불을 붙이고 창가로 갔다. 거기서 그는 그 어딘가에서 생긴 활기찬 미국의 밤이 붉게 반사되는 것을 봤으며, 절망적으로 밤하늘에서 하느님을 찾는 것 같은 서치라이트의 규칙적이고 은빛 나는 그림자를 봤다. 그랬다, 멘델은 또 별을 조금 봤다, 몇몇 빈약한 별들, 토막 난 별자리들을. 멘델은 별들이 밝게 반짝이는 고향에서의 밤, 창창하게 뻗은 하늘의 짙은 푸른색, 부드럽게 구부러진 초승달, 숲에서 소나무가 으스스하게 살랑거리는 소리, 귀뚜라미와 개구리 소리들을 기억했다. 그는 지금, 걸어가다가 선 것처럼, 집을 떠나 도보 여행을 계속하는 것은 쉬울 거라는 생각이 들었다, 밤새, 아주 오랫동안, 그가 다시 탁 트인 하늘 아래 서고 개구리 소리를 들을 때까지, 그리고 귀뚜라미와 메누힘이 슬피 우는 소리를 들을 때까지. 여기 미국에서 메누힘이 슬피 우는 소리는 고향에서 노래하고 이야기하는 그 많은 목소리들, 귀뚜라미의 찌르륵 소리, 그리고 개구리의 개굴개굴 소리와 어우러졌다. 그 사이에 대양이 놓여 있다고 멘델은 생각했다. 배를 타야만 했다. 또 한 번 배를 타고, 또 한 번

스무 날 밤낮을 타고 가야 했다. 그런 다음에야 그는 집에, 즉 메누힘 곁에 갈 것이었다.

자녀들은 드디어 그 지역을 떠나자고 그를 설득했다. 그는 두려웠다. 그는 교만해짐을 원치 않았다. 모든 것이 잘되어 가기 시작한 지금, 그는 하느님의 분노를 일으켜서는 안 되었다. 그가 더 잘 지냈던 적이 도대체 언제였던가? 무엇 때문에 다른 곳으로 이사를 하는가? 그렇게 해서 뭘 얻겠는가? 그가 더 살고자 하는 얼마 안 되는 세월을 그는 해충들과 공동체로 지낼 수 있었다.

그는 돌아섰다. 데보라는 잠들어 있었다. 전에 그녀는 이 방에서 미르얌과 잤다. 이제 미르얌은 그녀의 오빠 집에 살고 있다. 아니면 맥의 집에. 멘델은 재빨리 은밀하게 생각했다. 데보라는 편안히 잤다, 이불을 반은 걷어차고, 넓은 얼굴에 넓은 미소를 짓고. 그녀는 나와 무슨 관계가 있나? 멘델은 생각했다. 무엇 때문에 우리는 아직도 함께 사는가? 우리들의 욕망은 사라졌고, 우리들의 아이들은 컸으며, 이제 제 밥벌이를 하는데, 나는 그녀에게 무엇인가? 그녀가 조리한 음식을 먹는 것! 사람은 혼자 있는 것이 좋지 않다고 씌어 있다. 그러니까 우리는 같이 산다. 벌써 아주 오랫동안 그들은 함께 살았고, 이제 누가 먼저 죽느냐가 문제이다. 아마도 나라고 멘델은 생각했다. 그녀는 건강하고 걱정이 별로 없다. 그녀는 아직도 돈을 마룻바닥 널빤지 아래 숨긴다. 그녀는 그것이 죄라는 것을 모른다. 숨길 테면 숨기라지 뭐!

병의 목에 있는 촛불은 끝까지 탔다. 밤은 지났다. 아직 해가 보이기도 전에 벌써 아침의 첫 소리들이 들린다. 어디선가 끼익 소리를 내며 문이 열리고, 계단실에서 발걸음 소리가 쿵쾅쿵쾅 들려온다. 하늘은 흐릿한 잿빛이고, 땅에서는 누르스름한 아지랑이가 올라온다, 먼지와 유황은 운하에서.

데보라가 깨어나 한숨을 쉬며 말한다. "비가 올 거예요! 운하에서 고약한 냄새가 나요. 창문들을 닫아요!"

이렇게 여름의 나날이 시작된다. 오후에 멘델은 집에서 잘 수가 없다. 그는 놀이터에 간다. 드문 지빠귀의 노랫소리에 기뻐하고, 오랫동안 벤치에 앉아 우산으로 모래에 혼란스러운 선들을 긋는다. 긴 고무호스가 작은 잔디밭 위에 뿌리는 물소리가 멘델 징어의 얼굴을 식혀준다. 그는 물을 느낀다고 믿고 잠이 든다. 그는 연극, 붉은색과 황금색의 곡예사, 백악관, 미국 대통령, 백만장자 반더빌트, 그리고 메누힘 꿈을 꾼다.

어느 날 맥이 온다. (미르얌이 그와 같이 와서 통역한다.) 그는 7월말이나 8월에 러시아에 갈 거라고 말한다, 메누힘을 데리러.

멘델은 왜 맥이 가려 하는지를 어렴풋이 안다. 그는 분명 미르얌과 결혼하고 싶어 한다. 그는 멘델의 가족을 위해 할 수 있는 모든 것을 한다.

만일 내가 죽는다면…… 멘델은 생각한다. 맥은 미르얌과 결혼할 것이다. 둘은 내 죽음을 기다린다. 나는 시간이 있다. 나는 메누힘을 기다린다.

6월이다, 덥고 특히 긴 달이다.

언제 드디어 7월이 오는가?

7월 말에 맥은 배표를 주문한다. 사람들은 빌레스 가족에게 편지를 쓴다. 멘델은 그의 막내아들 역시 미국에 온다고 말하려고 스코브론넥 가게에 간다.

스코브론넥 가족의 가게에는 다른 날보다 훨씬 더 많은 사람들이 모여 있다. 저마다 손에 신문 한 장을 들고 있다. 유럽에 전쟁이 일어났다.

맥은 러시아에 가지 않을 것이다. 메누힘은 미국에 오지 못할 것이다. 전쟁이 일어났다.

비로소 막 근심걱정이 멘델 징어를 떠나지 않았던가? 그 걱정들은 떠나갔고, 전쟁이 일어났다.

요나스는 전쟁터에 있다. 그리고 메누힘은 러시아에.

일주일에 두 번, 저녁에, 샘과 미르얌, 베가와 맥이 멘델 징어를 찾아왔다. 그들은 노인에게 요나스의 분명한 죽음과 메누힘의 위험한 목숨을 숨기려고 애썼다. 그들은 유럽으로 향한 멘델의 시선을 자신들의 행운의 업적과 자신들의 안전함으로 돌릴 수 있다고 믿은 것 같았다. 그들은 말하자면 멘델 징어와 전쟁 사이에 섰다. 그런데 그들의 얘기를 그가 경청하는 것 같은 동안에도, 그래서 요나스는 사무실에서 일하고 메누힘은 그의 특별한 병 때문에 페테르부르크 병원에 안전하게 있다는 아이들의 추측이 옳다고 인정하는 동안에도, 그는 보았다, 말과 함께 넘어져 종군기자들에 의해 아주 생생하게 묘사된 철조망에 걸려 있는 아들 요나스를. 그리고 추흐노프에서 불타버린 그의 작은 집을(메누힘은 구석에 누워 있다가 불에 타버렸다). 가끔 그는 용기를 내어 짧게 말했다. "1년 전 편지가 왔을 때, 내가 직접 메누힘에게 갔어야만 했는데."

아무도 거기에 대고 뭐라고 대답할지 몰랐다. 벌써 몇 차례나 멘델은 이런 말을 했다. 그러고 나서는 늘 똑같은 침묵이 생겨났다. 마치 노인이 이 말 한 마디로 방에 있는 불을 꺼버린 것처럼 방은 깜깜해졌고, 손가락으로 어디를 가리키는지 아무도 보지 못했다. 그리고 그들은 오랫동안 침묵한 후에 일어나서 갔다.

그런데 멘델 징어는 그들 뒤에서 문을 닫고, 데보라를 자라고 보낸 다음, 촛불 하나를 켜고, 시편을 하나하나 노래하기 시작했다. 좋은 시간에, 그리고 나쁜 시간에도 그는 그것을 노래했다. 하늘에 감사할 때, 그리고 하늘을 두려워할 때도. 멘델의 흔들거리는 움직임은 늘 똑같았다. 그래서 누군가 주의 깊게 귀를 기울인다면, 의인인 멘델이 감사하고 있는지, 아니면 두려움에 싸여 있는지를 그의 목소리로만 알아냈을 것이다. 이러한 밤에는 마치 바람이 약한 나무를 뒤흔들듯이 공포가 그를 뒤흔든다. 그리고 근심이 그에게 자기 목소리를 빌려줘서, 그는 낯선 목소리로 시

편을 노래한다. 그는 끝났다. 그는 책을 덮고 그것을 들어 입을 맞
추고, 불을 눌러 껐다. 그러나 그는 평온해지지 않았다. 너무 적
었다, 그는 생각했다. 내가 한 일은 너무 적었다. 가끔 그는 그의
하나뿐인 할 일인 시편을 노래하는 것이 요나스와 메누힘을 침몰
시키는 커다란 폭풍 속에서는 무력하리라는 생각에 경악했다. 대
포 소리는 시끄럽고, 불꽃들은 강렬하고, 내 아이들은 불에 탄다
고 그는 생각했다. 이것은 바로 내 죄다, 내 죄! 그런데 나는 시편
을 노래한다. 이것은 충분하지 않다! 이것은 충분하지 않다!

12

스코브론넥의 오후 정치 모임에서 미국이 중립에 머물 것이라고 내기를 건 모든 사람들은 졌다.

가을이었다. 아침 일곱 시에 멘델 징어는 잠에서 깼다. 여덟 시에 그는 벌써 거리에, 집 앞에 서 있었다. 눈은 고향 추호노프에서처럼 하얗고 단단했다. 그러나 여기 눈은 금방 녹아버렸다. 미국에서 눈은 하룻밤 이상을 견디지 못했다. 아침이면 신문 배달 소년들의 급한 발이 눈을 짓이겨 반죽했다. 멘델 징어는 그들 중 하나가 지나갈 때까지 기다렸다. 그는 신문 하나를 사서 다시 집 안으로 들어갔다. 파란 석유램프가 타고 있었다. 그 등불은 밤처럼 깜깜한 아침을 밝혔다. 멘델 징어는 신문을 펼쳤다. 신문은 기름기가 흐르고, 끈적끈적하고, 젖었으며, 마치 램프와 같은 냄새가 났다. 그는 전쟁터 소식을 두 번, 세 번, 네 번 읽었다. 그는 만 오

천 명의 독일인들이 한꺼번에 포로가 됐다는 것과, 러시아인들이
부코비나에서 공격을 재개했다는 것을 알게 됐다.

그것만으로는 충분하지 않았다. 그는 안경을 벗어 닦아서 다
시 쓰고, 전쟁 소식을 다시 한 번 읽었다. 그의 눈은 행들을 체로
쳤다. 그러면 이름들이라도, 즉 샘 징어, 메누힘, 요나스가 떨어
져 나오지 않을까? "신문에 새로운 게 났어요?" 아침마다 그렇듯
데보라가 물었다. "전혀 아무것도 없어!" 멘델이 대답했다. "러
시아인들은 승리를 하는데, 독일인들은 포로로 잡히고 있어." 조
용해졌다. 알코올버너에서 차가 끓었다. 그것은 고향의 사모바
르처럼 노래했다. 단지 맛이 다를 뿐이었다. 이 차는 고약한 맛이
났다. 봉지는 중국종이일지라도 미국 차인데. "차조차 마실 수 없
네!" 멘델은 말하고는 자신이 그런 사소한 일을 이야기한 것에 스
스로 놀랐다. 그는 혹시 다른 말을 하려 했던 것은 아닐까? 세상
에는 중요한 것들이 아주 많은데, 멘델은 차에 대해 불평했다. 러
시아인은 승리하는데, 독일인은 포로가 되었다. 오직 샘에 대해
서만 아무것도 알지 못했다, 메누힘에 대해서도. 2주 전에 멘델
은 편지를 썼다. 적십자도 요나스가 실종됐다고 전했다. 그는 아
마도 죽었을 것이라고 데보라는 속으로 생각했다. 멘델도 똑같은
생각을 했다. 그러나 그들은 오랫동안 '실종'이라는 단어의 뜻에
대해 이야기했다. 그런데 그것은 죽음의 가능성을 완전히 배제한
것 같아서, 그들은 '실종'이 단지 포로가 된 것을 의미한다는 데

뜻을 같이했다. 아마도 요나스는 도망을 쳤거나 포로가 되어 다쳤을 것이다.

그런데 왜 샘은 벌써 아주 오랫동안 편지를 쓰지 않는가? 지금 그는 비교적 긴 행진을 시작했거나, '재배치'되는 중이었다. 이 재배치에 대해서는 오후에 스코브론넥의 집에서 그 존재와 의미가 보다 정확하게 설명된 바 있다.

누구도 큰 소리로 말할 수는 없었다고 멘델은 생각했다. 샘은 가지 말았어야 했다.

그렇지만 그는 그 두 번째 부분을 크게 말했으며, 데보라는 그 말을 들었다. "그걸 당신은 이해 못해요." 하고 데보라가 말했다. 샘이 미국전쟁에 참가한 것에 대한 모든 논거들을 데보라는 딸 미르얌한테서 얻었다. "미국은 러시아가 아니에요. 미국은 조국이에요. 분별 있는 사람이라면 조국을 위해 전쟁에 나갈 의무가 있어요. 맥은 가고, 샘이 남을 수는 없어요. 그리고 그 애는 다행히도 연대본부에 있어요. 거기 있는 사람들은 죽지 않아요. 고급장교들이 모두 전사하게 놔두면 이길 수 없을 테니까요. 그리고 샘은 다행히도 고급장교들 곁에 있어요."

"아들 하나를 황제에게 바쳤어. 그것으로 충분할 텐데!"

"황제와는 다른 거예요. 그리고 미국은 좀 달라요!"

멘델은 토론을 계속하지 않았다. 그는 벌써 다 들었다. 그는 아직도 맥과 샘이 떠난 그날을 기억했다. 둘은 골목길 한가운데에서 미국 노래를 불렀다. 저녁에 사람들은 스코브론넥의 집에서 말했다. 샘의 무운장구를 빌면서, 샘이 좋은 군인이라고.

아마도 미국은 조국이고, 전쟁은 의무이고, 비겁은 불명예이며, 연대본부는 죽음을 비켜갈지도 모른다! 그렇지만 멘델은 생각했다. 아버지니까 나는 한 마디 했어야 했다. "남아 있어라, 샘!" 나는 말했어야 했다. "오랜 세월 나는 기다렸다. 행복의 작은 끝자락을 보려고. 지금 요나스는 군대에 있고, 누가 아니, 메누힘한테 무슨 일이 일어날지, 너는 아내, 아들과 상점이 있다. 남아 있어라, 샘!" 그는 남았을지도 모른다.

멘델은 습관대로 창가에 섰다. 방을 등진 채였다. 그는 맞은편 2층 렘멜 집의 창문을 바라보았다. 유리가 깨진 부분에 갈색 판지를 대서 막아 놓은 게 보였다. 아래에는 히브리어 간판을 매단 유다의 훈제품 가게가 있었다. 연한 청색 바탕 간판에는 하얗고 더러운 글자가 씌어 있었다. 렘멜의 아들도 전쟁에 나갔다. 렘멜 가족은 다 야간학교에 다니며 영어를 배웠다. 그들은 저녁이면 어린 아이들처럼 노트를 가지고 학교에 갔다. 아마도 그것은 옳은 일이었다. 멘델과 데보라 역시 학교에 다니는 게 좋았을 것이다. 미국은 조국이었다.

아직도 눈이 조금씩 내렸다. 느리고 굼뜨고 젖은 눈송이였다. 유대인들은 펼쳐든 검은 우산을 머리 위에서 흔들며 벌써 위아래로 산책을 나갔다. 더 많은 사람들이 와서 골목길 가운데로 갔으며, 마지막 남은 하얀 눈이 그들 발아래서 녹아버렸다. 그들은 이곳에서 관공서의 이익을 위해 눈이 완전히 없어질 때까지 아주 오랫동안 걸어야만 하는 것처럼 보였다. 멘델은 그의 창문으로 하늘을 내다볼 수 없었다. 그러나 하늘이 깜깜하다는 것을 알았다. 맞은편에 있는 모든 창문에 등불이 누런빛을 띤 붉은빛으로 반사되는 것을 그는 보았다. 하늘은 깜깜하고 깜깜했다. 모든 방은 깜깜하고 깜깜했다.

곧 여기저기서 창문이 열리고 이웃집 여자들의 상반신이 보였으며, 사람들은 붉고 하얀 침대커버와 누런빛의 쿠션커버를 창가에 널었다. 갑자기 모든 골목이 명랑해지고 알록달록해졌다. 이웃집 여자들은 큰 소리로 인사를 나누었다. 방 안에서 접시 달그락거리는 소리와 아이들의 외침소리가 밀려나왔다. 스코브론넥 가게의 축음기에서 골목을 가로질러 쩔그럭거리며 행군하는 소리가 나지 않았더라면, 사람들은 평화가 있다고 믿었을지도 모른다. 일요일이 언제인가? 멘델은 생각했다. 이전에 그는 토요일에서 다른 토요일로 살았는데, 이제는 일요일에서 다음 일요일로 산다. 일요일에 방문객이 왔다. 미르얌, 베가, 그리고 손자였다. 그들은 샘의 편지를 가져왔다. 그리고 세상 소식들도. 그들은 모든 것을 알았으며, 모든 신문을 읽었다. 그들은 지금 공동으로 상점을 운영했다. 상점은 늘 잘되었고, 그들은 유능했으며, 돈을 모았고, 샘의 귀향을 기다렸다.

미르얌은 가끔 총지배인 글뤽 씨를 데려왔다. 그녀는 글뤽과 춤추러 가고, 수영도 하러 갔다. 새 카자흐 기병! 멘델은 생각했다. 그러나 그는 아무 말도 하지 않았다.

"저는 전쟁에 나갈 수 없어요, 유감스럽게도!" 글뤽 씨는 한숨을 쉬었다. "저는 심한 심장판막증이 있는데, 돌아가신 아버지한테서 물려받은 유일한 거죠." 멘델은 글뤽의 분홍빛 뺨, 작은 갈색 눈, 유행에 따라 기른 콧수염을 바라보았다. 요염한 솜털같이 부드러운 그 콧수염을 그는 자주 가지고 놀았다. 글뤽은 미르얌과 베가 사이에 앉았다. 전에 멘델이 한창 대화 중 식탁에서 일어났을 때, 글뤽이 오른손은 베가의 무릎에, 왼손은 미르얌의 허벅지에 놓고 있는 것을 알아챘다고 그는 믿었다. 멘델은 밖으로, 거리로 나갔다. 그는 집 앞에서 위아래로 서성거리면서 기다렸다. 손님들이 떠나버릴 때까지. "당신은 러시아 유대인처럼 행동해요." 그가 돌아왔을 때 데보라가 말했다. "난 러시아 유대인이야." 멘델이 대답했다.

2월 초 어느 평일에 멘델과 데보라가 앉아서 점심을 먹고 있는데, 미르얌이 들어왔다.

"어머니, 안녕하세요!, 아버지, 안녕하세요!" 그녀는 말하고는 선 채로 있었다. 데보라는 숟가락을 손에서 내려놓고 접시를 옆으로 치웠다. 멘델은 두 여자를 바라보았다. 뭔가 특별한 일이 일어났음을 그는 알았다. 평일에, 상점에서 일해야 할 시간에, 미르얌이 왔다. 그의 심장은 빠르게 뛰었다. 그렇지만 그는 평온했다. 그는 이 장면을 기억할 수 있다고 믿었다. 이 장면은 벌써 전에 일어났다. 그때 미르얌은 검은 레인코트를 입고 서 있었고 말이 없었다. 데보라는 앉아서 접시를 멀리 밀어놓았다. 그는 식탁 중간쯤에 서 있고, 밖에는 눈이 온다, 부드럽게, 굼뜨게, 그리고 송이송이. 램프는 누런빛으로 타고, 그 불빛은 냄새처럼 기름기가 있다. 램프는 어두운 낮과 맞서 싸운다. 낮은 약하고 창백하지만 온방을 자신의 밝은 잿빛으로 칠하기에는 충분히 강하다. 이 불빛을 멘델 징어는 잘 기억한다. 그는 이 장면을 꿈에서 보았다. 그는 지금 무엇이 뒤따라올지도 안다. 모든 것을 멘델은 알고 있다. 그 일은 마치 과거사에 속한 것 같고, 고통은 이미 오래전에 슬픔으로 변한 듯하다. 멘델은 아주 평온하다.

얼마 동안 고요하다. 미르얌은 말하지 않는다. 그녀는 아버지나 어머니가 질문을 해서 그 소식을 전하는 의무로부터 그녀를 해방시켜주기를 바라는 것 같다. 그녀는 서서 침묵한다. 세 사람 가운데 아무도 움직이지 않는다. 멘델이 일어나서 말한다. "불행한 일이 생겼구나!"

미르얌이 말한다. "맥이 돌아왔어요. 그는 샘의 시계를 가져왔어요, 그의 마지막 인사도."

데보라는 앉아 있다, 아무 일도 일어나지 않은 듯이, 조용히 안락의자에. 그녀의 눈은 마르고 텅 비어서 두 개의 어두운 유리조각과도 같다. 창 맞은편에 앉은 그녀는 눈송이를 세고 있는 것 같다.

고요하며, 시계가 째깍거리는 소리가 들린다. 갑자기 데보라는 아주 천천히, 손가락으로 살금살금 머리카락을 잡아 뽑기 시작한다. 그녀는 땋은 머리를 하나하나 얼굴로 끌어당기는데, 그 얼굴은 창백하고 움직임이 없다, 부풀어 오른 기브스처럼. 그런 다음 그녀는 머리칼을 한 가닥 한 가닥 뽑아낸다. 밖에서 눈송이가 떨어지는 것과 거의 같은 속도로. 이미 머리 한가운데 둘, 셋 하얀 섬들이, 맨머리에 은화만한 반점과 아주 작은 붉은 핏방울들이 나타난다. 아무도 움직이지 않는다. 시계는 째깍거리고, 눈은 내리며, 데보라는 천천히 조심스럽게 머리카락을 뽑아낸다.

미르얌은 무릎을 꿇고 머리를 데보라의 무릎에 파묻고는 움직이지 않는다. 데보라의 표정에는 변화가 없다. 그녀의 두 손은 번갈아 가면서 머리카락을 뽑을 뿐이다. 그녀의 손은 머리카락을 먹고 사는, 살찐 발이 다섯인, 창백한 짐승처럼 보인다.

멘델은 선 채이다. 안락의자의 등받이 위에 팔을 교차시키고.

데보라는 노래하기 시작한다. 보이지 않는 남자가수가 방에 있는 듯 낮고 남성적인 목소리로 그녀는 노래한다. 그 낯선 목소리는 옛 유다의 노래를 가사 없이 부른다, 죽은 아이들을 위해 부르는 어두운 자장가를.

미르얌이 일어나 모자를 제대로 쓰고, 문으로 가서 맥을 들어

오게 한다.

제복을 입은 그는 평소보다 더 크다. 그는 접시처럼 앞으로 내민 두 손에 샘의 시계와 서류지갑, 그리고 돈지갑을 들고 있다.

이 물건들을 맥은 천천히 식탁 위에 놓는다, 바로 데보라 앞에. 그는 그녀가 머리카락을 뽑는 것을 잠시 바라본다. 그런 다음 멘델에게 가서 노인의 어깨에 자신의 큰 손을 올려놓고 소리 없이 운다. 그의 눈물이, 많은 비가 제복 위로 흐른다. 데보라의 노래는 멈추었고, 시계는 째깍거리며, 저녁은 갑자기 세상 위로 내려앉는다. 이제 등불은 노랗지 않고 하얗게 빛나며, 창유리 뒤에 있는 세상은 검고, 눈송이는 보이지 않는다. 갑자기 데보라의 가슴에서 크고 거칠게 마구 외치는 소리가 나온다. 그 소리는 그녀가 방금 불렀던 저 멜로디의 나머지처럼 들린다. 폭발적이고 깨지는 어조로.

그런 다음 데보라는 안락의자에서 떨어진다. 그녀는 쓰러져 있다. 구부러지고 연한 덩어리가 바닥에.

맥이 문을 열어젖히며 나가고, 문은 그대로 열려 있다. 방 안이 추워진다.

맥이 돌아오고, 의사가 뒤따른다. 작고 민첩한 흰머리의 남자이다.

미르얌은 아버지 맞은편에 서 있다.

맥과 의사는 데보라를 침대 위로 옮긴다.

의사는 침대 가장자리에 앉아 말한다. "죽었습니다."

메누힘도 죽었다, 혼자서, 낯선 사람들 속에서, 하고 멘델 징어
는 생각한다.

13

이레 내내 멘델 징어는 옷장 옆 간이의자에 앉아 창문을 바라보았다. 창유리에는 애도의 표지로 하얀 아마포 조각이 걸려 있고, 창문 안에서는 파란 램프 두 개 중 하나가 밤낮으로 탔다. 일곱 날들이 크고 검고 느린 바퀴처럼, 시작도 없고 끝도 없이, 비통함처럼 잇달아 돌아갔다. 차례차례 이웃사람들이 왔다. 멩케스, 스코브론넥, 로텐베르크, 그로쉘이 멘델 징어를 위해 단단한 달걀과 뿔 모양 계란빵을 가져왔다. 시작도 없고 끝도 없이, 애도의 일곱 날 동안 끊임없이. 멘델은 조문객들과 별로 말하지 않았다. 그는 그들이 오고 가는 것을 거의 알아차리지 못했다. 밤낮으로 그의 문은 열려 있었다. 무용한 빗장이 밀어젖혀진 채로. 오고 싶은 사람은 오고, 가고 싶은 사람은 갔다. 이런저런 이가 이야기를 하려고 시도했다. 그러나 멘델 징어는 그 사람을 피했다. 다른 사람들이 살아 있는 것들을 애기하는 동안, 그는 죽은 아내와 말했다. "당신은 운이 좋아, 데보라!" 그는 그녀에게 말했다. "당신이 아들을 하나도 남겨놓지 않은 것이 유감일 뿐이야, 내가 직접 위령기도를 해야 하니. 그러나 나는 곧 죽을 거고, 아무도 우리를 애도해 울지 않을 거야. 작은 먼지 두 개처럼 우리는 흩날렸어. 작은 불꽃 두 개처럼 우리는 꺼졌어. 나는 아이들을 만들었고, 당신의 모태는 그들을 낳았으며, 죽음은 그들을 빼앗아갔어. 고난에 차고 의미 없는 당신 삶이었어. 젊은 시절 나는 당신의 육신을 즐겼지만, 나중에는 물리쳤어. 그것이 우리들의 죄였는지도 몰라. 우리 안에 사랑의 온기가 없어지고 우리 사이에 습관의 냉기가 서려서, 우리 주위의 모든 것이 죽고 쇠약해지고 상했어. 당신은 운이 좋아, 데보라. 주님께서는 당신에게 연민을 가지셨어. 당신은 죽고 묻혔어. 그분께서는 나한테는 연민이 없으셔. 나는 죽은 사람인데 살고 있으니까. 그분께서는 주님이고, 그분께서는 그분이 하는 일을 알고 계셔. 당신이 할 수 있으면, 살아 있는 자들의 명부에서 나를 지워 달라고 날 위해 기도해줘.

봐, 데보라. 이웃사람들이 나한테 와, 나를 위로하려고. 그러나 그 많은 사람들이 머리를 싸매도, 내 처지를 위한 어떤 위로도 찾지 못해. 아직도 내 심장은 뛰고, 아직도 내 눈은 바라보고, 아직도 내 사지는 움직이며, 아직도 내 발은 걸어. 나는 먹고 마시고 기도하고 숨 쉬어. 그러나 내 피는 멎었고, 내 손은 시들었으며,

내 가슴은 텅 비었어. 난 이제 멘델 징어가 아니고, 멘델 징어의 찌꺼기야. 미국은 우릴 죽였어. 미국은 조국이야, 그러나 치명적인 조국. 우리 고향에서 낮인 게 여기서는 밤이야. 우리 고향에서 삶인 게 여기서는 죽음이야. 우리 고향에서 쉐마르야였던 아들은, 여기서는 샘이었어. 당신은 미국에 묻혔어, 데보라. 나도, 멘델 징어도, 미국에 묻힐 거야."

여드렛날 아침 멘델이 애도 기간에서 일어나자, 며느리 베가가 글뤽 씨와 함께 왔다.

"징어 씨, 밑에 자동차가 있어요. 지금 저희와 함께 가셔야 해요. 미르얌에게 무슨 일이 일어났어요." 글뤽 씨가 말했다.

"좋아." 멘델은 그의 방을 도배해야 한다는 말을 들은 것처럼 아무렇지도 않게 대답했다. "좋아, 내 외투를 다오."

멘델은 약한 팔로 외투를 꿰어 입고 계단을 내려갔다. 글뤽 씨가 차 안으로 그를 밀었다. 그들은 차를 타고 가며 한 마디 말도 하지 않았다. 멘델은 미르얌에게 무슨 일이 일어났는지 묻지 않았다. 아마 그녀도 죽었다고 그는 평온하게 생각했다. 맥이 질투심 때문에 그녀를 죽였다.

처음으로 그는 자신의 죽은 아들 집에 발을 들여놓았다. 사람들이 그를 어떤 방으로 밀어 넣었다. 거기 미르얌은 넓고 하얀 침대에 누워 있었다. 검푸르게 반짝이는 그녀의 머리카락은 하얀 베개 위로 느슨하게 흘러내렸다. 그녀의 얼굴은 붉게 타올랐고,

검은 눈의 가장자리는 넓고 둥글고 붉었다. 그래서 미르얌은 불로 된 고리로 둘러싸인 눈을 하고 있었다. 간호사가 그녀 곁에 앉고, 맥은 큰 몸집으로 움직이지 않고 서 있었다, 가구처럼.

"멘델 징어가 오셨군요." 미르얌이 외쳤다. 그녀는 한 손을 아버지 쪽으로 뻗고 웃기 시작했다. 그녀의 웃음은 기차역에서 나는 밝고 중단 없는 신호 소리처럼, 얇은 크리스털 잔 수십 개를 놋쇠 추로 두드리는 것처럼 울렸다. 갑자기 웃음이 그쳤다. 잠시 고요가 밀려왔다. 그런 다음 미르얌은 흐느껴 울기 시작했다. 그녀는 이불을 밀어젖히더니, 맨다리를 버둥거리며, 하얀 침대를 발로 빠르고 규칙적으로 두드렸다. 점점 더 빨리, 점점 더 규칙적으로, 꼭 쥔 주먹이 같은 리듬으로 허공을 두드렸다. 간호사가 미르얌을 꼭 잡았다. 그녀는 조용해졌다.

"멘델 징어, 안녕하세요!" 미르얌이 말했다. "당신은 제 아버지니까, 저는 아버지한테 설명할 수 있어요. 저는 저기 서 있는 맥을 사랑하지만, 저는 그를 속였어요. 글뤽 씨와 잤으니까요, 그래요, 글뤽 씨와! 글뤽은 제 글뤽이예요. 맥은 제 맥이고요. 멘델 징어도 제 맘에 드니까 원하시면……." 그때 간호사가 손을 미르얌의 입에 갖다 대서 그녀의 입은 막혔다. 멘델 징어는 아직도 문에 서 있고, 맥은 아직도 구석에 서 있었다. 두 남자는 서로를 바라봤다. 그들은 말로 의사소통을 할 수 없었으므로 눈으로 이야기했다. "그 애는 미쳤어." 멘델 징어의 눈이 맥의 눈에게 말했다. "그 애는 남자 없인 못 살아, 그 애는 미쳤어."

베가가 들어와 말했다. "의사를 불렀어요. 곧 올 거예요. 어제 부터 미르얌은 알 수 없는 말을 해요. 그녀는 어제 맥과 산책을 나 갔는데, 돌아오자 아주 이해할 수 없는 행동을 하기 시작했어요. 금방 의사가 올 거예요."

의사가 왔다. 그는 독일인이어서 멘델과 말이 통했다. "치료 시설로 보내야겠어요." 의사가 말했다. "안타깝게도 당신 딸은 치료시설로 가야 합니다. 잠시 기다리세요. 그녀를 마취해야겠 어요."

맥은 아직도 방에 서 있었다. "환자를 꽉 붙잡아주겠소?" 의사 가 물었다. 맥이 큰 손으로 미르얌을 꽉 붙잡았다. 의사는 그녀의 허벅지에 주사 한 대를 놓고 말했다. "곧 조용해질 겁니다!"

구급차가 왔고, 운반인 두 사람이 들것을 가지고 방으로 들어 왔다. 미르얌은 잠들었다. 사람들은 그녀를 들것에 묶었다. 멘델 과 맥, 그리고 베가는 구급차를 따라갔다.

"이런 걸 당신은 경험하지 않았어." 멘델은 차를 타고 가는 동 안 아내 데보라에게 말했다. "난 이런 걸 또 경험해. 그러나 난 이 미 알았어. 카자흐 기병과 함께 있는 미르얌을 들판에서 본 그날 저녁부터 난 알았어. 그녀는 마귀가 들렸어. 기도해줘, 데보라, 마귀가 그 애를 떠나라고."

이제 멘델은 치료시설의 대기실에 앉았다. 노란 여름 꽃으로 꽉 찬 꽃병들이 놓인 조그만 탁자들과 알록달록한 삽화로 장식된 잡지들로 뒤덮인 얇은 스탠드 앞에, 기다리는 다른 사람들에 둘러싸여서. 그러나 기다리는 사람들 가운데 아무도 꽃냄새를 맡지 않았으며, 기다리는 사람들 가운데 아무도 잡지를 넘기지 않았다. 우선 멘델은 그와 함께 여기 있는 모든 사람들이 미쳤다고 믿었다. 그리고 다른 모든 사람들처럼 그 자신도 미쳤다고. 그런 다음 그는 하얗게 회칠된 복도와 이 대기실을 구분하는 넓은 유리문을 통해, 밖에서 파란 줄무늬 가운을 입은 사람들이 두 사람씩 끌려가는 것을 봤다. 우선 여자들, 그 다음엔 남자들. 그런데 가끔 병자들 가운데 하나가 거칠고, 일그러지고, 분열적이고, 사악한 표정을 한 채 유리문을 통해 대기실을 쳐다봤다. 기다리는 사람들은 모두 몸을 떨었는데, 멘델만은 조용했다. 그랬다, 기다리는 사람들 역시 파란 줄무늬 가운을 입지 않은 것이 이상해 보였다, 그리고 자신도. 그는 넓은 가죽 등받이 의자에 앉아, 검은 비단 모자를 한쪽 무릎에 씌운 채, 그의 충실한 벗인 우산은 의자 옆에 기대어놓고 있었다. 멘델은 사람들, 유리문, 잡지, 밖에서 아직도 끌려가는 미친 사람들(그들을 목욕을 하러 갔다), 그리고 병에 꽂힌 황금빛 꽃들을 번갈아 바라봤다. 꽃은 노란 앵초였고, 멘델은 고향의 녹색 초원에서 그 꽃을 자주 봤음을 기억했다. 그 꽃들은 고향에서 왔다. 그는 고향을 즐겨 회상했다. 초원들이, 그리고 이 꽃들이 거기 있었다! 거기서는 평화가 친숙했으며, 거기서는 젊음이 친숙했다, 그리고 익숙한 가난도. 여름에 하늘은 아주 파랗고, 태양은 아주 뜨거웠으며, 곡식들은 아주 노랬다. 파리들은 녹색으로 어른거리며 더운 짧은 노래들을 윙윙거렸고, 파란 하늘 높이 종달새들은 떨듯이 지저귀었다, 쉼 없이. 앵초를 바라보는 동안 멘델 징어는 잊었다. 데보라는 죽고, 샘은 전사했으며, 미르얌은 미치고, 요나스는 실종됐음을. 그는 지금에야 막 고향을 잃은 것 같았다. 그리고 거기서 메누힘을, 모든 죽은 이들 가운데 가장 충실한 사람, 모든 죽은 이들 가운데 가장 먼 사람, 모든 죽은 이들 가운데 가장 가까운 사람을 잃은 것 같았다. 우리가 거기 머물렀더라면, 멘델은 생각했다, 아무 일도 일어나지 않았을 텐데! 요나스가 옳았다, 요나스, 내 아이들 가운데 가장 어리석은 아이! 그는 말을 사랑했고, 쉬납스를 사랑했으며, 소녀들을 사랑했다. 이제 그는 실종됐다! 요나스, 나는 너를 다시는 못 보게 될 터이고, 나는 너에게 네가 카자흐 기병이 된 것이 옳았다고 말할 수 없게 될 것이다. "왜 자네들은 늘 세상을 떠돌아다니는가?" 자메쉬킨이 물었었다. "사탄이 자네들을 보내는군!" 그는 농부였다. 자메쉬킨, 똑똑한 농부. 멘델은 가고 싶지 않았었다. 데보라, 미르얌, 쉐마르야, 그들이 가고 싶어 했다. 그들은 세상을 돌아다니고 싶어 했다. 우리는 머물렀어야 했다. 말들을 사랑하고, 쉬납스를 마시고, 초원에서 자고, 미르얌은 카자흐 기병과 사귀게 내버려두고, 메누힘을 사랑하고.

182

내가 미쳐버렸나, 멘델은 계속 생각했다, 내가 이렇게 생각하다니? 늙은 유대인은 이런 일들을 생각하나? 하느님께서 내 생각들을 혼란스럽게 하셨고, 사탄이 내 안에서 생각한다, 내 딸 미르얌 안에서 얘기하는 것처럼.

의사가 와서, 멘델을 구석으로 끌고 가 작은 목소리로 말했다. "정신 차리세요, 당신 딸은 매우 안 좋습니다. 지금 그런 경우들이 많아요. 전쟁, 상상하시죠? 그리고 세상의 재앙, 나쁜 때입니다. 의학은 이 병을 어떻게 치료할지 아직 모릅니다. 제가 듣기로는 당신 아들 가운데 하나가 간질병자이더군요. 안됐군요, 그런 일이 가족에게 있다니. 우리 의사들은 그것을 신경퇴화성 질병이라고 부릅니다. 이것은 가라앉을 수도 있습니다. 그러나 이것은 또한 우리 의사들이 치매라고 부르는 병으로 입증될 수도 있습니다. 조발성치매, 그러나 병명조차 불분명해요. 이것은 우리가 치료하지 못하는 아주 드문 경우 중 하나입니다. 당신은 경건한 사람이죠, 징어 씨? 사랑하는 하느님께서 도와주실지 몰라요. 사랑하는 하느님께 그저 열심히 기도하세요. 그건 그렇고, 당신 딸을 다시 한 번 보시겠습니까? 오십시오!"

열쇠다발이 달그락거렸고, 문 하나가 쾅하는 소리와 함께 닫혔으며, 멘델은 긴 복도를 통과해갔다. 마치 수직으로 세워놓은 관 같은, 검은 번호가 적혀 있는 하얀 문들을 지나서. 다시 한 번 여자 간수의 열쇠다발이 달그락거렸고, 관 중 하나가 열렸으며,

그 안에 미르얌은 누워서 잠들어 있었다. 베가와 맥이 그녀 곁에 서 있었다.

"이제 우린 가야 합니다." 의사가 말했다.

"나를 곧장 집으로 태워다 주게, 내가 사는 골목으로." 멘델이 명령했다.

그의 목소리가 아주 딱딱하게 들려서 모든 사람들은 깜짝 놀랐다. 그들은 그를 보았다. 그의 모습은 바뀌지 않았다. 그렇지만 그것은 다른 멘델이었다. 추흐노프와 미국에서 산 시간 내내 그는 똑같은 옷을 입고 있었다. 긴 장화, 중간 길이의 카프탄, 검은 비단 모자. 그러면 무엇이 이토록 그를 변화시켰는가? 왜 그는 모두에게 더 커 보이고 더 위엄 있어 보이는가? 왜 그의 얼굴에서 아주 희고 대단한 광채가 나오는 것일까? 그는 커다란 맥을 거의 넘어서 보였다. 의사는 생각했다, 그의 위엄, 고통이 늙은 유대인 속으로 들어갔다고.

"언젠가" 멘델이 자동차에서 입을 열었다. "샘이 내게 미국의 학은 세계 제일이라고 말했어. 그러나 지금 의학은 도와줄 수 없어. 하느님께서는 도와주실지 모른다고 의사가 말했다. 말해봐, 베가, 하느님께서 멘델 징어 같은 사람을 도와주신 것을 본 적 있니? 하느님께서 도와주실지 모른다!"

"이제 우리 집에서 사세요." 베가가 흐느끼면서 말했다. "나는 너희 집에서 살지 않겠다, 얘야." 멘델이 대답했다. "너는 결혼해

라. 남편이 없으면 안 된다. 네 아이는 아버지가 없으면 안 된다. 나는 늙은 유대인이다. 베가야, 난 곧 죽게 될 거야. 잘 들어라, 베가! 맥은 쉐마르야의 친구였고, 미르얌을 사랑했다, 나는 그가 유대인이 아님을 알고 있지만, 너는 그와 결혼해야 한다. 글뤽 씨가 아니고! 듣고 있니, 베가? 내가 이렇게 말하는 게 놀랍니? 놀라지 마라, 난 미치지 않았다. 늙기는 했다만. 나는 몇몇 세상이 망하는 것을 봤고, 드디어 현명해졌다. 그 긴 세월 동안 나는 어리석은 교사였다. 이제 나는 내가 무슨 말을 하는지 안다."

자동차가 집에 도착했다. 그들은 멘델을 내려주고, 그를 방으로 데려갔다. 맥과 베가는 잠시 더 서서 뭘 해야 할지 몰랐다.

멘델은 옷장 옆 간이의자에 앉아 베가에게 말했다. "내가 너한테 말한 것을 잊지 마라. 이제 가보렴, 애들아." 그들은 그를 떠났다. 멘델은 창가로 가서 그들이 차에 오르는 것을 바라보았다. 그는 그들을 축복해야 할 것 같았다. 아주 힘들거나, 아니면 아주 행복한 길로 들어서는 아이들한테 하는 것처럼. 그런 다음 그는 생각했다. 나는 저들을 다시는 못 볼 것이다. 나는 그들을 축복하지도 않을 것이다. 내 축복은 그들에게 저주가 될지도 모른다. 그들이 나와 만나는 것은 해로울지도 모른다. 그는 마음이 가벼움을 느꼈다. 그렇다, 그의 온 생애 어느 때보다도 마음이 가벼웠다. 그는 모든 관계를 끊었다. 그는 몇 년 전부터 외로웠다는 생각이 들었다. 외로워진 것은 아내와 자신 사이에 욕정이 그친 그 순간

부터였다. 그는 혼자였다. 아내와 아이들이 주위에 있어서 그가 고통을 견디는 것을 방해했다. 쓸모없는 반창고처럼 그들은 그의 상처에 들러붙어서 다만 그 상처들을 감추었을 뿐이었다. 지금 드디어 그는 자신의 아픔을 대승리로 즐겼다. 단지 하나의 관계만 더 취소해야 할 시점에 왔다. 그는 일을 시작했다.

그는 부엌으로 가서, 신문지와 소나무 장작들을 긁어모아 열린 화덕의 열판에 불을 지폈다. 불이 높이 아주 잘 타오르자, 멘델은 힘찬 걸음으로 장롱으로 가서 성구함이 든 붉은 벨벳 자루를 꺼냈다. 기도외투와 기도서들이 함께 들어 있는 자루였다. 그는 이 물건들이 어떻게 탈지를 상상했다. 불꽃은 양털 외투의 누르스름하게 물들인 천을 덮쳐 뾰족한, 푸르스름한, 탐식하는 혀로 없애버릴 것이다. 은빛 실로 감친 반짝거리는 가장자리는 서서히 타서 숯처럼 될 것이다, 빨갛게 달아오른 용수철 모양으로. 불은 책장들을 서서히 둥글게 감아, 은회색 재로 바꿔놓을 것이고, 검은 철자들을 잠깐 동안 피로 물들일 것이다. 가죽표지의 모퉁이는 위로 말리고, 기이한 귀처럼 위로 서서, 멘델이 뜨거운 불에 타서 죽는 책의 등에 대고 외치는 소리에 귀를 기울일 것이다. 그 책들의 등에 대고 그는 끔찍한 노래를 외친다. "끝, 끝, 멘델 징어는 끝났다." 그는 외친다, 그리고 장화로 박자를 맞춰 발을 굴러서, 마룻바닥 널빤지가 쩌렁쩌렁 울리고 벽에 걸린 냄비들이 달그락거린다. "그는 아들이 없고, 그는 딸이 없고, 그는 아내가 없으며,

그는 고향이 없고, 그는 돈이 없다. 하느님께서 말씀하신다, 나는 멘델 징어를 벌주었다. 무엇 때문에 그분께서는 벌을 주시는가, 하느님께서는? 왜 렘멜, 정육점 주인은 아니고? 왜 그분께서는 스코브론넥은 벌주시지 않는가? 왜 그분께서는 멩케스는 벌주시지 않는가? 오직 멘델만을 그분께서는 벌주신다! 멘델한테는 죽음이 있고, 멘델한테는 광란이 있으며, 멘델한테는 배고픔이 있다. 하느님의 모든 선물들을 멘델은 가지고 있다. 끝, 끝, 멘델 징어는 끝났다."

그렇게 멘델은 열린 화덕불 앞에 서서 울부짖고 발을 굴렀다. 그는 붉은 벨벳 자루를 팔에 들었지만, 그것을 화덕 안으로 던지지는 않았다. 몇 번 그는 그것을 들어 올렸지만, 그의 팔은 그것을 다시 내려뜨렸다. 그의 심장은 하느님께 화가 났지만, 그의 근육 속에는 아직도 하느님에 대한 두려움이 살아 있었다. 50년 동안 날마다, 이 손은 기도외투를 펼치고 다시 개고, 성구함을 돌돌 감아 머리와 왼쪽 팔에 휘감았으며, 이 기도서를 펴서, 낱낱이 넘기고 다시 덮었다. 이제 손은 멘델의 분노에 복종하는 것을 거부했다. 몹시 자주 기도했던 입만이 거부하지 않았다. 몹시 자주 하느님을 찬미하는 알렐루야를 부를 때 껑충껑충 뛰던 발만이 멘델의 분노의 노래에 박자를 맞춰 발을 굴렀다.

이웃사람들은 멘델이 그렇게 외치며 쿵쾅거리는 소리를 들었고, 청회색 연기가 문틈을 통해 계단실 복도로 새어나오는 것을 보았다. 그들은 징어 집을 두드리고 문을 열라고 소리 질렀다. 그러나 그는 그 소리를 듣지 못했다. 그의 눈은 불의 아지랑이로 가득 찼고, 그의 귀에는 고통스러운 환호가 으르렁거렸다. 이미 이웃사람들은 경찰을 부를 준비가 되었다. 그들 중 한 사람이 말했다. "그러지 말고 그의 친구들을 부릅시다! 그들은 스코브론넥 집에 있어요. 아마도 그 사람들이 저 불쌍한 이를 정신 차리게 할지도 몰라요."

친구들이 오자 멘델은 정말로 진정되었다. 그는 빗장을 다시 밀고 그들을 들어오게 했다. 순서에 따라 습관대로, 멩케스, 스코브론넥, 로텐베르크, 그로쉘이 방으로 들어왔다. 그들은 멘델을 강제로 침대에 앉히고, 자신들도 그의 옆과 앞에 앉았다. 멩케스가 말했다. "무슨 일인가, 멘델? 왜 불을 피웠나? 왜 집에 불을 지르려 했나?"

"나는 한 채의 집 이상을 태우려 하네, 그리고 한 사람 그 이상을. 내가 정말로 뭘 태울 생각이었는지 말하면 자네들은 놀랄 것이야. 자네들은 놀라서 말하겠지, 멘델도 미쳤다, 그의 딸처럼. 그러나 나는 자네들한테 맹세하네. 나는 미치지 않았네. 나는 미쳤었네. 60년 이상 나는 미쳤었네, 그러나 오늘 난 미치지 않았네."

"자, 뭘 태우려 하는지 우리한테 말해보게!"

"나는 하느님을 태우려고 하네."

네 명의 청자 모두에게서 동시에 외침소리가 새어 나왔다. 그들 모두는 경건하지도 않고 하느님을 두려워하지도 않았다. 네 사람 모두는 이미 오랫동안 미국에 살았고, 안식일에도 일했으며, 돈을 벌고자 했고, 세상의 먼지가 짙고 높게, 그리고 회색으로 그들의 옛 믿음 위에 쌓여 있었다. 그들은 많은 관습들을 잊었고, 많은 법들을 어겼으며, 그들의 머리와 사지로 죄를 지었다. 그러나 하느님께서는 그들의 가슴에 아직도 살아 있었다. 그래서 멘델이 하느님을 비방하자, 그것은 마치 그가 날카로운 손가락으로 그들의 맨 심장을 붙잡은 것 같았다.

"비방하지 말게, 멘델." 긴 침묵 뒤에 스코브론넥이 입을 열었다. "자네는 나보다 더 잘 아네, 자네는 훨씬 많이 배웠으니까. 하느님께서 치시는 것은 숨은 뜻이 있음을. 우리는 왜 우리가 벌을 받는지 모르지." "그렇지만 난 그걸 알고 있네, 스코브론넥." 멘델이 대답했다. "하느님께서는 잔인하시고, 그분께 더 많이 복종하면 할수록, 그분께서는 우리들을 더 엄하게 다루시네. 그분께서는 막강한 자들보다 더 막강하시고, 그분의 새끼손가락 손톱으로 그들을 죽일 수도 있지만, 그분께서는 그렇게 하시지 않네. 오로지 약한 자들만을 그분께서는 즐겨 없애시네. 인간의 약점은 그분의 강함을 자극하고, 복종은 그분의 분노를 불러일으키네. 그분께서는 커다란 잔인한 경찰서장이시네. 자네가 법을 준수하면, 그분께서는 말씀하시지, 자네는 단지 자네의 이익을 위해 그것을 지켰다고. 그런데 자네가 오로지 단 하나의 법을 위반하면 그분께서는 수많은 벌을 가지고 자네를 뒤쫓으시네. 자네가 그분께 뇌물을 주려고 하면, 그분께서는 자네에게 소송을 제기하시네. 그런데 자네가 정직하게 그분을 대하면, 그분께서는 뇌물을 애타게 기다리시네. 온 러시아에 이보다 더 나쁜 경찰서장은 아무도 없네!"

"기억해보게, 멘델." 로텐베르크가 입을 열었다. "욥을 기억해보게. 그에게 자네와 같은 비슷한 일이 일어났지. 그는 맨땅 위에 앉아 있었네, 머리에는 재가 끼얹어지고, 상처는 매우 아파서 짐승처럼 바닥에서 뒹굴었네. 그 역시 하느님을 비방했지. 그런데 바로 그것은 단지 하나의 시험이었네. 우리가 뭘 알겠는가, 멘델, 위에서 무슨 일이 진행되고 있는지? 아마 사탄이 하느님 앞에 와서 그때처럼 말했을 거야. 의인을 유혹해야 합니다. 그러자 주님께서는 말씀하셨네. 자, 내 종 멘델을 두고 시험해봐라."

"그리고 이런 점에서 또한 자네는 알고 있네." 그로셸에게 생각이 떠올랐다. "자네의 비난은 부당하다는 걸. 욥은 하느님께서 그를 시험하기 시작했을 때, 약자가 아니었고, 막강한 자였지. 그리고 자네 또한 약자가 아니었네, 멘델! 자네 아들은 백화점을 가졌고, 해가 갈수록 부자가 됐어. 자네 아들 메누힘은 거의 건강해졌고, 그 애도 거의 미국에 올 뻔했네. 자네는 건강했고, 자네 부인도 건강했으며, 자네 딸은 예뻤고, 곧 자네는 그 애를 위한 남자

190

를 구했을 거야!"

"왜 자네는 내 가슴을 찢는가, 그로쉘?" 멘델이 항변했다. "왜 다 지나고 지금은 없는 일들을 열거하는가? 내 상처는 아직 아물지 않았는데, 벌써 자네는 그것들을 파헤치네."

"그의 말이 옳다." 나머지 세 사람이 이구동성으로 말했다.

그런데 로텐베르크가 말을 시작했다. "자네 가슴은 찢어졌네, 멘델, 난 그걸 알지. 그러나 우리가 자네와 모든 걸 말해도 되고, 우리가 자네의 형제들인 양 자네의 고통을 짊어짐을 자네가 알고 있으니까, 내가 자네에게 메누힘을 생각하라고 부탁한다면, 자네는 우리에게 화를 낼 텐가? 혹시, 사랑하는 멘델, 자네가 하느님의 계획을 방해한 것은 아닐까, 자네가 메누힘을 두고 와서? 병든 아들이 자네에게 주어졌는데, 자네 가족들은 그 애가 나쁜 아들인 것처럼 행동했네."

조용해졌다. 오랫동안 멘델은 아무 대답도 하지 않았다. 그가 다시 말하기 시작했을 때, 그는 마치 로텐베르크의 말을 듣지 않은 것 같았다. 그는 그로쉘을 향해 말했기 때문이다.

"그런데 욥의 예를 가지고 자네는 무슨 말을 하려는가? 자네들은 벌써 진정한 기적을 봤는가, 자네들의 눈으로? 욥기記의 마지막에 보고된 기적들과 같은 기적을? 내 아들 쉐마르야가 프랑스에 있는 공동묘지에서 부활할까? 내 아들 요나스가 실종 상태에서 살아 돌아올까? 내 딸 미르얌이 갑자기 건강해져서 정신병원에서 돌아올까? 그리고 그 애가 집에 오면, 또 한 남자를 구해서 전혀 미친 적 없는 여자처럼 평온하게 살 수 있을까? 내 아내 데 보라가 무덤에서 일어날까, 아직도 무덤은 축축한데? 내 아들 메 누힘이 한창 전쟁 중에 러시아에서 여기로 올 수 있을까, 만일 아 직도 살아 있다면? 왜냐하면 그건 옳지 않으니까……" 여기서 멘델은 다시 로텐베르크를 향해 몸을 돌렸다. "내가 메누힘을 나 쁜 의도로 남겨두고 그를 가혹하게 버려뒀다는 말은. 다른 이유 때문에, 카자흐 기병과 어울리기 시작한 내 딸 때문에, 우린 떠나 야 했네. 그리고 왜 메누힘은 병들었는가? 그 애 병은 이미 하느 님께서 나한테 노하셨다는 표시였네. 그런데 그것은 내가 받아 마땅하지 않은 매질 가운데 첫 번째였어."

"하느님께서는 전능하시면서도" 하고 이들 중에서 가장 사려 깊은 멩케스가 입을 뗐다. "그래도 그분께서는 아주 위대한 기적 들은 더는 행하지 않는다고 가정할 수도 있네, 세상이 그럴만한 가치가 이제 없으니까. 그리고 더욱이 하느님께서 자네한테 예외 를 만들려고 하셨다면, 다른 이들의 죄가 그분께 방해가 됐을 거 네. 왜냐하면 다른 이들은 의인에게서 일어나는 기적을 볼 가치 가 없기 때문이지. 그리고 그 때문에 롯은 이주해야만 했네, 그리 고 소돔과 고모라는 멸망했으며 롯에게 일어난 기적을 보지 못했 네. 오늘날은 그러나 세상 도처에 사람이 살고 있네. 자네가 이주 를 한다 해도 자네한테 무슨 일이 일어났는지 신문에 보도될 거야. 그러니까 하느님께서는 요즘은 보통 기적만을 이루시네. 그러나 그것들은 충분히 위대하네, 그분의 이름은 찬미를 받으소서! 자네 부인 데보라는 살아날 수 없고, 자네 아들 쉐마르야도 살아 돌아올 수 없네. 그러나 메누힘은 분명 살아 있을 테고, 전쟁이 끝나면 자네는 그 애를 볼 수 있네. 자네 아들 요나스는 아마도 전쟁포로가 됐을 거고, 자네는 그 애도 볼 것이네. 자네 딸은 건강해지고, 혼란에서 벗어나, 전보다 더 예뻐질지도 모르네. 그리고 결혼할 것이고, 자네한테 손자 손녀를 안겨줄 거야. 그리고 자네는 이미 손자가 하나 있네, 쉐마르야의 아들. 이 손자 하나를 위해, 지금까지 모든 자식들에게 가졌던 사랑을 모으게! 그러면 자네는 위로를 받게 될 거야."

"나와 내 손자 사이에 있던 끈은 끊어졌네, 쉐마르야가 죽었으니까, 내 아들이며 내 손자의 아버지인 쉐마르야가. 내 며느리 베가는 다른 남자와 결혼할 것이고, 내 손자는 내 아들이 아닌 새아버지를 갖게 될 거야. 내 아들 집은 내 집이 아니네. 나는 거기서 구할 게 아무것도 없네. 내 존재는 불행을 가져오고, 내 사랑은 저주를 끌어당기네, 평평한 들판에 있는 고독한 나무 한 그루가 벼락을 끌어당기듯이. 미르얌에 관해서는, 의사가 직접 나한테 현대의학이 그 애 병을 고칠 수 없다고 말했네. 요나스는 십중팔구 죽었을 것이고, 메누힘은 병들었네, 더 잘 지내고 있을지는 몰라도. 러시아 한가운데, 아주 위험한 전쟁 속에, 그는 분명 죽었을 거네. 아니네, 내 친구들이여! 나는 혼자이며, 혼자이고 싶네. 모든 세월 나는 하느님을 사랑했는데, 그분께서는 나를 싫어하셨네. 모든 세월 나는 그분을 두려워했는데, 지금 그분께서는 내게 아무것도 하실 수 없네. 그분의 화살통에 있는 모든 화살들은 이미 나를 맞혔네. 그분께서는 이제 나를 죽이실 수 있을 뿐이네. 그러나 그렇기에 그분께서는 너무 잔인하시네. 나는 살 거네, 살 거네, 살 거네."

"그러나 그분의 힘은" 하고 그로쉘이 반박했다. "이 세상과 다른 세상에 있네. 자네에게 화가 있을 거네, 멘델, 자네가 죽는다면!"

그때 멘델은 마음껏 웃고 말했다. "나는 지옥을 무서워하지 않아. 내 피부는 벌써 타버렸고, 내 사지는 벌써 마비됐으며, 악령들은 내 친구들이네. 지옥의 모든 고통들을 이미 나는 겪었어. 하느님보다 사탄이 더 선하네. 그는 아주 막강하지는 않으니까, 아주 잔인할 수는 없네. 나는 무섭지 않다네, 내 친구들이여!" 친구들은 입을 다물었다. 그러나 그들은 멘델을 혼자 내버려두고 싶지 않아 말없이 앉아 있었다. 나이가 가장 적은 그로쉘은 다른 사람들의 부인들과 자신의 아내에게 남편들이 오늘 저녁 집에 들어가지 않는다고 알려주려고 아래로 내려갔다. 그는 또 열 명을 채워 저녁기도를 할 수 있도록 유대인 다섯 명을 멘델의 집에 데려왔다. 그들은 기도하기 시작했다. 그러나 멘델 징어는 기도에 참여하지 않았다. 그는 침대에 앉아 움직이지 않았다. 위령기도조차 그는 하지 않았다. 그래서 멩케스가 그를 대신해 기도했다. 낯선 다섯 남자는 집을 떠났다. 그러나 네 명의 친구들은 밤새 머물렀다. 두 개의 파란 램프 중 하나가 마지막 심지와 평평한 바닥에 남은 마지막 기름방울로 탔다. 조용했다. 이런저런 이가 앉은 자리에서 코를 골며, 자기들이 내는 소음에 깼다가 다시 깜박 잠들었다.

오직 멘델만이 자지 않았다. 그는 눈을 크게 뜨고 창문을 바라보았다. 창문 뒤에서 밤의 아주 짙은 어둠이 마침내 희미해지기 시작했다. 그런 다음 회색이 깃들고, 그런 다음엔 하얗게 되었다. 시계 종소리가 여섯 번 울려 퍼졌다. 하나 둘 친구들이 깼다. 그리고 그들은 서로 약속도 하지 않았는데, 멘델의 팔을 붙잡고 아래로 내려갔다. 그들은 그를 스코브론넥 집의 뒷방으로 데려가 소파 위에 눕혔다.

여기서 그는 잠이 들었다.

14

이날 아침 이후로 멘델 징어는 스코브론넥 집에 머물렀다. 친구들이 그의 옹색한 가구와 물건들을 팔았다. 그러고는 이불과 베개, 그리고 멘델이 거의 태워버릴 뻔했던 기도 도구들이 든 붉은 벨벳 자루를 남겨 놓았다. 멘델은 그 자루를 더는 만지지 않았다. 그것은 스코브론넥 집 뒷방에 잿빛 먼지가 쌓인 채 아주 튼튼한 못에 걸려 있었다. 멘델 징어는 이제 기도하지 않았다. 사람들은 가끔 그를 필요로 했다. 기도하는 사람들의 정해진 수를 채울 열 번째 남자가 부족할 때. 그럴 때 그는 거기 참석해서 돈을 받았다. 가끔 이런저런 이에게 돈을 조금 받고 자신의 성구함을 빌려주기도 했다. 사람들은 말하길, 그가 돼지고기를 먹고 하느님을 화나게 하려고 자주 이탈리아 구역으로 넘어간다고 했다. 그와 같이 사는 사람들은 그가 하늘과 맞서 벌이는 싸움에서 그의 편을 들었다. 그들은 믿는 사람들이었지만, 그 유대인이 옳음을 인정해야만 했다. 야훼는 그를 너무 심하게 다루셨다.

아직도 세상은 전쟁을 하고 있었다. 멘델의 아들 샘 외에 전쟁터에 나갔던 그 지역 남자들은 모두 살았다. 렘멜의 아들은 장교가 됐고 다행히도 왼손을 잃었다. 그는 휴가를 나왔으며 그 지역의 영웅이었다. 그는 모든 유대인에게 미국에서 살 권리를 줬다. 그는 새 부대의 일을 마무리할 때까지만 후방 보급지에 머물렀다. 젊은 렘멜과 늙은 징어 사이에 아주 큰 차이점이 있을지라도, 그 지역 유대인들은 둘을 어느 정도 나란히 취급했다. 유대인들은 멘델과 렘멜이 모두에게 주어진 불행의 총액을 나누었다고 믿는 것 같았다. 그런데 멘델은 왼쪽 손 하나 이상을 잃었다! 렘멜이 독일인과 싸웠다면, 멘델은 초지상적인 힘과 싸웠다. 유대인들은 그 노인이 이제 정신이 온전치 않음을 확신했는데도, 그들의 동정심에 감탄을 섞지 않을 수 없었다. 그리고 광란의 성스러움에 대한 경건함도. 의심할 여지없이 멘델 징어는 바로 선택된 사람이었다. 그는 야훼의 무자비한 힘을 증언하는 가련한 증인으로서, 어떤 경악도 힘겨운 평일을 방해하지 않는 다른 사람들 가운데서 살았다. 오랜 세월 그는 그들 모두처럼 그의 나날을 살았다. 소수의 사람들한테 주목을 받고, 대다수의 사람들한테는 전혀 인식되지 않으면서. 어느 날 그는 끔찍한 방식으로 두각을 나타냈다. 그를 모르는 사람은 아무도 없었다. 하루의 대부분을 그는 골목에서 지냈다. 유례없는 재앙을 겪었을 뿐더러 그 고통의 표지를 깃발처럼 짊어진 모습은 그의 저주에 속한 듯했다. 고통의 파수꾼처럼 그는 골목 가운데를 위아래로 걸었다. 모두로부터 인사를 받고, 여러 사람한테서 동전들을 선물로 받으면서, 많은 사람들이 그에게 말을 걸어오는 가운데. 그는 자선에 감사하지 않았고, 인사에 거의 답하지 않았으며, 질문에는 '예' 아니면 '아니오'로만 대답했다. 그는 아침 일찍 깨어났다. 스코브론넥 집 뒷방에는 창문이 없어서 빛이 들지 않았다. 그는 창의 덧문들을 통해 아침을 느꼈을 뿐이고, 아침은 멘델 징어에게 도달하기 전에 먼 길을 왔다. 거리에 첫 소음이 일면 징어는 하루를 시작했다. 알코올버너에서 차가 끓었다. 그는 빵 하나와 딱딱한 달걀 하나에다 차를 마셨다. 그는 소심하지만 화난 눈길로 성스런 물건들이 들어 있는 자루를 쳐다봤는데, 암청색 그림자 속에서 그 작은 자루는 훨씬 더 어두운 그림자의 혹처럼 보였다. "나는 기도하지 않아!" 멘델은 결심했다. 그러나 기도하지 않는 것은 그를 마음 아프게 했다. 그의 분노가, 그리고 이러한 분노의 무력함이 그를 고통스럽게 했다. 멘델은 하느님께 화가 났는데도, 하느님께서는 여전히 세상을 지배하고 있었다. 경건함과 마찬가지로 미움은 그분을 별로 사로잡지 못했다.

그러한 비슷한 생각들에 싸여 멘델은 하루를 시작했다. 이전에 그는 그의 기억으로 쉽게 깼다. 기도에 대한 즐거운 기대가, 그리고 하느님과 가까이 있다는 의식을 새롭게 하려는 마음이 그를 깨웠다. 잠의 쾌적한 따뜻함에서 그는 훨씬 더 비밀스럽고 훨씬 더 아늑한 기도의 광채 속으로 들어갔다. 막강하지만 미소를 지으신 아버지께서 사시는 웅장하지만 친숙한 홀로 들어가듯이. "아버지, 안녕하세요!" 멘델 징어는 말했다. 그리고 대답을 들었다고 믿었다. 그것은 바로 착각이었다. 홀은 웅장하고 추웠으며, 아버지께서는 막강하시고 나빴다. 천둥 외에 다른 어떤 소리도 그분의 입술에서 나오지 않았다.

멘델 징어는 가게를 열고, 악보, 노래가사, 축음기 음반을 좁은 진열창에 늘어놓고 긴 막대기로 철제 롤 셔터를 위로 올렸다. 그런 다음 입에 물을 가득 채워 마룻바닥에 뿌리고는, 어제의 더러움을 비로 쓸어냈다. 또 부삽에 종잇조각들을 담아 화덕으로 날라서 불을 피웠다. 그 다음엔 밖으로 나가 신문을 몇 부 사서 몇몇 이웃집에 갖다줬다. 그는 우유 배달 소년과 일찍 빵 굽는 사람들을 만나 인사를 하고 '업무'로 돌아갔다. 곧 스코브론넥 부부가 나왔다. 그들은 이것저것 하라고 그를 보냈다. 하루 종일 이랬다. "멘델, 나가서 청어 한 마리 사오세요", "멘델, 건포도를 아직 절이지 않았네요!", "멘델, 빨래를 잊었어요!", "멘델, 사다리가 부러졌어요!", "가로등에 한쪽 유리가 없어요.", "멘델, 코르크 따개는 어디 있죠?" 그러면 멘델은 나가서 청어 한 마리를 사오고, 건포도를 절이고, 빨래를 걷어오고, 사다리를 고치고, 가로등을 유리가게 주인에게 갖다주고, 코르크 따개를 찾았다. 이웃집 여자들은 영화관에 프로그램이 바뀌거나 새 연극이 들어오면, 어린아이들을 보게 하려고 가끔 그를 불렀다. 그러면 멘델은 낯선 아이들 곁에 앉아, 전에 집에서 가볍고 부드러운 손가락으로 메누힘의 바구니를 흔들었던 것처럼, 이름도 모르는 낯선 젖먹이의 요람을 가볍고 부드러운 발끝으로 흔들었다. 게다가 아주 옛날 노래들도 불렀다. "날 따라 해, 메누힘. 한 처음에 하느님께서 하늘과 땅을 창조하셨다. 날 따라 해, 메누힘!"

엘룰Ellul 달(8~9월에 해당―옮긴이)이 되자, 큰 명절들이 기다리고 있었다. 그 지역 유대인들은 스코브론넥 집 뒷방에 임시로 기도의 집을 꾸미려고 했다(그들은 회당에 잘 가지 않기 때문이었다).

"멘델, 자네 방에서 사람들이 기도를 할 거네! 자네 생각은 어떤가?" 스코브론넥이 말했다.

"기도해야지!" 멘델이 대답했다. 그러고는 유대인들이 모여서 초 심지다발로 노란 밀초에 불을 붙이는 것을 구경했다. 그는 모든 상인들이 롤 셔터를 내리고 문을 닫는 것을 도와줬다. 그들 모두는 하얀 가운을 걸쳐서, 하느님을 찬미하려고 부활한 시체들처럼 보였다. 그들은 구두를 벗고 양말을 신은 발로 서더니, 무릎을 꿇었다가 일어섰다. 큰 황금빛 밀초와 새하얀 양초는 구부러져서 기도외투에 뜨거운 눈물을 떨어뜨렸다. 하얀 유대인들도 몸을 초처럼 구부렸으며, 그들의 눈물 역시 바닥에 떨어져 말랐다. 그러나 멘델 징어는 검고 말없이 서 있었다. 평상복을 입은 그는 뒷전 문 가까이에서 움직이지 않았다. 그의 입술은 닫혀 있고 그의 심장은 돌이었다. 속죄의 노래가 뜨거운 바람처럼 일었다. 멘델 징어의 입술은 여전히 닫힌 채였고 그의 심장은 돌이었다. 검고 말없이, 평상복을 입은 채로, 그는 뒷전에서 버텼다, 문 가까이에서. 아무도 그를 주목하지 않았다. 유대인들은 그를 보지 않으려고 애썼다. 그들 중에서 그는 낯선 이였다. 이런저런 이가 그를 생각하고 그를 위해 기도했다. 멘델 징어는 그러나 문에 똑바로 서서 하느님께 화가 나 있었다. 그들 모두는 두려워서 기도한다고 그는 생각했다. 그러나 난 두렵지 않다. 난 두렵지 않다!

　모두가 가고 난 뒤 멘델 징어는 딱딱한 소파에 누웠다. 그 소파는 기도하는 사람들의 체온이 남아 아직도 따뜻했다. 마흔 개의 초가 방에서 타고 있었다. 그는 그것들을 끌 엄두를 못 냈으며, 그것들은 그가 잠들지 못하게 했다. 그래서 그는 밤새 깨어 누워 있었다. 그는 유례없는 불경한 짓들을 생각했다. 지금 이탈리아 구역으로 가서, 식당에서 돼지고기를 사 가지고 돌아오는 것을. 그래서 여기 말없이 타고 있는 초들과 함께 어울려 그것을 먹는 것이다. 분명 그는 손수건을 풀어 가진 동전을 셌지만, 방을 떠나지 않았고, 무엇을 먹지도 않았다. 그는 옷을 입은 채로 깨어 있는 큰 눈으로 소파 위에 누워서 중얼거렸다. "끝, 끝, 멘델 징어는 끝장

났다! 그는 아들이 없고, 딸이 없으며, 아내가 없다. 그는 돈이 없고, 집이 없으며, 하느님이 없다! 끝, 끝, 멘델 징어는 끝장났다!"

황금빛과 푸른빛으로 타는 촛불이 조용히 떨었다. 뜨거운 밀랍 눈물은 촛대 위로, 놋쇠 절구의 노란 모래 위로, 암녹색 유리병 위로 뚝뚝 떨어졌다. 기도하는 사람들의 뜨거운 호흡이 아직도 방에 살아 있었다. 그들을 위해 임시로 세워둔 의자 위에는 여전히 그들의 하얀 기도외투가 놓여 아침과 기도의 지속을 기다렸다. 밀랍 냄새와 숯처럼 탄 심지 냄새가 났다. 멘델은 방을 나가 가게를 열고, 밖으로 나갔다. 맑은 가을밤이었다. 한 사람도 보이지 않았다. 멘델은 가게 앞에서 위아래로 걸었다. 경찰들이 넓은 보폭으로, 느리게 걷는 소리가 울려 퍼졌다. 그러자 멘델은 가게로 돌아왔다. 그는 아직도 제복 입은 사람들을 피했다.

명절이 지나가고, 가을이 왔으며, 비가 노래했다. 멘델은 청어를 사고, 마룻바닥을 쓸고, 빨래를 걷어오고, 사다리를 고치고, 코르크 따개를 찾고, 건포도를 절이고, 골목 한가운데를 가로질러 위아래로 걸었다. 자선에 거의 감사하지 않았고, 인사에 응하지 않았으며, 질문에 '예'나 '아니오'로 대답했다. 오후에 사람들이 정치 얘기를 하고 신문을 읽으러 모이면, 멘델은 소파에 누워서 잤다. 다른 이들의 얘기는 그를 깨우지 않았다. 전쟁은 그와 아무런 관계가 없었다. 최신 음반들의 노래는 그를 잠재웠다. 조용해지고 모두 가버린 뒤에야, 그는 잠에서 깼다. 그런 다음 잠시 스코브론넥 노인과 얘기했다.

"자네 며느리가 결혼한다네." 스코브론넥이 언젠가 말했다.

"정말 잘됐네!" 멘델이 대답했다.

"그런데 맥과 결혼하네!"

"그렇게 하라고 내가 충고했네!"

"상점은 잘돼!"

"그것은 내 상점이 아니야."

"맥이 자네에게 돈을 주고 싶다고 우리에게 알렸어!"

"나는 돈을 원치 않아!"

"잘 자게, 멘델!"

"잘 자게, 스코브론넥!"

멘델이 매일 아침 사곤 했던 신문들에서 끔찍한 소식들이 활활 타올랐다. 뉴스들은 활활 타올라, 그는 본의 아니게 멀리서 메아리치는 소식들을 들었는데, 그는 그것들에 관해 전혀 알고 싶지 않았다. 러시아는 이제 황제가 다스리지 않았다. 좋아, 황제가 다스리지 않으면 다스리지 않는 거지, 뭐. 어쨌든 그 신문들은 요나스와 메누힘에 대해서는 알려줄 것이 없었다. 스코브론넥 집에서 사람들은, 전쟁이 한 달 뒤면 끝날 거라는 내기를 했다. 좋아, 전쟁이 끝나면 끝나는 거지 뭐. 쉐마르야는 돌아오지 않았다. 정신병원 간부는 미르얌의 상태가 나아지지 않았다고 편지에 썼다. 베가가 보낸 그 편지를 스코브론넥이 멘델에게 읽어줬다. "좋아." 하고 멘델이 말했다. "미르얌은 더는 건강해지지 않겠군!"

그의 오래된 검은 카프탄은 어깨에서 녹색으로 희미하게 빛났으며, 척추를 표시하듯 등 전체를 따라 솔기가 보였다. 멘델의 형상은 점점 더 작아졌다. 그의 외투자락은 점점 더 길어져서 멘델이 걸을 때 이제는 장화의 다리 부분이 아니라 발목을 건드렸다. 전에는 가슴만을 덮었던 수염은 카프탄의 마지막 단추까지 이르렀다. 검고 이제는 초록빛이 도는 비단 모자 챙은 약해지고 늘어나서 멘델 징어의 눈 위로 축 늘어졌고 걸레와 다름이 없었다. 주머니에 그는 많은 물건들을 가지고 다녔다. 사람들의 심부름을 한 작은 꾸러미들, 신문들, 스코브론넥 집에 있는 못쓰게 된 물건들을 수리하는 도구들, 알록달록한 실뭉치, 포장지와 빵을. 이러한 무거운 짐은 멘델의 등을 더욱 더 아래로 내리눌렀으며, 보통 오른쪽 주머니가 왼쪽 주머니보다 무거웠으므로, 그것이 또 노인의 오른쪽 어깨를 아래로 끌어당겼다. 그리하여 그는 비스듬히 구부정한 자세로 골목을 질러 걸었다. 허물어져 가는 사람, 무릎은 휘어지고 발바닥을 질질 끌면서. 세상 소식 그리고 다른 이들의 평일과 축제는 그의 옆을 지나쳐 굴러갔다. 자동차가 오래된 외딴 집을 지나치듯이.

어느 날 정말로 전쟁은 끝났다. 그 지역은 텅 비었다. 사람들은 평화의 축제를 보려고, 연대들의 귀향을 보려고 떠났다. 그리고 많은 사람들이 멘델에게 집을 봐 달라고 맡겼다. 그는 한 집에서 다른 집으로 가서, 문의 손잡이와 자물쇠를 검사하고 집으로, 가게로 돌아왔다. 측정할 수 없는 먼 곳에서 기쁜 세상의 축제가 으르렁거리는 소리를 들었다고 그는 믿었다. 불꽃놀이가 쾅쾅 터지는 소리와 수많은 사람들이 웃는 소리도 들렸다. 작고 고요한 평화가 그를 엄습했다. 그의 손가락은 수염을 쓰다듬었고, 그의 입술은 미소로 일그러졌으며, 심지어 아주 작은 킥킥거리는 웃음조차 그의 목구멍에서 짧은 움직임으로 터져 나왔다. "멘델도 축제를 할 거다." 그는 속삭였고, 처음으로 갈색 축음기 상자 중 하나로 갔다. 그는 그 기계를 어떻게 작동시키는지 이미 봤다. "음반, 음반!" 그는 말했다. 오늘 오전 귀향군인 하나가 왔는데 음반 여섯 장을 가져왔다. 유럽의 새 노래들이었다. 멘델은 맨 위에 있는 것을 꺼내 기계 위에 조심스럽게 올려놓고, 정확한 사용법을 기억하려고 잠시 곰곰이 생각하다가, 마침내 바늘을 올려놓았다. 기계는 헛기침을 했다. 그런 다음 노래가 울려 퍼졌다. 저녁, 깜깜한 어둠 속에서 멘델은 축음기 옆에 서서 귀를 기울였다. 매일 그는 여기에서 노래들을 들었었다, 재미있고 슬픈, 느리고 빠른, 어둡고 밝은 노래들을. 그러나 한 번도 이와 같은 노래는 없었다. 그것은 작은 강물처럼 흘렀고, 서서히 조심스럽게 졸졸 흐르다가, 바다처럼 커져서 쏴쏴 흘렀다. "온 세상을 나는 지금 듣고 있다." 멘델은 생각했다. 온 세상이 이 작은 음반에 새겨지는 일이 어떻게 가능할까? 은빛 플루트가 끼어들어 벨벳 같은 바이올린을 떠나지 않고 꼭 맞는 테두리 장식처럼 화음을 둘렀을 때, 멘델은 오랜만에 처음으로 울기 시작했다. 노래가 끝났다. 그는 그걸 다시 한 번 들었다. 그리고 세 번째로. 마침내 그는 그 노래를 쉰 목소리로 따라 부르고, 소심한 손가락으로 북을 치듯 축음기의 받침대를 쳤다.

이러고 있는 그를 집에 돌아오는 스코브론넥이 마주쳤다. 그는 축음기를 끄고 말했다. "멘델, 등불을 켜게! 여기서 뭘 틀고 있나?"

멘델이 등불을 켰다. "스코브론넥, 이 노래 제목이 뭔가 찾아보게."

"이건 새 음반들이야." 스코브론넥이 말했다. "오늘 산 것들이지. 그 노래 제목은……" 스코브론넥은 안경을 쓰고 등불 아래 음반을 들고 읽었다. "제목은 바로 '메누힘의 노래'야."

멘델은 갑자기 힘이 빠졌다. 그는 앉아야만 했다. 그는 스코브론넥의 손에서 반들반들 빛나는 음반을 응시했다.

"나는 자네가 뭘 생각하는지 알고 있네." 스코브론넥이 말했다.

"그래." 멘델이 대답했다.

스코브론넥이 다시 한 번 축음기 손잡이를 돌렸다. "아름다운 노래야." 스코브론넥은 말하고는, 머리를 왼쪽 어깨에 대고 귀를 기울였다. 늦게 도착한 이웃들로 가게가 점점 찼다. 아무도 말을 하지 않았다. 모두들 그 노래를 듣고 박자에 맞춰 고개를 흔들었다.

그리고 그들은 그 노래를 모두 열여섯 번 들었다, 그들이 외울 수 있을 때까지.

멘델은 혼자 가게에 머물렀다. 그는 안에서 조심스럽게 문을 닫고, 진열창을 치우고, 옷을 벗었다. 그의 모든 발걸음을 이 노래가 함께했다. 그가 잠드는 동안, 푸르고 은빛 나는 멜로디는 마치 가련한 흐느낌과 결합하는 듯했다. 메누힘의, 그 자신의 메누힘의, 유일한, 오랫동안 듣지 못했던 노래와.

15

낮은 더 길어졌다. 아침은 아주 일찍 밝아져서 닫힌 롤 셔터를 통해서 창문이 없는 멘델의 뒷방에까지 스며들었다. 4월에 골목은 좋이 한 시간은 더 일찍 깼다. 멘델은 알코올버너에 불을 붙여 차를 올려놓고, 작고 파란 세숫대야를 채워 얼굴을 담그고, 문 손잡이에 걸려 있는 수건의 끝자락으로 얼굴을 닦고, 롤 셔터를 열고, 입에 물을 가득 넣어서 마룻바닥에 조심스레 뱉고, 그의 입에서 뿌려진 밝은 물줄기가 먼지 위에 그린 꼬불꼬불한 장식을 관찰했다. 벌써 알코올버너가 쉬쉬 소리를 냈다. 아직 시계는 여섯 번을 치지도 않았다. 멘델은 문 앞으로 걸어갔다. 그러자 골목에 창문들이 열렸다, 마치 저절로 열리는 것처럼. 봄이었다.

봄이었다. 사람들은 부활절을 준비하고, 멘델은 모든 집을 도왔다. 한 해 동안 세속의 음식물찌꺼기가 긴 나무식탁 널빤지를 대패질하고, 부활절 빵이 진홍색 종이에 차곡차곡 담긴 실린더 모양 상자들을 진열창에 올려놓고, 서늘한 지하실 거미줄 아래 보관해온 팔레스티나 포도주를 꺼내왔다. 또 이웃들의 침대를 분해해 조각조각 마당으로 운반하고, 거기서 온화한 4월의 태양이 해충을 꾀어내면 벤진, 테레빈유와 석유로 박멸했다. 분홍색과 하늘색 종이를 가위로 잘라서는 둥글고 모난 구멍과 술 장식을 만들어 부엌 스탠드에 붙였다. 이것은 그릇을 예술적으로 장식하려는 목적이었다. 항아리와 양동이에 뜨거운 물을 붓고는, 커다란 쇠공을 나무막대로 화덕에 밀어 넣어 발갛게 달아오를 때까지 기다렸다. 그런 다음 그 공을 항아리와 양동이에 담그면 물은 쉬쉬 소리를 내고, 통들은 정화되었다. 규정에 있는 대로였다. 거대한 절구에다는 부활절 빵에 쓸 곡식을 빻고, 가루를 깨끗한 자루에 쏟아서 파란 끈으로 동여맸다. 전에 그는 이 모든 것을 자기 집에서 했다. 그곳의 봄은 미국보다 천천히 왔다. 멘델은 이 계절이면 추흐노프의 나무 포장 인도를 덮은 오래된 잿빛 눈을 떠올렸다. 또 통 주둥이에 매달린 수정처럼 투명한 고드름, 추녀의 홈통에서 밤새 노래하는 갑작스럽고도 부드러운 빗소리, 소나무 숲 뒤에서 우르릉거리는 먼 천둥소리, 모든 물빛 아침을 다정하게 덮은 하얀 서리와, 미르얌이 널찍한 통에 집어넣었던 메누힘을 생각하고, 드디어, 드디어 올해에 구세주가 오시리라는 희망을 상기했다. 그분께서는 오시지 않았다. 그분께서는 오시지 않는다고 멘델은 생각했다. 그분께서는 오시지 않을 거다. 다른 사람들은 그분을 기다렸을 것이다. 멘델은 기다리지 않았다.

그렇지만 멘델은 이웃들과 마찬가지로 올봄에는 달라 보였다. 친구들은 가끔 그가 노래를 중얼거리는 것을 보았고, 하얀 수염 아래 떠오르는 부드러운 미소를 알아차렸다.

"그는 어린애가 되고 있어. 그는 이미 늙었어." 그로쉘이 말했다.

"그는 모든 것을 잊었어." 로텐베르크가 말했다.

"저건 죽음 전의 기쁨이야." 멩케스가 말했다.

그를 가장 잘 아는 스코브론넥은 침묵했다. 단 한 번 어느 저녁에, 잠자러 가기 전 그는 아내에게 말했다. "새 음반이 들어온 뒤로 우리 멘델은 다른 사람이 됐어. 나는 그가 직접 축음기를 트는 것을 가끔 봤지. 당신은 어떻게 생각해?"

"내 생각엔" 하고 스코브론넥 부인이 성급하게 대답했다. "멘델은 늙고 어린애 같아져서 곧 쓸모없어질 거예요." 그녀는 이미 오래전부터 멘델에게 불만이었다. 그가 늙으면 늙을수록, 그에 대한 그녀의 연민은 점점 더 줄어들었다. 그녀는 멘델이 부유한 사람이었음을 점차 잊어버렸고, 그녀의 존경심으로 먹고 살던 그녀의 동정심은 죽어버렸다(그녀는 속이 좁았기 때문이다). 그녀는 또한 처음에 그랬듯이 그를 징어 씨라고 부르지 않고, 단순히 멘델이라고 불렀다, 거의 온 세상 사람들처럼. 그리고 전에는 그의 순종을 존경하고 동시에 부끄러워하는 어느 정도의 겸손함을 보이며 일을 맡겼다면, 지금은 그의 복종에 대한 그녀의 불만족이 처음부터 보일 정도로 참을성 없이 그에게 명령했다. 멘델이 귀가 어둡지 않은데도 스코브론넥 부인은 그와 말하려면 목소리를 높였다. 마치 오해받을 것을 걱정하듯이, 그리고 그녀가 여느 때와 같은 음역으로 그에게 얘기했으므로 그녀가 명령한 것을 멘델이 잘못 수행했음을 큰 소리로 증명하려는 듯이. 그녀의 외침은 하나의 예방 조치였으며, 멘델을 괴롭힌 유일한 것이었다. 하늘로부터 아주 낮아진 그는 인간들의 선량하고 분별없는 조롱에는 특별한 관심이 없었기 때문이다. 그리고 단지 사람들이 그의 이해력을 의심할 때에만 모욕을 느꼈다. "멘델, 서둘러요." 이렇게 스코브론넥 부인의 모든 지시는 시작됐다. 그는 그녀를 조급하게 만들었고, 그는 그녀에게는 너무 느려 보였다.

"그렇게 소리치지 말아요." 하고 멘델은 가끔 대꾸했다. "나는 당신 말을 잘 듣고 있어요."

"그러나 당신은 서두르지 않아요. 당신은 여유 부리고 있어요!"

"나는 당신보다 여유가 없어요, 스코브론넥 부인, 맹세코 난 당신보다 나이가 많아요!"

스코브론넥 부인은 대답의 함축된 의미와 비난을 파악하지 못하고, 그저 조롱받았다고 잘못 생각했으며, 바로 옆에 서 있는 사람들한테로 돌아섰다.

"자, 여러분은 어떻게 생각하세요? 그는 늙어가고 있어요! 우리 멘델은 늙어가고 있다고요!" 그녀는 그가 지닌 다른 특징들도 기꺼이 말했을 테지만, 그녀가 악덕이라고 여기는 노령을 언급하는 것으로 만족했다. 스코브론넥은 이런 얘기를 들으면 그의 아내에게 말했다.

"늙는 건 우리 모두 마찬가지야! 나는 멘델과 같은 나이야. 그리고 당신 역시 더 젊어지지는 않아!"

"당신은 젊은 여자와 결혼할 수도 있죠!" 스코브론넥 부인이 말했다. 그녀는 마침내 부부싸움에 곧장 써먹을 구실을 가진 것이 행복했다. 그런데 이러한 싸움의 발전을 알고 있고, 스코브론넥 부인의 분노가 결국은 그녀의 남편, 그리고 그의 친구에게 폭발하리라는 것을 처음부터 파악한 멘델은 그의 우정을 몹시 걱정했다.

오늘 스코브론넥 부인은 특별한 이유로 멘델 징어에게 반감을 가졌다. "생각해보세요. 며칠 전부터 내 큰 칼이 없어졌어요. 나는 그것을 멘델이 가져갔다고 맹세할 수 있어요. 그런데 내가 물어보면, 그는 거기에 대해 아무것도 몰라요. 그는 아주 많이 늙었어요, 어린애 같아요!" 실제로 멘델 징어는 스코브론넥 부인의 큰 칼을 가져다 숨겼다. 그는 이미 오래전부터 커다란 계획을 몰래 준비했다. 그의 생애 마지막 계획을. 어느 날 저녁 그는 그걸 실행할 수 있다고 생각했다. 그는 이웃사람들이 스코브론넥 집에서 잡담하는 동안 소파에서 깜박 잠든 척했다. 그러나 사실은 전혀 자지 않았다. 그는 눈꺼풀을 닫고는 마지막 사람이 떠날 때까지 애타게 기다리며 귀를 기울였다. 그런 다음 소파의 베개 밑에서 큰 칼을 꺼내 카프탄 속에 집어넣고 저녁 골목으로 재빨리 사라졌다. 가로등은 아직 켜지지 않았고, 많은 창문에서는 벌써 노란 불빛이 새어 나왔다. 멘델 징어는 데보라와 살았던 집 맞은편에 서서 자신의 옛날 집 창문을 살폈다. 거기에는 지금 젊은 프리쉬 부부가 살고 있고, 아래에 새로 유행하는 아이스크림 가게를 열고 있다. 지금 그 젊은이들이 집에서 나와 가게문을 닫았다. 그들은 연주회에 갔다. 그들은 절약했고, 누가 봐도 구두쇠라고 말할 수 있으며, 부지런하고, 그리고 음악을 사랑했다. 젊은 프리쉬의 아버지는 코브노에서 결혼식 악단을 지휘했다. 오늘은 유럽에서 온 필하모니 오케스트라가 연주회를 한다. 프리쉬는 벌써 며칠 전부터 이 얘기를 했다. 이제 그들은 떠났다. 그들은 멘델을 보지 못했다. 그는 살금살금 길을 건너 건물로 들어가, 익숙한 난간을 더듬어 올라가 주머니에서 열쇠를 꺼냈다. 그는 그 열쇠들을 영화관에 갈 때 집을 봐달라고 맡긴 이웃들에게서 받았다. 힘들이지 않고 그는 문을 열었다. 그는 빗장을 밀고, 바닥에 납작 엎드려서 마룻바닥 널빤지를 하나씩 두드리기 시작했다. 그 일은 아주 오래 걸렸다. 그는 피곤해져서 잠시 쉰 다음 계속 일했다. 드디어 둔탁한 소리가 났다. 전에 데보라의 침대가 놓여 있던 바로 그

자리였다. 멘델은 이음새에서 더러운 것을 치우고, 널빤지의 네 가장자리를 큰 칼로 느슨하게 해서 높이 들어올렸다. 그는 속지 않았다. 그는 찾던 것을 발견했다. 그는 꼭꼭 동여맨 손수건을 집어 카프탄 속에 숨기고, 널빤지를 다시 내려놓고, 소리 없이 사라졌다. 계단실 복도에는 아무도 없었고, 그를 본 사람도 아무도 없었다. 그는 평소보다 일찍 가게를 닫고 롤 셔터를 내렸다. 매달린 커다란 등의 둥근 점화구에 불을 붙이고, 원추형 불빛 아래 앉았다. 그는 손수건을 풀고 내용물을 셌다. 데보라는 동전과 지폐로 67달러를 모았다. 그것은 많았지만, 충분하지는 않아 멘델을 실망시켰다. 자신의 저금을 거기다 더하고, 자선금과 집들을 돌아다니며 일해서 받은 얼마 안 되는 사례금을 보태면, 정확히 96달러였다. 그것은 충분하지 않았다. "그러니까, 몇 달 더!" 멘델은 속삭였다. "나는 시간이 있어."

그렇다, 그는 시간이 있었다, 상당히 오래 더 그는 살아야만 했다! 그 앞에는 커다란 대양이 놓여 있었다. 다시 한 번 그는 그걸 건너야만 했다. 커다란 온 바다가 멘델을 기다렸다. 추흐노프와 온 주위가 그를 기다렸다. 병영, 소나무숲, 늪에서 우는 개구리와 들판의 귀뚜라미들이. 메누힘이 죽었다면, 그는 작은 묘지에 누워서 기다리고 있을 것이다. 멘델도 누울 것이다. 그는 그전에 자메쉬킨의 농가에 들어갈 것이고, 이제는 개를 무서워하지 않을 것이다. 그에게 추흐노프의 늑대를 줘봐라, 그래도 그는 두려워

하지 않는다. 딱정벌레와 다른 벌레, 청개구리와 메뚜기를 개의
치 않고 멘델은 맨땅에 누울 것이다. 교회 종소리는 울려 퍼지고,
메누힘의 멍한 눈 속에서 귀를 기울이는 빛을 그에게 떠올려줄
것이다. 멘델은 대답할 것이다. "나는 고향에 돌아왔네, 친애하
는 자메쉬킨이여, 다른 이들은 세상을 두루 돌아다닐지 몰라도,
내 세상은 죽었고, 나는 돌아왔다네, 여기서 영원히 잠들고자!"
푸른 밤은 대지 위에 펼쳐지고, 별들은 빛나며, 개구리는 개굴개
굴 울고, 귀뚜라미는 찌르륵찌르륵 울며, 저쪽 깜깜한 숲에서는
누군가 메누힘의 노래를 부른다.

그렇게 멘델은 오늘 잠이 든다, 손에 동여맨 손수건을 쥐고서.

다음날 아침 스코브론넥 집에 가서, 부엌의 차가운 화덕 열판
에 큰 칼을 놓으며 그는 말했다. "여기, 스코브론넥 부인, 큰 칼이
다시 나타났어요!"

그는 재빨리 사라지려 했으나, 스코브론넥 부인이 말을 시작
했다. "다시 나타났군요! 그건 어렵지 않았어요, 당신이 그걸 숨
겼죠! 그건 그렇고 당신은 어제 깊이 잠들었더군요. 우리는 다시
한 번 가게에 가서 문을 두드렸어요. 벌써 들으셨어요? 아이스크
림 가게의 프리쉬가 당신한테 할 중요한 말이 있대요. 그에게 건
너가 봐야 할 걸요."

멘델은 깜짝 놀랐다. 그러니까 누군가 어제 그를 봤다. 다른 사
람이 그 집을 털었을지도 모른다. 그런데 사람들은 멘델에게 혐

의를 두었다. 또한 아마 그건 데보라의 저금이 아니라 프리쉬 부인의 저금인지도 모른다. 그런데 그가 그것을 강도질했다. 그의 무릎이 떨렸다.

"앉아도 괜찮겠죠?" 그는 스코브론넥 부인에게 말했다.

"2분 동안 앉아 있을 수 있어요." 부인이 말했다. "그런 다음 난 요리해야 하니까."

"무슨 중요한 일인가요?" 그가 탐문했다. 그러나 그녀가 그에게 아무것도 누설하지 않으리라는 걸 알았다. 그녀는 그의 호기심을 보고, 즐기고는, 침묵했다. 그런 다음 그녀는 그를 내보낼 시간이 왔다고 생각했다.

"난 남 일에 간섭하지 않아요! 프리쉬에게 가보기나 해요!" 그녀가 말했다.

그래서 멘델은 나갔는데, 프리쉬 집에는 들어가지 않겠다고 결심했다. 뭔가 나쁜 일일 수밖에 없었다. 그런 일은 저절로 충분히 일찍 올 것이다. 그는 기다렸다. 그러나 오후가 되자 스코브론넥의 손자 손녀들이 찾아왔다. 스코브론넥 부인은 딸기아이스크림 세 개를 사오라고 그를 보냈다. 두려움에 망설이면서 멘델은 가게로 들어섰다. 다행히 프리쉬는 없었다. 그의 아내가 말했다. "제 남편이 아저씨한테 전해줄 아주 중요한 말이 있어요. 오후에 꼭 오세요!"

멘델은 못 들은 척했다. 그의 심장은 폭풍우처럼 뛰고, 그에게

216

서 도망치려 해서, 그는 두 손으로 심장을 꽉 잡았다. 어쨌든 뭔가 나쁜 일이 그를 위협했다. 그는 진실을 말할 것이다. 프리쉬는 그를 믿을 것이다. 사람들이 그를 믿지 않으면 그는 감옥에 갈 것이다. 이제는 그것도 별 일이 아니다. 그는 감옥에서 죽을 것이다, 추흐노프에서가 아니고.

그는 아이스크림 가게 옆을 떠나지 못했다. 그는 가게 앞에서 위아래로 걸었다. 그는 젊은 프리쉬가 집에 오는 걸 봤다. 더 기다리려고 했지만 그의 발은 스스로 가게로 서둘러 갔다. 그는 날카로운 종소리를 내는 문을 열었다. 그런데 문 닫을 힘을 내지 못해서, 초인종은 끊임없이 시끄럽게 울리고, 멘델은 그 엄청난 소음에 감각이 마비되어 붙박인 채로 있었다. 초인종 소리에 묶여 움직이지도 못하고. 프리쉬가 직접 문을 닫았다. 그래서 멘델은 이제 생긴 고요함 속에서, 프리쉬가 그의 아내에게 말하는 소리를 들었다. "빨리 징어 씨에게 나무딸기 소다수 한 잔!"

얼마나 오랫동안 사람들은 멘델에게 '징어 씨'라고 부르지 않았던가? 그는 이 순간에야 비로소 사람들이 그의 마음을 상하게 하려고 그를 단지 '멘델'이라고 불렀음을 느꼈다. 이건 프리쉬의 나쁜 농담이라고 그는 생각했다. 온 지역 사람들은 이 젊은 남자가 인색하다는 걸 안다. 그는 내가 나무딸기 소다수 값을 지불하지 않으리라는 걸 안다. 나는 그걸 마시지 않겠다.

"고맙소, 고맙소." 멘델은 말했다. "난 아무것도 안 마십니다!"

"저희 호의를 부디 거절하지 마세요." 부인이 미소 지으며 말했다.

"제 호의를 부디 거절하지 마세요." 젊은 프리쉬도 말했다.

그는 멘델을 다리가 가는 무쇠탁자 중 하나로 끌고 가서, 넓은 등나무 안락의자에 눌러 앉혔다. 그리고 자신은 보통 나무의자에 앉아 멘델에게 가까이 다가갔다.

"어젯밤, 징어 씨, 당신도 알다시피 저는 연주회에 갔어요." 멘델의 심장박동이 멈췄다. 그는 안락의자에 등을 기대고 살아남고자 한 모금 마셨다. "그런데……" 프리쉬는 말을 이었다. "저는 정말로 음악을 많이 들었어요. 그렇지만 그런 것은 전에 들어본 적이 없어요! 서른두 명의 음악가들, 상상하시겠어요? 그런데 거의 모두 우리 지역 출신이에요. 그리고 그들은 유다의 멜로디를 연주했어요, 상상하시겠죠? 마음이 따뜻해져서 저는 울었어요, 관객 모두가 울었어요. 그들은 마지막에 '메누힘의 노래'를 연주했어요, 징어 씨, 당신은 축음기로 들어서 아시죠, 아름다운 노래죠?"

그는 도대체 뭘 원하는가? 멘델은 생각했다. "예, 예, 아름다운 노래죠."

"휴식시간에 저는 음악가들한테 갔어요. 꽉 찼어요. 모두들 음악가들한테 몰려갔어요. 이런저런 이가 친구를 찾았어요, 그리고 저도요, 징어 씨, 저도요."

프리쉬는 잠깐 멈추었다. 사람들이 가게로 들어오고, 종이 날카롭게 울렸다.

"저는 찾았어요." 프리쉬가 말했다. "자, 드시죠, 징어 씨! 저는 제 사촌을 찾았어요, 코브노에서 온 베르코비치. 제 삼촌의 아들을요. 우리는 입맞춤을 하고, 얘기를 했어요. 그런데 갑자기 베르코비치가 말했어요. 너는 여기 멘델 징어라는 이름을 가진 노인을 아니?"

프리쉬는 다시 기다렸다. 그러나 멘델 징어는 움직이지 않았다. 그는 어떤 베르코비치가 어떤 늙은 멘델 징어에 관해 물었다는 걸 알게 됐다.

"응," 프리쉬가 말했다. "저는 그에게 추흐노프에서 온 멘델 징어라는 사람을 안다고 대답했어요. 그가 그 사람이야, 베르코비치가 말했어요. 우리 악단 지휘자는 위대한 작곡가이고, 젊고 천재야, 우리가 연주하는 곡은 대부분 그가 만든 거야. 그의 이름은 알렉세이 코삭이고 역시 추흐노프 출신이야."

"코삭?" 멘델이 반문했다. "내 처의 처녀 적 성이 코삭이오. 그는 친척이군요!"

"예, 그런데 코삭이 당신을 찾는 것 같아요. 그는 당신에게 분명히 무슨 말을 전하고 싶어 해요. 그래서 저는 당신에게 당신이 그 말을 들으려는지 물어봐야 해요. 당신이 호텔로 그를 만나러 가시든지, 아니면 제가 베르코비치에게 당신 주소를 써주든지."

멘델에게는 쉽고 동시에 어려운 기분이 들었다. 그는 나무딸기 소다수를 마시고, 안락의자에 등을 기대고 말했다. "고맙소, 프리쉬 씨. 그러나 그건 그리 중요하지 않아요. 코삭은 내가 이미 알고 있는 모든 슬픈 일들을 얘기할 거요. 그런데 그 외에, 난 당신에게 사실 말하고 싶은 게 있어요. 벌써 당신과 상의하려고 생각했지요. 당신 형제가 배표 대리점을 하죠? 나는 집에, 추흐노프에 가려고 해요. 그곳은 이제 러시아가 아니에요. 세상은 변했소. 요즘 배표 한 장에 얼마나 하오? 서류들은 뭐가 있어야 하죠? 당신 형제와 얘기해보세요. 그러나 아무한테고 말하지는 말고요."

"제가 알아볼게요." 프리쉬가 대답했다. "그러나 분명 당신은 그렇게 많은 돈은 없으시죠. 그리고 당신 나이에! 혹시 코삭이 당신에게 뭐라고 말할지도 몰라요! 혹시 그가 당신을 데려갈지도 몰라요! 그는 잠시만 뉴욕에 머물거든요! 제가 당신 주소를 베르코비치에게 줄까요? 왜냐하면, 제가 당신을 아는 바로는, 당신은 호텔로 가지 않을 테니까요!" "안 가오." 멘델이 말했다. "난 거기 가지 않을 거요. 원한다면 그에게 편지를 쓰세요."

그는 일어섰다.

프리쉬는 그를 다시 안락의자에 눌러 앉혔다. "잠깐만요, 징어 씨. 제가 프로그램을 가져왔어요. 여기 코삭의 사진이 있어요." 그리고 그는 가슴에 있는 양복 안주머니에서 커다란 프로그램을 꺼내 펼쳐서 멘델의 눈앞에 들었다.

"멋진 젊은이." 멘델이 말했다. 그는 그 사진을 자세히 보았다. 사진은 낡고, 종이는 더러우며, 그 사진은 아주 작은 분자 수천 개로 해체된 듯 보이는데도, 프로그램으로부터 멘델의 눈앞으로 생생하게 다가섰다. 그는 바로 돌려주려 했지만, 그것을 들고 응시했다. 검은 머리카락 아래 이마는 넓고 하얬다. 매끄럽고 햇볕이 잘 드는 돌 같았다. 눈은 크고 밝아서 멘델 징어를 똑바로 쳐다봤다. 그는 그 눈에서 헤어날 수가 없었다. 그 눈은 그를 기쁘고 가볍게 해줬다, 그렇게 멘델은 믿었다. 그 눈의 영리함이 빛남을 그는 봤다. 그 눈은 늙고 동시에 젊었다. 그 눈동자는 모든 걸 알고 있었고, 세상이 그 속에 비쳤다. 멘델 징어는 이 눈을 보는 순간 자신이 더 젊어지는 것 같았고, 소년이 됐으며, 도대체 아무것도 몰랐다. 모든 걸 이 눈에서 알게 됐음이 틀림없다. 그는 그것들을 이미 봤고, 꿈꾸었다, 어린 소년이었을 때. 오래전, 그가 성경을 배우기 시작했을 때, 그 눈은 예언자들의 눈이었다. 하느님께서 친히 말씀을 건네신 남자들은 이러한 눈을 가진다. 그 눈은 모든 걸 알고 있고, 아무것도 누설하지 않으며, 빛을 품고 있다.

멘델은 오래오래 사진을 들여다보고는 말했다. "당신이 허락한다면, 이걸 집에 갖고 가고 싶군요, 프리쉬 씨." 그리고 그 종이를 접어서 가지고 갔다. 그는 모퉁이로 가서, 그걸 펴서 바라보고는 다시 접어넣었다. 그가 아이스크림 가게에 들어간 후로 오랜 시간이 지난 것 같았다. 코삭의 눈에서 빛나던 그 몇천 년이, 그리고 멘델이 아직 젊어서 예언자들의 얼굴을 상상할 수 있었던 이전 세월이 그 사이에 놓여 있었다. 그는 돌아가서, 악단이 연주를 한 그 연주장을 물어서, 그 안으로 들어가고 싶었다. 그러나 그는 부끄러웠다. 그는 스코브론넥의 가게로 가서 미국에 있는, 그의 아내의 어떤 친척이 그를 찾는다고 말했다. 그리고 프리쉬가 주소를 전하는 걸 허락했다고.

"내일 저녁 우리 집에서 식사하게, 해마다 그런 것처럼." 스코브론넥이 말했다. 첫 번째 부활절 저녁이었다. 멘델은 고개를 끄덕였다. 그는 차라리 그의 뒷방에 머물고 싶었다. 스코브론넥 부인의 삐딱한 시선과 그녀가 멘델에게 수프와 생선을 나눠줄 때의 타산적인 손을 그는 잘 알았다. "이것이 마지막이다" 하고 그는 생각했다. "1년 후 오늘부터 나는 추흐노프에 있게 될 거다, 살아서 아니면 죽어서, 차라리 죽어서."

다음날 저녁, 그는 손님 가운데 첫 번째로 갔지만, 꼴찌로 식탁에 앉았다. 그는 스코브론넥 부인의 마음을 상하게 하지 않으려고 일찍 갔지만, 참석자 가운데 그가 가장 미천함을 보여주려고 늦게 자리에 앉았다. 그들은 벌써 빙 둘러 앉아 있었다, 여주인, 스코브론넥의 두 딸과, 사위들과, 손자 손녀들, 처음 보는 악보점 대리상, 그리고 멘델. 그는 식탁 끝에 앉았다. 식탁을 늘이려고 그 위에는 대패질한 널빤지가 놓여 있었다. 멘델의 걱정은 이제

평화 유지뿐만 아니라 식탁과 그것의 인위적인 연장 사이의 균형
에도 쏠렸다. 그 위에 접시나 수프접시를 놓아야 했으므로, 멘델
은 한 손으로 널빤지 끝을 붙잡았다. 눈처럼 하얀 여섯 개의 두꺼
운 초가, 눈처럼 하얀 식탁보 위 여섯 개의 은촛대 위에서 탔고,
식탁보가 광채를 북돋우어 그 여섯 개의 불꽃을 되받아쳤다. 똑
같은 키의 하얀 은빛 파수꾼들처럼 초들은 스코브론넥 앞에 서
있었다. 하얀 가운을 입고, 하얀 방석 위에 앉아, 쿠션에 기댄 집
주인, 결백한 옥좌 위의 결백한 왕 앞에. 멘델이 같은 옷을 입고,
같은 방식으로 식탁 둘레에 앉은 사람들과 축제를 다스린 것이
얼마나 오래전 일인가? 오늘 그는 등은 굽고, 인생에 실패해, 녹
색으로 희미하게 빛나는 외투를 입고, 맨 끝에 앉아 있다. 참석자
가운데 가장 미천한 자로, 그 고유한 겸손함과 축제의 가련한 받
침대 때문에 생긴 걱정에 휩싸여. 부활절 빵은 눈 덮인 작은 언덕
처럼 하얀 냅킨으로 덮여 있었다. 그 옆에는 즙 많은 녹색 채소,
진홍색 무와 떫고 노란 고추냉이 뿌리가 있고, 유대인들이 이집
트에서 탈출한 보고가 들어 있는 책들이 손님들 앞에 펼쳐져 있
었다. 스코브론넥이 그 전설을 노래하기 시작했다. 그리고 모두
는 그의 말을 따라 하다가, 그와 일치해서 기분 좋은 미소를 짓게
하는 멜로디를 조화롭게 합창으로 불렀다. 항상 보태지고, 하느
님의 동일한 특징들이 항상 나타나는 기적들을 노래로 열거했다.
위대하심, 선하심, 자비하심, 이스라엘을 위한 은총과 파라오에

대한 분노를. 글씨를 읽지 못하고 관습들을 모르는 악보점 대리상까지도 그 멜로디에서 벗어날 수 없었다. 그 멜로디는 모든 새 문장으로 그에게 구애하고, 그를 사로잡고, 부드럽게 껴안아서, 그는 알지도 못한 채로 그 멜로디를 함께 중얼거렸다. 그리고 그 멜로디는 4천 년 전 아끼지 않고 밝은 기적들을 베풀어준 하늘을 향해 심지어 멘델 자신도 온유한 기분이 들게 했고, 온 민족에 베푼 하느님의 사랑으로 멘델을 그의 작은 운명과 거의 화해시킨 듯했다. 멘델 징어, 아직 그는 함께 노래하지 않았다. 그러나 그의 상체는 앞뒤로 움직였다, 다른 사람들의 노래에 맞추어. 그는 스코브론넥의 손자 손녀들이 밝은 목소리로 노래하는 걸 듣고 자신의 아이들의 목소리를 떠올렸다. 그는 또 축제의 식탁에 특별히 높여둔 의자 위에 앉아 어찌할 바 모르던 메누힘을 보았다. 아버지 혼자 노래하는 동안 그의 막내이자 가장 불쌍한 아들을 흘끗 봤고, 그의 멍한 눈에서 귀를 기울이는 빛을 봤으며, 그 어린애가 자기 안에서 나는 소리를 알리고 그가 들은 걸 노래하려고 헛되이 애쓰고 있음을 느꼈다. 이것이, 메누힘이 그의 형들처럼 새 외투를 입고, 적벽돌색 장식이 있는 셔츠의 하얀 옷깃을 축제의 테로서 그의 생기 없는 이중 턱에 둘렀던, 1년 중 유일한 저녁이었다. 멘델이 포도주를 그 앞에 내밀자, 그는 반 잔을 게걸스레 마시고, 숨을 헐떡이고 헉헉거리며, 웃는 것도 아니고 우는 것도 아닌 실패한 시도로 얼굴을 찡그렸다, 누가 그걸 알았으랴.

224

이런 생각을 멘델은 했다, 다른 사람들의 노랫소리에 몸을 흔드는 동안에. 그는 그들이 훨씬 앞서간 것을 보고, 몇 쪽을 건너뛰고 일어나서 구석에 있는 접시들을 치울 준비를 했다. 그가 손을 뗄 때 사고가 나지 않도록 하려는 것이었다. 왜냐하면 붉은 잔에 포도주를 채우고, 예언자 엘리야를 들여보내기 위해 문을 열 시점이 다가왔기 때문이다. 벌써 진홍색 잔은 기다렸고, 여섯 개의 불빛은 그 잔의 불룩 나온 배에 반사되었다. 스코브론넥 부인은 고개를 들고 멘델을 쳐다봤다. 그는 일어나서 신발을 질질 끌며 문 쪽으로 가서 문을 열었다. 스코브론넥은 이제 예언자를 초대하는 노래를 했다. 멘델은 그것이 끝날 때까지 기다렸다. 그는 두 번 발걸음을 하고 싶지 않았기 때문이다. 그런 다음 그는 문을 닫고 다시 앉아서, 주먹으로 식탁 판을 떠받쳤으며, 노래는 계속되었다.

멘델이 자리에 앉고 나서 1분도 되지 않아 누가 문을 두드렸다. 문 두드리는 소리는 모두 들었지만, 그건 착각이라고 생각했다. 이 저녁 친구들은 집에 앉아 있고, 그 지역 골목은 텅 비었다. 이 시간에 방문은 있을 수 없었다. 문을 두드린 건 분명 바람이었다. "멘델" 하고 스코브론넥 부인이 말했다. "당신은 문을 제대로 닫지 않았어요." 그때 다시 한 번 분명하게, 그리고 더 오래 문을 두드리는 소리가 났다. 모두는 움직임을 멈추었다. 초 냄새, 포도주, 익숙지 않은 노란 불빛과 옛 멜로디가 어른들과 아이들로 하여금 어떤 기적에 대한 기대로 차게 해서, 그들의 호흡은 한순간 멈추었다. 그들은 어쩔 줄 모르며 창백하게 서로를 바라보았다. 예언자가 정말로 들어가도 좋은지를 묻는 것은 아닌가 하고 자문하는 듯했다. 그리하여 조용해졌고, 아무도 감히 움직일 엄두를 못 냈다. 마침내 멘델이 움직였다. 다시 한 번 그는 접시를 가운데로 밀었다. 다시 한 번 그는 신발을 질질 끌며 문으로 가서 열었다. 거기 커다란 낯선 남자가 어스름한 복도에 서서 저녁인사를 하고, 들어가도 되는지를 물었다. 스코브론넥이 조금 힘들게 그의 쿠션에서 일어섰다. 그는 문으로 가서 낯선 사람을 눈여겨보고 말했다. "플리즈!" 미국에서 그가 배운 말이었다. 낯선 이가 들어왔다. 그는 거무스름한 외투를 입고, 깃은 높이 세우고, 머리에는 모자를 쓰고 있었다. 분명 그가 우연히 들어온 축제에 대한 경건함에서, 그리고 참석한 모든 남자들이 머리를 덮어쓰고 거기 앉아 있기 때문이었다.

멋진 남자라고 스코브론넥은 생각했다. 그리고 그는 말없이 낯선 이의 외투 단추를 끌렀다. 그 남자는 몸을 숙이고 말했다. "제 이름은 알렉세이 코삭입니다. 죄송합니다. 정말 실례가 많습니다. 추흐노프에서 온 멘델 징어라는 사람이 당신 집에 거처한다고 들었습니다. 저는 그와 이야기하고 싶습니다."

"접니다만." 멘델이 말하고는 손님에게 다가가 고개를 높였다. 그의 이마는 낯선 이의 어깨에 닿았다. "코삭 씨," 멘델이 말을 이었다. "당신 얘기를 들었어요. 친척이더군요."

"옷을 벗고 우리와 같이 식탁에 앉으세요." 스코브론넥이 말했다.

스코브론넥 부인이 일어섰다. 모두 당겨 앉았다. 사람들이 낯선 이에게 자리를 내줬다. 스코브론넥의 사위가 의자를 하나 더 식탁에 갖다놓았다. 낯선 이는 외투를 못에 걸고 멘델 맞은편에 앉았다. 포도주 한 잔이 손님 앞에 놓였다. "부디 멈추지 마세요." 하고 코삭이 부탁했다. "계속 기도하세요."

그들은 계속했다. 비좁은 자리에 손님은 조용히 앉아 있었다. 멘델은 그를 쉬지 않고 바라보았다. 알렉세이 코삭 역시 지치지 않고 멘델 징어를 바라보았다. 그들은 주위에 울려 퍼지다 그들에게 와서 갈라지는 노래에 휩싸인 채 서로 마주보고 앉아 있었다.

다른 사람들 때문에 그들이 아직 이야기를 나눌 수 없다는 것이 두 사람에게는 편했다. 멘델은 낯선 이의 눈을 찾았다. 코삭이 그 눈을 내리깔아서, 노인은 손님에게 눈을 뜨라고 부탁해야만 할 것 같았다. 그 얼굴에 있는 모든 것이 멘델 징어에게는 낯설었고, 테 없는 안경 너머의 눈만이 친숙했다. 그는 고향에 가서 친숙한 창문 뒤에 숨겨진 불빛을 훑어보듯이 그의 눈을 계속해서 훑어봤다. 갸름하고, 창백하고, 젊고, 낯선 얼굴에서 눈만을 찾았다. 얇고 매끄러운 입술은 닫혀 있었다. 내가 그의 아버지라면, 하고 멘델은 생각했다, 그에게 말할 텐데. "알렉세이, 미소를 지으렴." 그는 조용히 주머니에서 프로그램을 꺼내 식탁 밑에서 펼쳤다. 다른 이들을 방해하지 않으려는 생각에서였다. 그리고 그걸 낯선 이에게 건넸다. 그는 그걸 받고 미소 지었다. 잠시 떠오른 엷고 다정한 미소였다.

노래를 다 부른 사람들은 식사를 시작했다. 스코브론넥 부인이 손님 앞으로 뜨거운 수프 한 접시를 놓았고, 스코브론넥 씨가 같이 식사할 것을 권했다. 악보점 대리상은 코삭과 영어로, 멘델이 이해할 수 없는 얘기를 시작했다. 그런 다음 그는 모두에게 코삭이 젊은 천재이고, 뉴욕에는 일주일 더 머물며, 여기 있는 사람들에게 오케스트라 연주회의 무료입장권을 보낼 것이라고 설명했다. 다른 대화들은 진행되지 못했다. 사람들은 축제가 끝날 즈음에 서둘러서 식사를 했고, 두 입 먹을 때마다 낯선 이 또는 주인의 공손한 말이 따랐다. 멘델은 말하지 않았다. 스코브론넥 부인의 마음에 들려고, 그는 다른 사람보다 훨씬 더 빨리 먹었다. 늑장부린다는 핀잔에 어떤 빌미도 주지 않으려고. 모두들 즐겁게 식사를 마치고 끝까지 기적을 열심히 노래했다. 스코브론넥은 리듬을 점점 더 빠르게 했고, 여자들은 그를 따라 부를 수 없었다. 그러나 그는 시편에 이르러, 목소리, 템포, 멜로디를 바꿨는데, 그가 노래하는 말들은 이제 아주 매혹적으로 들려서 멘델조차 모든 연의 끝에 "알렐루야, 알렐루야"를 반복했다. 그가 머리를 흔들자 긴 수염이 펼쳐진 책장을 스치고 바스락거리는 소리가 은근하게 들렸다. 멘델의 입이 아주 아껴서 찬양하므로, 멘델의 수염이 기도에 참여하려는 듯.

이제 그들은 막바지에 이르렀다. 초는 반까지 탔고, 식탁은 매끄럽고 엄숙하지 않았으며, 얼룩과 먹다 남은 음식이 하얀 식탁보 위에 남았다. 스코브론넥의 손자 손녀들은 벌써 하품을 했다. 사람들은 책의 끝에서 멈췄다. 스코브론넥이 고양된 목소리로 오래 전해 내려온 바람을 말했다. "내년에 예루살렘에서!" 모두들 이 말을 따라 하고, 책을 덮고, 손님에게 몸을 돌렸다. 이제 멘델이 방문객에게 물어볼 차례가 왔다. 노인은 헛기침을 한 번 하고 미소를 지으며 말했다. "자, 알렉세이 씨, 나한테 무슨 얘기를 하고 싶은가요?"

크지도 작지도 않은 목소리로 낯선 이는 말을 시작했다. "제가 당신의 주소를 알았더라면, 당신은 오래전에 제 소식을 들으셨을 거예요, 멘델 징어 씨. 그러나 전쟁이 끝났을 때에는 주소를 아는 사람이 없었어요. 빌레스의 사위, 그 악사는 티푸스로 죽었고, 추흐노프의 당신 집은 텅 비었어요. 빌레스의 딸이 당시 두브노에 살던 부모 집으로 피신했었거든요. 그리고 추흐노프 당신 집에는 오스트리아 군인들이 살았어요. 그래서 저는 전쟁 후 여기 있는 제 매니저에게 편지를 썼는데, 그는 좀 영리하지 못해서, 당신을 찾을 수 없다고 편지를 보내왔더군요."

"빌레스의 사위는 참 안 됐군!" 멘델이 말했다. 그리고 메누힘을 생각했다.

"그리고 이제 기쁜 소식이 있어요." 코삭이 계속 말했다. 멘델은 고개를 들었다. "제가 빌레스 노인한테서 당신 집을 샀어요. 증인들이 보는 앞에서, 공시지가를 근거로 해서요. 그 돈을 당신한테 지불하고 싶어요."

"얼마나 됩니까?" 멘델이 물었다.

"300달러! 코삭이 말했다.

멘델은 수염을 잡고 떨리는 손가락으로 쓰다듬었다. "고맙습니다!"

"그리고 당신 아들 요나스에 관한 건데요." 코삭이 말을 이었다. "그는 1915년 후로 실종됐어요. 아무도 그에 관해 뭔가를 말하지 못했어요. 페테르부르크, 베를린, 빈, 스위스의 적십자에서도. 저는 여기저기 다 문의했고 또 알아보게도 했어요. 그런데 두 달 전에 모스크바에서 온 젊은 남자를 만났어요. 그는 망명자로서 막 폴란드 국경을 넘어왔는데, 당신도 알다시피 추흐노프는 이제 폴란드에 속하거든요, 그런데 이 젊은이는 요나스의 연대동료였대요. 그는 요나스가 살아 있으며 백군의 근위병 군대에서 싸운다는 얘기를 전에 우연히 들었다고 말했어요. 이제는 그에 대해 뭔가를 알아내는 일이 분명히 어려워졌어요. 그러나 아직 희망을 포기해서는 안 돼요."

멘델은 메누힘에 대해 물어보고자 막 입을 열려고 했다. 그러나 멘델의 질문을 미리 예견하고, 슬픈 대답이 확실하다고 간주하고, 이 저녁에 우울한 대화를 피하려고 아니면 적어도 미루려고 애쓰는 그의 친구 스코브론넥이 노인에 앞서 말했다. "자, 코삭 씨. 당신과 같은 훌륭한 분을 우리 집에서 맞는 기쁨을 가졌으니, 당신의 삶에 대한 얘기로 또 우리들을 기쁘게 해주시겠지요? 전쟁, 혁명, 그리고 모든 위험들을 어떻게 견뎌냈습니까?"

낯선 이는 분명 이 질문을 기대하지 않았다. 바로 대답하지 않았기 때문이다. 그는 부끄러워하거나 심사숙고해야만 하는 사람처럼 눈을 내리깔았다. 한참 후에야 그는 대답했다. "저는 특별한 일을 전혀 겪지 않았어요. 아이였을 때 전 오래 아팠고, 제 아버지는 멘델 징어 씨처럼 가난한 교사였어요(지금은 친척관계에 대해서 자세히 설명할 때가 아니다). 요약해서 말하면, 제 병 때문에, 그리고 우리는 가난했기에, 저는 대도시로, 국립 의학 연구소로 갔어요. 사람들은 저한테 잘 해줬고, 한 의사는 특히 절 좋아했어요, 저는 건강해졌고, 그리고 그 의사는 저를 자기 집에 데리고 갔어요." 여기서 코삭은 목소리와 머리를 낮추었고, 그래서 그가 마치 식탁에 대고 말하는 것처럼 되어서, 모두는 그의 말을 잘 들으려고 숨을 멈췄다. "거기서 저는 어느 날 피아노에 앉아 제 자신의 노래들을 외워서 연주했어요. 그리고 의사 부인이 제 노래의 악보를 적었어요. 전쟁은 저의 행운이었어요. 저는 군악대에 가서 악단 지휘자가 되어, 전쟁 내내 페테르부르크에 머물렀고 황제 앞에서도 몇 번 연주했어요. 제 악단은 저와 함께 혁명 후 외국으로 갔어요. 몇몇은 떨어져 나가고, 몇몇은 새로 들어오면서, 런던에서 연주회 에이전트와 계약을 맺었어요. 이렇게 해서 제 오케스트라가 생겼지요."

그리고 손님은 오랫동안 아무 말도 하지 않았다. 그렇지만 모두는 아직도 귀를 기울였다. 그의 말은 방에서 떠돌다가, 지금에서야 이런저런 이에게 와 닿았다. 코삭은 유대인의 은어를 불완전하게 구사했으며, 반쪽 러시아 문장들을 섞어 말해서, 스코브론넥 가족과 멘델은 그 문장들을 전체 문맥 속에서야 비로소 이해했다. 어릴 적 미국에 온 스코브론넥의 사위들은 반만 이해를 해서 자기 아내들에게 통역을 부탁했다. 악보점 대리상은 코삭의 전기를 되풀이해 읊었다. 초는 촛대에서 짧은 토막으로 간신히 탔고, 방은 어두워졌으며, 손자 손녀들은 작은 머리를 비스듬히 기댄 채 안락의자에서 잠들었다. 그러나 아무도 가려 하지 않았고, 심지어 스코브론넥 부인은 새 초 두 개를 가져와서 옛 토막에 붙였다. 이렇게 해서 저녁은 새롭게 시작되었다. 멘델 징어에 대한 그녀의 옛 존경심이 깨어났다. 훌륭한, 황제 앞에서 연주했던, 새끼손가락에 독특한 반지를 끼고, 넥타이에는 진주가 달리고, 좋은 유럽산 옷감(그녀는 그것에 대해 잘 알았는데, 그녀의 아버지가 포목상이었기 때문이다)으로 만든 양복을 입은 이 손님, 이 손님은 멘델과 함께 가게의 뒷방으로 갈 수는 없었다. 나아가 그녀는 남편을 놀라게 하는 말을 했다. "징어 씨! 오늘 저희 집에 잘 오셨어요. 평소……" 그리고 그녀는 코삭에게 몸을 돌렸다. "저분은 아주 겸손하고 상냥해서 저의 모든 초대를 거절해요. 그렇지만 그는 우리 집에서는 가장 나이 많은 아이 같아요." 스코브론넥이 그녀가 말하는 중간에 끼어들었다. "차를 더 끓여줘요!" 그리고 그녀가 일어서는 동안 코삭에게 말했다. "우리 모두는 당신 노래를 이미 오래전에 알고 있어요. '메누힘의 노래'는 당신 곡이죠?"

"예," 하고 코삭이 말했다. "그건 제 곡이에요." 이 질문에 그는 기분이 좋지 않은 것 같았다. 그는 멘델 징어를 보고 물었다. "당신 부인은 죽었습니까?" 멘델이 고개를 끄덕였다. "그리고 제가 알기로는, 당신은 딸이 하나 있으시죠?" 멘델 대신 이제 스코브론넥이 대답했다. "유감스럽게도 그녀는 어머니와 오빠 샘의 죽음으로 정신을 놓아서 치료시설에 있습니다." 낯선 이는 다시 머리를 숙였다. 멘델은 일어섰다.

그는 메누힘에 대해 물어보고 싶었지만 그럴 용기가 없었다. 벌써 대답을 알고 있었으니까. 그는 자신이 손님의 처지가 되어 스스로 대답했다. "메누힘은 벌써 오래전에 죽었어요. 그는 비참하게 죽었어요." 그는 이 문장을 가슴에 새겼고 고뇌를 앞당겨 맛보았다. 이 말이 정말로 울려 퍼진다면 그때 평온을 유지하기 위해서였다. 그러고도 가슴 속 깊이 희미한 희망이 싹트는 것을 느껐으므로, 그는 그것을 죽이려 했다. "메누힘이 살아 있다면, 그렇다면 저 낯선 이는 처음에 바로 얘기했을 거야. 아니야! 메누힘은 벌써 오래전에 죽었어. 지금 나는 물어볼 거야, 이 어리석은 희망이 끝나도록!" 그러나 그는 아직도 묻지 못했다. 스코브론넥 부인이 부엌에서 차를 끓이느라 달그락거리는 소리가 그를 멈추게 만들었다. 그는 습관대로 주부를 도우려고 방을 떠났다.

그러나 부인은 그를 방으로 돌려보냈다. 그는 300달러와 고귀한 친척이 있다. "멘델 씨, 이 일은 당신에게 합당하지 않아요." 그녀가 말했다. "당신 손님을 혼자 있게 하지 마세요!" 게다가 일도 이미 끝낸 뒤였다. 그녀는 찻잔이 담긴 넓은 쟁반을 들고 방으로 들어섰고, 멘델이 뒤따랐다. 차에서 김이 올라왔다. 멘델은 드디어 메누힘에 대해 물어볼 결심을 했다. 스코브론넥 역시 이 질문을 더는 미룰 수 없다고 느꼈다. 차라리 그가 직접 물어야 했다. 그의 친구 멘델에게, 대답이 줄 아픔에다가 물어보는 고통까지 짊어지게 할 필요는 없었다.

"내 친구 멘델은 메누힘이라는 불쌍한 병든 아들이 또 있었습니다. 그는 어떻게 됐습니까?"

낯선 이는 다시 대답하지 않았다. 그는 찻숟가락으로 찻잔 바닥을 휘젓고, 설탕을 으깨고, 차에서 대답을 읽어내려는 듯이 담갈색 잔을 봤으며, 아직도 숟가락을 엄지손가락과 집게손가락 사이에 든 채, 가느다란 갈색 손을 천천히 움직였다. 그러고는 드디어, 뜻밖에도 큰 소리로, 갑자기 결심한 듯이 말했다.

"메누힘은 살아 있어요!"

그건 대답처럼 들리지 않는다, 그건 외침처럼 들린다. 바로 멘델 징어의 가슴에서 웃음이 터져 나온다. 모두 깜짝 놀라서 꼼짝 못하고 노인을 본다. 멘델은 안락의자에 등을 대고 앉아 몸을 흔들며 웃는다. 그의 등은 굽어서 등받이에 닿지 않는다. 등받이와 멘델의 늙은 고개 사이에는(숱이 적은 흰머리는 외투의 낡은 옷깃 위에서 잔물결로 일었다) 넓은 간격이 있다. 멘델의 긴 수염은 격렬하게 움직여 하얀 깃발처럼 펄럭거리고 또한 웃는 듯하다. 멘델의 가슴에서 울리는 소리와 킥킥거리는 소리가 나온다. 모두는 깜짝 놀라고, 스코브론넥이 부푼 쿠션에서 조금 힘들게 일어나, 길고 하얀 가운의 방해를 받으며 식탁을 모두 돌아 멘델에게 가서, 그에게 몸을 숙이고 두 손으로 멘델의 손을 잡는다. 그때 멘델의 웃음은 울음으로 변하고, 그는 흐느껴 운다. 늙고 반은 감긴 눈에서 눈물이 흘러나와 거칠게 자란 수염으로, 구레나룻 속으로 사라지고, 다른 눈물은 오래 투명한 물방울처럼 둥글게, 그리고 꽉 차서 머리카락에 매달려 있다.

드디어 멘델이 조용해진다. 그는 코삭을 똑바로 바라보며 말한다. "메누힘이 살아 있어요?"

낯선 이는 멘델을 조용히 바라보며 말한다. "메누힘은 살아 있고 건강할 뿐 아니라, 잘 지내고 있어요!"

멘델은 손을 포개어 그가 할 수 있는 한 높이 든다, 천장을 향해. 그는 일어서고 싶다. 그는 지금 일어서야 한다는 느낌을 가진다. 똑바로 되고, 자라고, 아주 커지고, 집 위로, 그래서 손으로 하늘을 만지리라. 그는 포갠 손을 더는 펼 수 없다. 그는 스코브론넥에게 시선을 준다. 그리고 오랜 친구는 그가 지금 멘델을 대신해 뭘 물어야 할지 안다.

"메누힘은 지금 어디 있습니까?" 스코브론넥이 묻는다.

그러자 천천히 알렉세이 코삭이 대답한다.

"제가 바로 메누힘입니다."

갑자기 모두들 앉은 자리에서 일어서고, 잠들었던 아이들은 깨어 울음을 터뜨린다. 멘델이 아주 격렬하게 일어서서 그의 뒤에 있는 의자는 쾅하며 넘어진다. 그는 걸어간다, 그는 급히 걸어간다, 그는 서두른다, 그는 앉아 있는 유일한 사람인 코삭에게 껑충껑충 뛰어간다. 방에는 커다란 소동이 일어난다. 촛불은 바람에 나부끼는 것처럼 펄럭이며 탄다. 벽에는 서 있는 사람들의 그림자가 펄럭인다. 멘델은 앉아 있는 메누힘 앞에 쓰러진다. 그는 불안한 입과 흩날리는 수염으로 아들의 손을 찾는다. 그의 입술은 부딪치는 곳마다 입맞춤한다. 무릎에, 허벅지에, 메누힘의 조끼에. 멘델은 다시 일어나 손을 들고, 장님이 된 것처럼 격렬하게 손가락으로 아들의 얼굴을 더듬기 시작한다. 무디고 늙은 손가락이 메누힘의 머리카락, 매끄럽고 넓은 이마, 안경의 차가운 유리

알, 얇은 닫힌 입술을 스친다. 메누힘은 조용히 앉아서 움직이지 않는다. 그 자리에 있는 모든 사람들은 메누힘과 멘델을 둘러싸고, 아이들은 울고, 초는 펄럭이며, 벽의 그림자는 진한 구름으로 뭉친다. 아무도 말하지 않는다.

드디어 메누힘의 목소리가 울려 퍼진다. "아버지, 일어나세요!" 그는 말하고, 멘델을 팔로 부축하고, 그를 아이처럼 높이 들어 무릎에 앉힌다. 다른 사람들은 다시 멀어진다. 지금 멘델은 아들의 무릎에 앉아, 둘러선 이의 얼굴들을 보며 미소 짓는다. 그는 속삭인다. "고통은 그를 현명하게 만든다, 추함은 선하게, 고뇌는 온유하게, 그리고 병은 강하게." 데보라가 그렇게 말했다. 그는 아직도 그녀의 목소리를 듣는다. 스코브론넥이 식탁을 떠나 가운을 벗고, 외투를 입으며 말한다. "금방 다시 오겠네!" 스코브론넥은 어디로 가는가? 아직 늦지 않았다, 겨우 열한 시다. 친구들은 아직도 식탁에 앉아 있다. 그는 집에서 집으로 간다, 그로쉘, 멩케스, 로텐베르크에게. 모두들 식탁에 보인다. "기적이 일어났네! 우리 집에 와서 그걸 보게!" 그는 셋 모두를 멘델에게 데리고 온다. 도중에 그들은 손님들과 함께 가는 렘멜의 딸과 마주친다. 그들은 그녀에게 멘델과 메누힘 이야기를 한다. 아내와 함께 산책하는 젊은 프리쉬도 그 새로운 소식을 듣는다. 그러니까 몇 사람은 무슨 일이 일어났는지 알게 된다. 아래 스코브론넥 집 앞에 메누힘이 타고 온 자동차가 증거로 서 있다. 사람들은 창문을 열고 그것을 본다. 멩케스, 그로쉘, 스코브론넥과 로텐베르크가 집 안으로 들어선다. 멘델은 그들 쪽으로 걸어가 말없이 손을 꽉 쥔다.

모든 이들 중에 가장 사려 깊은 멩케스가 말을 시작했다. "멘델, 우리는 행복 속에 있는 자네를 보러왔네, 불행 속에 있는 자네를 봤듯이. 자네가 얼마나 운명의 타격을 받았는지 기억하는가? 우리는 자네를 위로했지만, 그것이 헛됨을 알았네. 이제 자네는 살아 있는 몸으로 기적을 체험하네. 우리가 자네와 더불어 슬퍼했듯이, 오늘 우리는 자네와 함께 기뻐하네. 영원하신 분께서 행하시는 기적은 위대하기는 마찬가지네, 오늘날에도, 몇 천 년 전과 똑같이. 그분의 이름은 찬미 받으소서!"

모두들 서 있었다. 스코브론넥의 딸들, 아이들, 사위들과 악보점 대리상은 벌써 겉옷을 입고 작별인사를 했다. 멘델의 친구들은 앉지 않았다. 단지 짧게 축하를 해주러 왔기 때문이다. 그들 모두보다 더 작고, 등은 굽고, 초록빛으로 어른거리는 외투를 입은 멘델은 그들 가운데 서 있었다, 초라하게 차려입은 왕처럼. 그는 그들의 얼굴을 보려면 몸을 쭉 뻗어야 했다. "자네들에게 감사하네. 자네들 도움이 없었다면 나는 이 시간을 체험하지 못했을 거네. 내 아들을 보게!" 친구들 중 누군가가 메누힘을 충분히 보지 못했기라도 한 듯, 그는 손으로 메누힘을 가리켰다. 그들의 눈은 양복천, 비단 넥타이, 진주, 가느다란 손과 반지를 짚었다. 그들

238

은 말했다. "고귀한 젊은이! 특별한 사람임을 보면 알겠네!"

"나는 집이 없다." 멘델은 아들에게 말했다. "네가 아버지한테 왔는데 너를 어디에 재워야 할지 모르겠다."

"아버지, 제가 아버지를 모셔가고 싶어요." 아들이 대답했다. "저는 아버지가 가셔도 되는지 모르겠어요. 명절이니까요."

"가도 되고말고." 모두 이구동성으로 말했다.

"나는 너와 함께 가도 된다고 생각한다." 멘델이 말했다. "무거운 죄를 나는 지었는데, 주님께서는 눈감아주셨다. 나는 그분을 경찰서장이라고 불렀다. 그분께서는 귀를 막으셨다. 그분께서는 아주 크셔서 우리들의 나쁜 짓은 아주 작아진다. 나는 너와 함께 가도 된다."

자동차로 떠나는 멘델을 모두가 배웅했다. 이 창문 저 창문에서 이웃들이 서서 아래를 내려다봤다. 멘델은 열쇠를 가져와서 가게 문을 다시 열고, 뒷방으로 가서 붉은 벨벳 자루를 못에서 내렸다. 그는 입으로 바람을 만들어 자루에 앉은 먼지를 털어내고, 롤 셔터를 내려 잠그고, 스코브론넥에게 열쇠를 주었다. 그는 팔에 자루를 끼고 자동차에 올라탔다. 모터가 털털거렸다. 전조등이 환하게 비추었다. 이 창문 저 창문에서 외치는 소리가 났다. "멘델, 안녕히 가세요." 멘델 징어는 멩케스의 소매를 잡고 말했다. "내일 기도할 때, 내가 가난한 이들을 위해 300달러를 기부한다고 알려주게. 잘 있게!"

그리고 그는 아들 옆에 앉아 브로드웨이 44번지 애스터 호텔
로 갔다.

16

허약하고, 등은 굽고, 초록빛으로 어른거리는 외투를 입고, 붉은 벨벳 자루를 팔에 끼고, 멘델 징어는 홀에 들어서서, 전깃불, 금발의 수위, 현관으로 올라가는 계단 앞에 있는 미지의 신의 흉상과 그에게서 자루를 받아들려고 하는 흑인을 보았다. 그는 엘리베이터를 타고 그의 아들 옆에 있는 거울을 봤다. 그는 어지러워서 눈을 감았다. 그는 벌써 죽었고, 하늘을 두둥실 떠다녔으며, 그건 끝이 없었다. 아들이 그의 손을 붙잡았고, 엘리베이터가 멈췄다. 멘델은 소리 나지 않는 양탄자 위로 긴 복도를 걸어갔다. 방에 서자 그는 비로소 눈을 떴다. 습관대로 그는 창가로 걸어갔다. 그때 그는 처음으로 미국의 밤을 가까이에서 봤다. 붉게 물든 하늘, 불타고, 흩날리고, 뚝뚝 떨어지고, 휘황하게 빛을 내는, 빨간, 파란, 녹색의, 은빛의, 황금빛 철자들, 그림들과 기호들을. 그는 미국의 시끄러운 노래를 들었다. 경적을 울려대는 소리, 웅웅 퍼지는 소리, 벨 울리는 소리, 끽끽거리는 소리, 삐걱거리는 소리, 호각 소리와 울부짖는 소리를. 멘델이 기댄 창문 맞은편에서 5초마다 한 번씩 소녀의 웃는 얼굴이 나타났다. 순전히 번쩍이는 불꽃과 점들로 구성되어서, 열린 입 속의 눈부신 이는 녹은 은 조각으로 구성되어서. 거품을 내며 넘치는 홍옥색 우승배가 이 얼굴을 향해 떠 있고, 저절로 넘어져 내용물을 소녀의 열린 입에 붓고는 사라졌다. 그러고 나서는 또 홍옥색으로 채워져서 하얀 거품을 흘리며 나타났다. 그것은 새 레모네이드의 광고였다. 멘델은 밤의 행복과 황금빛 건강의 가장 완벽한 표현인 그것을 보고 감탄했다. 그는 미소 지으며 그 광경이 몇 차례 왔다가 사라지는 것을 보고 다시 방 쪽으로 돌아섰다. 거기에는 하얗게 펼쳐진 그의 잠자리가 있었다. 메누힘은 흔들의자에 앉아 있었다.

"오늘 나는 자지 않겠다." 멘델이 말했다. "잠자리에 누워라, 나는 네 곁에 앉아 있겠다. 구석에서 너는 잤다, 추흐노프에서, 화덕 옆에서."

"저는 어떤 날을 잘 기억해요." 메누힘이 입을 열며 안경을 벗었다. 그래서 멘델은 그의 아들의 맨눈을 봤는데, 슬프고 피곤해 보였다. "저는 어느 날 오전을 기억하는데, 해는 아주 밝고, 방은 텅 비었어요. 그때 아버지가 오셔서, 저를 높이 들어 올려요. 저는 식탁 위에 앉아 있고, 아버지는 숟가락으로 유리잔을 두드리세요. 그건 경이로운 울림이었어요. 전 그러고 싶었는데, 지금은 그걸 작곡해서 연주할 수 있을 거예요. 그런 다음 아버지는 노래하세요. 그런 다음 종들이 울려요, 아주 오래된 종들이, 커다랗고 묵직한 숟가락처럼 거대한 유리잔들을 두드려요."

"계속해, 계속하렴." 멘델이 말했다.

그 또한 데보라가 카프투락에게 가려고 집을 나가던 날을 잘 기억했다. "이것이 옛날 일로 기억하는 유일한 거예요! 그 다음은 빌레스 사위, 바이올린 주자가 연주하던 때예요. 매일, 제 생각에는 매일, 그는 연주해요. 그가 연주를 멈춰도, 전 늘 그의 연주를 들어요. 온종일, 밤새."

"계속해, 계속하렴!" 멘델이 재촉했다. 그의 학생들을 공부하도록 격려하던 때의 어조로.

"그런 다음엔 오랫동안 아무 일도 없어요! 그러다 어느 날 저는 커다란, 붉고 파란 불길을 봐요. 저는 바닥에 엎드려요. 저는 문으로 기어가요. 갑자기 누가 저를 번쩍 들어 올려서 밀고, 저는 달려요. 저는 밖에 있고, 사람들이 골목의 다른 쪽에 서 있어요. 불이야! 제 안에서 외침소리가 나와요!"

"더, 더!" 멘델이 재촉했다.

"저는 더 아는 바가 없어요. 나중에 사람들이 제게 말했어요. 저는 오래 아팠고 의식불명이었대요. 저는 페테르부르크에서의 시간을 비로소 기억해요. 하얀 복도, 하얀 침대, 침대에 있는 많은 아이들, 풍금이나 오르간이 연주돼요, 그리고 저는 큰 소리로 따라서 노래해요. 그런 다음 저를 의사가 차에 태워 집으로 데려가요. 어떤 커다란 금발 여자가 하늘색 원피스를 입고 피아노를 쳐요. 그녀가 일어나요. 저는 건반으로 가요. 제가 그걸 만지면 소리가 나요. 갑자기 저는 오르간의 노래를 연주해요. 그리고 제가 부를 수 있는 모든 것을."

"더, 더!" 멘델이 재촉했다. "저는 이 며칠보다 더 중요한 건 아무것도 알지 못해요. 저는 어머니를 기억해요. 어머니 곁은 따뜻하고 부드러웠어요. 제 생각에, 어머니는 목소리가 아주 낮았고 얼굴은 아주 크고 둥글었어요, 온 세상만큼이나."

"더, 더!" 멘델이 말했다. "미르얌, 요나스, 쉐마르야는 기억안 나요. 그들에 대해서는 훨씬 뒤에야 들었어요, 빌레스의 딸을 통해서."

멘델은 한숨을 쉬었다. "미르얌" 하고 그는 반복했다. 그녀는 그 앞에 서 있었다. 황금빛 노란 목도리를 두르고, 검푸른 머리카락을 늘어뜨리고, 민첩하고 가볍게, 어린 가젤영양. 그의 눈을 그녀는 가졌다. "아버지가 나빴다." 멘델이 말했다. "난 너를 나쁘게 다루었다. 그리고 그 애도. 이제 그 애를 잃어버렸다. 어떤 의학도 그 애를 도울 수 없어."

"우리는 누나한테 갈 거예요." 메누힘이 말했다. "저는, 아버지, 저는 낫지 않았나요?"

그렇다, 메누힘의 말이 옳았다. 인간은 만족하지 못한다고 멘델은 생각했다. 지금 막 기적 하나를 체험했는데, 그는 벌써 다음 기적을 보고 싶어 한다. 기다려라, 기다려라, 멘델 징어! 자, 봐라, 메누힘이, 그 불구자가 무엇이 됐는지를. 그의 손은 날씬하고, 그의 눈은 지혜롭고, 그의 뺨은 부드럽다.

"아버지, 가서 주무세요!" 아들이 말했다. 그는 바닥에 앉아 멘델 징어의 오래된 장화를 벗겼다. 그러고는 찢어지고 가장자리가 톱니 모양인 구두바닥, 기운 구두의 노란 가죽, 해진 다리 부분, 구멍이 숭숭 뚫린 양말, 밑단이 풀려 너덜너덜한 바지를 바라보았다. 그는 노인의 옷을 벗기고 침대에 눕혔다. 그런 다음 방을 나가서는 트렁크에서 책 한 권을 가지고 아버지에게 돌아와, 침대 옆 흔들의자에 앉아 작은 초록색 등불을 켜고 읽기 시작했다. 멘델은 자는 척했다. 그는 눈꺼풀 사이의 좁은 틈으로 깜박이며 쳐다봤다.

그의 아들은 책을 옆으로 치우고 말했다. "아버지, 미르얌 누나 생각을 하시는군요! 우리는 누나를 찾아갈 거예요. 제가 의사들을 부르겠어요. 사람들이 누나를 낫게 해줄 거예요. 누나는 아직 젊어요! 주무세요!"

멘델은 눈을 감았지만 잠들지는 않았다. 그는 미르얌 생각을 하고, 세상의 낯선 소음들을 들으며, 감은 눈꺼풀을 통해 밝은 하늘의 밤의 불꽃들을 느꼈다. 그는 잠자지 않았지만 기분이 좋았

고 푹 쉬었다. 깨어 있는 머리로 잠자리에 누워 그는 아침을 고대
했다.

아들은 그를 목욕시키고, 옷을 입히고, 자동차에 앉혔다. 그들
은 시끄러운 거리를 지나 오래 달렸다. 마침내 도시를 벗어나자
싹이 움튼 나무들이 길가에 서 있는 넓고 긴 길이 나왔다. 모터는
밝게 흥얼거렸고, 멘델의 수염은 바람에 날렸다. 그는 말없이 앉
아 있었다.

"아버지, 어디로 가는지 알고 싶으세요?" 아들이 물었다.

"아니다!" 멘델이 대답했다. "아무것도 알고 싶지 않다! 네가
어디로 가든 좋아."

그리고 그들은 부드러운 모래는 노랗고, 먼 바다는 푸르고, 집
들은 하얀 세상에 이르렀다. 이 하얀 집들 중 어떤 집 앞에 있는
테라스에, 작은 하얀 테이블에 멘델 징어는 앉았다. 그는 밤색 차
를 소리 내어 마셨다. 그의 굽은 등에 올해의 첫 번째 따스한 햇살
이 비추었다. 지빠귀들이 가까이 깡충깡충 뛰어왔다. 그들의 벗
들은 그동안 테라스 앞에서 피리 소리로 울었다. 바닷물은 부드
럽게 철썩이면서 해변으로 밀려왔고, 담청색 하늘에는 작은 하얀
구름이 떠 있었다. 이런 하늘 아래서는 요나스가 다시 나타나고,
미르얌이 집에 돌아온다고 믿는 게 멘델에게는 마땅했다. "세상
의 모든 여자들보다 더 아름답게." 그는 속으로 인용했다. 그 자
신 멘델 징어는, 말년에 좋은 죽음을 맞을 것이었다, 많은 손자 손

녀들에게 둘러싸여, 그리고 욥기에 씌어 있는 대로, "늘그막까지 수를 다하고." 그는 낡은 비단 모자를 벗고 늙은 자신의 머리에 햇볕을 쪼이고 싶은 이상한, 또한 금지된 욕망을 느꼈다. 그리고 그의 생애 처음으로 멘델 징어는 자유의지로 머리를 드러냈다, 관청에서만 하던 대로, 그리고 목욕할 때에만. 그의 대머리에 드문드문 난 곱슬머리가 봄바람에 날렸다, 이상한 여린 식물처럼.

그렇게 멘델 징어는 세상에 인사했다.

갈매기 한 마리가 하늘의 은빛 나는 총알처럼, 테라스의 천막 지붕 밑에 부딪쳤다. 멘델은 그 갈매기의 가파른 비행과 그가 파란 창공에 남긴 희미한 하얀 흔적을 바라보았다.

그때 아들이 말했다.

"다음 주에 저는 샌프란시스코에 가요. 돌아오는 길에 우리는 열흘 더 시카고에서 연주해요. 아버지, 제 생각에 우리는 4주 후에는 유럽으로 갈 수 있어요!"

"미르얌은?"

"오늘 안에 제가 누나를 보고, 의사들과 얘기할 거예요. 모든 일이 잘 될 거예요. 우린 아마 누나를 데리고 갈지도 몰라요. 누나는 아마 유럽에서 건강해질지도 몰라요!"

그들은 호텔로 돌아왔다. 멘델은 아들 방으로 갔다. 그는 피곤했다. "소파에 누우세요, 잠시 주무세요." 아들이 말했다. "두 시간 후에 여기로 다시 올게요!"

멘델은 순종하여 누웠다. 그는 그의 아들이 어디에 갈지 알았다. 그는 누나에게 간다. 그는 놀라운 사람이고, 축복이 그의 위에 깃들었다. 그는 미르얌을 건강하게 만들 것이다.

멘델은 작은 화장대 위 녹 빛깔 액자에 든 커다란 사진을 보았다. "그 사진을 나한테 다오!" 그는 부탁했다.

그는 그것을 오랫동안 들여다보았다. 밝은 원피스, 낮처럼 밝은 원피스를 입은 젊은 금발 여자였는데, 그녀는 정원에 앉아 있고, 바람이 그 정원을 가로질러 화단 가장자리의 덤불을 움직였다. 여자아이 하나와 남자아이 하나가 당나귀가 매여 있는 작은 마차 옆에 서 있었다. 그 마차들은 많은 정원에서 장난감 마차로 이용되는 것이었다.

"하느님께서는 이들을 축복하소서!" 멘델이 말했다.

아들은 가고 아버지는 소파에 남았다. 그는 사진을 천천히 조심스럽게 자기 옆에 놓았다. 그의 피로한 눈은 방을 가로질러 창문을 배회했다. 깊이 파묻힌 소파에서 그는 잘게 토막 난 구름 없는 하늘의 단면을 볼 수 있었다. 그는 다시 한 번 사진을 눈앞으로 가져왔다. 거기에 그의 며느리, 메누힘의 아내가 있었고, 거기에 손자 손녀, 메누힘의 아이들이 있었다. 여자아이를 더 자세히 들여다보면서 그는 데보라의 어릴 적 사진을 보고 있다고 생각했다. 데보라는 죽었을지라도 낯선 저세상의 눈으로 이 기적을 체험할지도 모른다. 감사하며 멘델은 그가 전에 맛보았던 그녀의 젊은 온기, 그녀의 붉은 뺨, 사랑의 밤의 어둠 속에서 빛나던 반만 뜬 그녀의 눈, 가느다란 유혹적인 빛을 기억했다. 죽은 데보라!

그는 일어서서 안락의자를 소파 옆으로 당기고, 사진을 안락의자 위에 놓고 다시 누웠다. 서서히 눈이 감기는 동안, 그의 눈은 하늘의 모든 파란 쾌청함을 잠 속으로 옮겼다, 그리고 새 아이들의 얼굴도. 사진의 갈색 배경에서 요나스와 미르얌이 나타나 그들 옆에 자리 잡았다. 멘델은 잠이 들었다. 그리고 그는 진한 행복과 위대한 기적들을 체험한 후 휴식에 들었다.

독일 유학 시절 나타샤라는 친구한테서 요제프 로트의 소설 《욥-어느 평범한 남자의 이야기》를 선물로 받았다. 그리고 가톨릭 세례를 받고 난 후 이 책에 관심을 갖고 번역하고 싶다는 생각이 들었다.

이 책은 현대적 욥의 이야기로서 아주 생생하고 시적이며 성담聖譚적인 어조로 경건한 교사 멘델 징어와 그의 아내, 세 아들, 그리고 딸에 관한 이야기를 하고 있다. 주인공 멘델 징어는 미국으로 이주를 한 후 그곳에서 많은 불행을 겪고 하느님께 등을 돌리지만, 나중에 불구자 아들 메누힘의 놀라운 치유를 통해 결국 하느님께로 돌아온다. 멘델 징어는 거의 모든 것을 잃었는데, 기적을 통해 거의 모든 것을, 그리고 훨씬 더 많이 돌려받는다. 한 편의 동화, 고통과 결핍이 결코 무의미한 것이 아님을 하느님께서 가르치고자 하신 욥의 치유사이다.

우리는 살아가면서 욥-멘델 징어가 겪은 것처럼 예기치 않은 일들을 당한다. 이러한 운명의 타격을 받았을 때 우리는 묻게 된다. 왜 나한테 이런 일이 일어났을까? 이런 질문을 하면서 우리는 변신론의 문제Theodizeefrage를 생각하게 된다.

멘델 징어는 불구자 아들 메누힘이 천재 작곡가가 되어 그를 구원하는 기적을 통해 위로를 받는다. 이 책의 독자들도 힘든 삶의 여정에서 메누힘과 같은 '위로자'를 만나리라는 희망을 늘 지니고 살았으면 한다.

예전부터 고통, 재난, 병과 죽음은 욥이 하는 것처럼 사람들이 늘 질문하는 경험들에 속한다. 어떻게 하느님께서는 이러한 재앙을 허락하시는가? 왜 어린이와 죄 없는 사람들까지도 고통을 겪어야 하는가? 욥 이래로 고통과 죽음의 이유를 찾는 일은 철학, 신학, 문학에서 지금까지도 여전히 이어지고 있다.

욥의 이야기는 다양하게 문학에 수용된다. 특히 유대 시인들은 그의 운명을 가지고 유대인들이 항상, 무엇보다도 20세기에 견뎌내야만 했던 엄청난 일들을 표현하고자 욥으로 돌아간다. 서사적 욥 수용의 절정은 의심할 여지없이 1930년에 나온 요제프 로트의 《욥 – 어느 평범한 남자의 이야기》이다.

메누힘은 멘델 징어 가족에게 대표적으로 주어진 동유럽 유대인의 망명 생활의 고통에 대한 메타포이다. 또한 그 시대에 속하는 인간적 고통의 풀 길 없는 수수께끼, 세상의 근본적인 고통에 대한 보편적인 메타포이다.

"그와 같은 이는 이스라엘에 많지 않을 것이다"라는 랍비의 말은 구원자적인 '고통 받는 하느님의 종'의 신학적 모티브를 연상시키며, 대리적으로 시대의 고통을 진지하게 받아들이고, 창조적으로 새 세상을 위한 정신적 토대로 변화시키는 고통받는 메누힘의 대리자 역할을 강조한다.

기적에 대한 희망은 이 소설에서 커다란 역할을 하지만 오랜 세월 이루어지지 않는다. 그러다 마침내 부활절 저녁에 커다란 기적이 일어난다. 멘델과 메누힘은 만나고, 그뿐 아니라 메누힘은 아버지에게 기쁜 소식을 전한다. 요나스는 살아 있으며 미르얌을 병에서 고쳐줄 의사를 찾을 것이라는 희망을 준다. 멘델은 메누힘의 아이들의 사진을 봤을 때 데보라를 닮은 손녀의 모습에서 죽은 아내를 다시 찾는다. 아들이 바로 구세주의 과제를 떠맡고 나머지 가족들을 한데 모은다. 성경의 전설에서 형들에게 거의 죽임을 당할 뻔했던 요셉이 그렇게 해서 이스라엘 종족으로 하여금 다시 새로 시작하게 한 것처럼. "고통은 그를 현명하게 만들 것이다. 추함은 선하게, 고뇌는 온유하게, 그리고 병은 강하게"라고 랍비가 데보라에게 한 말이 이루어졌다. 멘델은 행복하고 기적에 대해 이야기한다. 그리고 하느님을 나쁜 경찰서장이라고 말했던 것을 부끄러워한다. 이제 그는 말년에 많은 손자 손녀들에 둘러싸여, 욥기에 씌어 있는 대로 "늘그막까지 수를 다하고" 좋은 죽음을 맞이하리라는 희망을 가진다. 멘델 징어에게 일어난 기적이 독자들에게도 일어나길 빈다.

우리는 부활한 죽은 이들이다.
Wir sind die auferstandenen Toten.

요제프 로트

요제프 로트의 언어는 성경의 언어를 상기시킨다. 단순하고 소박하며 영상이 풍부하고, 문장들이 반복되며 또한 시적이다. 내용을 떠나 저자는 우선적으로 리듬, 음향, 어휘, 신화적 모티브와 루터성경의 모범을 따른 영상성으로부터 결정적인 효과를 기대한다.

이러한 '성경의 음악die biblische Music'은 무의식적으로 진행되는 '위로' 효과가 있기 때문에 상당히 강한 영향력을 지닌다. 그리하여 종교의 대리자로서 문학이 생긴다.

번역할 때 저자가 의도한 리듬, 음향을 잘 살리지 못한 점이 매우 아쉽다. 번역하는 과정에서 많은 도움을 주신 분들께, 그리고 여러 가지로 수고를 해주신 출판 관계자 여러분께 감사드린다. 무엇보다도 어려운 상황 속에서도 기꺼이 이 책을 출판해 주신 임양묵 사장님께 감사드린다.

김삼화

독일 보훔대학교에서 독어학 박사학위를 취득했다. 현재 육군간호사
관학교에서 독일어를 가르치고 있으며, 앞으로 영성 및 신앙생활에
관한 책들을 번역할 계획이다.

욥 어느 평범한 남자의 이야기

초판 1쇄 인쇄 2008년 12월 8일
초판 1쇄 발행 2008년 12월 24일

지은이 _ 요제프 로트
옮긴이 _ 김삼화
펴낸이 _ 임양묵
펴낸곳 _ 솔출판사
편 집 _ 박은영 · 김희경
디자인 _ 임미경 · 윤현정
마케팅 _ 김대용 · 강영신
제작/관리 _ 양진호 · 황지영 · 선호욱

주소 _ 서울시 마포구 서교동 342-8
전화 _ 02-332-1526~8
팩시밀리 _ 02-332-1529
이메일 _ solbook@solbook.co.kr
홈페이지 _ http://www.solbook.co.kr
출판등록 _ 1990년 9월 15일 제10-420호

ISBN 978-89-8133-908-1 03850

■이 도서의 국립중앙도서관 출판시도서목록(CIP)은 e−CIP 홈페이지
  (http://www.nl.go.kr/cip.php)에서 이용하실 수 있습니다
  (CIP제어번호 : CIP2008003655).
■잘못된 책은 구입한 곳에서 바꿔드립니다.
■책값은 뒤표지에 있습니다.